NORTH 2

UNDERGROUND Devils

SOPHIE MOORE

Bibliografische Information der Deutschen Nationalbibliothek:

Die Deutsche Nationalbibliothek verzeichnet diese Publikation in der Deutschen Nationalbibliografie; detaillierte bibliografische Daten sind im Internet über http://dnb.dnb.de abrufbar.

UNDERGROUND DEVILS - North
Band 2 von 2

Korrektorat: Lektorat meerwoerter
Covererstellung: Jaqueline Kropmanns-Design
Bildmaterial: Shutterstock
Innendesign und Buchsatz: Sophie Moore

Bestellung und Vertrieb:
Nova MD GmbH, Vachendorf

ISBN: 978-3-98595-677-7

Sophie Moore
c/o AutorenServices.de
Birkenallee 24
36037 Fulda

SOUNDTRACK

MURKY - Saint Mesa
THE LAST KINGDOM: BLOOD WILL PREVAIL - John Lunn, Eivør
TÁ NA PÁIPÉIR DHÁ SAIGHNEÁIL - Bua
MY MOTHER TOLD ME (IN OLD NORSE) - Colm R. McGuinness
MAD WORLD - 2WEI, Tommee Profitt, Fleurie
NÍU - SKÁLD
VOLCHOK - Theodor Bastard
DEATH OF A LEGEND - Trevor Morris
IT'S A LONG WAY DOWN - Katie Garfield
HOLD YOUR BREATH - Astyria
RESCUE MY HEART - Liz Longley
HUGSJÁ - Ivar Bjørnson & Einar Selvik
TULELOITS - Kerli
AFTER NIGHT - MXMS
DARKNESS INSIDE - Astyria
VALHALLA - Rok Nardin, Epic Music World
FITAK ABIAN - Tartalo Music, Ian Fontova, Aduri

ACHTUNG!

Du lungerst noch immer bei North Castle herum? Du hast ja wirklich Schneid … und offensichtlich auch ein wenig Todessehnsucht, was?
Siehst du die Adler kommen?
Hörst du ihre Schreie?
Sie kommen, um dich zu holen und zu ihrem Herren zu bringen.
Zu North — du erinnerst dich? Bisher hast du ihn heimlich aus den Schatten beobachtet, jetzt wirst du direkt in seine Dunkelheit hineingeworfen. Und du wirst untergehen in seinem rasenden Feuer, versprochen. Du wirst das Salz der schottischen See schmecken, wirst fühlen, wie dein Herz in seinen groben Händen bricht und wie sich die Wellen unterm Bug seines Schiffes aufbäumen. Er wird dich mitnehmen und du wirst flehen.
Um mehr?
Wir werden sehen …

(Ausführliche Triggerwarnungen am Ende des Buches)

Kapitel 1
Shona

Für eine kurze Sekunde, einen winzigen Augenblick schien die Welt in Ordnung zu sein. Als ich ihm dabei zusah, wie er am Strand herumstakste und Algen sammelte, um sie zu mir zu tragen. Dieses kleine, unverdorbene Wesen. Es gehörte nicht zu mir und doch tat es das mehr als alles andere. Die braunen Augen unter den langen Wimpern blickten mir direkt in die Seele, während unverständliche Worte zwischen seinen Lippen hervorblubberten.

Ein paar glitschige Kieselalgen landeten auf meinen Beinen und ich war so überfordert wie noch nie zuvor in meinem Leben.

»Denke, er will sie dir zeigen«, versuchte Ruth mich aus meiner Starre zu befreien, aber nichts konnte mich da wieder herausholen. Als ich Calan bei ihr abgegeben hatte, konnte er noch nicht reden. Nur schreien, zappeln und wieder schreien. Er hatte mich nicht ertragen können und ich ihn ebenso wenig.

Ruth stemmte die Arme in die Seiten und schüttelte den Kopf, auf dem das Haar viel glänzender war als noch vor vier Jahren. Sie hatte sich immer ein Kind gewünscht, ich nicht. Und uns beide hatte Gott bestraft.

»Weg aus dem Schlamm, Calan!« Waren das ein paar mehr

Fältchen um ihre schmalen Augen? Ein wenig mehr Glanz in ihren grünen Iriden?

»Das hier war eine blöde Idee.« Eilig richtete ich mich auf.

»Nein, hey.« Ruth griff nach meiner Hand. »Es ist schön, dass du gekommen bist.«

Falsch, es war grausam! Ich hatte das hier nie tun wollen. Weil es dämlich war. Nur weil dieses Kind aus meinem Körper gekrochen war, war ich noch lange nicht seine Mutter.

»Komm, wir machen dich sauber.« Sie hob den brabbelnden Knirps auf den Arm und in mir rangen die Emotionen in einer wilden, lauten Arena miteinander.

Dieser Junge war wundervoll.

Er war mein Kind. Calan ... Diesen Namen hatte ich ihm gegeben, weil er in mir herangewachsen war.

Nein, ich hasste diese Kreatur. Jemand hatte sie mit Gewalt in mich gepflanzt, ohne mich zu fragen. Jemand hatte Calan ohne zu fragen eine Existenz geschenkt, die auf meine Kosten ging.

Und Ruth ... Bis vor ein paar Jahren noch hatte sie nichts gehabt und jetzt hatte sie alles. Mit jeder Pore strahlte sie es aus und ich wollte mich für sie freuen. Sollte mich für sie freuen.

Die Welt wankte bedrohlich um mich herum, als wäre sie aus den Angeln gefallen und würde nur noch am letzten Faden hängen. Verzerrte Möwen stießen unnatürlich hohle Schreie aus. Die Umrisse von Ruth mit meinem Kind im Arm sahen plötzlich nicht mehr normal aus, als sie auf jemanden zuging. Auf jemanden, der vor dem kleinen Haus am Strand stand, in dem ich mir eine so idyllische Zukunft für Calan ausmalte. Sonne, Wolken und salzige Luft. Das Licht war so grell, dass ich die Augen abschirmen musste. Sonne, Wolken und ...

»Sieh mal wer da ist, Liebling.« Ruth zeigte auf mich und der Mann in ihrer Tür kam auf mich zu. Dunkle Augen, eine breite Statur, Narben im Gesicht und zu volle Lippen.

Sein Lächeln war nicht echt und es wurde immer böser, während ich vor ihm zurückwich.

»Sieh an, wenn das nicht mein Täubchen ist ... Ich bin Daddy.«

»Nein«, hauchte ich, während er meinen Arm griff und die Schreie der Möwen immer lauter und lauter wurden.

»Halt brav still, du wirst mir nicht weiter deine Lügen von Hilflosigkeit in den Kopf pflanzen.« Die Wolke direkt hinter ihm hatte die Form eines Totenschädels. Die Sonne stach mir in die Augen, die Welt hing nur noch an einer Angel, der Boden wankte. Und Ruth ging mit meinem Kind davon, während Glenn nach meinem Hals griff.

Mir drehte sich der Magen um.

»Ah, da ist sie ja wieder.«

Noch bevor ich verstehen konnte, zu wem diese Stimme gehörte oder wo ich plötzlich war, übergab ich mich in einen Eimer, der vor meinen Füßen stand. Noch immer schrien Möwen und noch immer drehten meine Innereien Pirouetten.

Stöhnend blieb ich über den Eimer gebeugt und wartete auf das nächste Umkrempeln meines Magens. Glücklicherweise blieb es aus, trotzdem fühlte ich mich, als hätte ich mich soeben selbst ausgekotzt. Mein Schädel dröhnte und meine Augenlider kratzten wie Reibeisen.

»Was ... is passiert?«, nuschelte ich erschöpft in das abgewetzte Plastik hinein.

»Keine Sorge, meine Liebe, es war ein bisschen viel Propofol. Wir mussten unterwegs noch ein paar Mal nachtanken.«

Erst hatte die Stimme des Mannes seltsam verzerrt geklungen, aber offenbar kam ich langsam wieder bei mir an, denn jetzt, wo sie deutlicher wurde, erkannte ich Douglas, Andrews Privatarzt.

»Propofol?« War das nicht etwas zum Betäuben? Was zum Henker war passiert? War ich krank? *Gott, dieser Traum ...*

Erschlagen wischte ich mir übers Gesicht und zog den Kopf aus dem Eimer. Ja, das war Douglas, ganz eindeutig.

Grau meliertes Haar, blaue Anzugjacke mit Flicken an den Ellbogen. Ein Engländer, wie er im Buche stand.

»Ein äußerst wirksames Anästhetikum zur kurzzeitigen Sedierung, Miss Blythe. Nach der Narkose kann es kurzzeitig zu Übelkeit, Erbrechen, Kopfschme…«

»Ich weiß, was Propofol ist«, herrschte ich ihn an und ein lautes Klingeln folgte meinen Worten. *Aaaah, Mist, mein Schädel bimmelte wie ein Glockenspiel.*

»Aber warum haben Sie es mir verabreicht?« Mühsam visierte ich ihn an. Seine Umrisse wurden langsam schärfer und das Klingeln verhallte in dem Möwengeschrei, das sich ein Stück entfernt beinahe überschlug. »Wo sind wir hier?«

Douglas räusperte sich und rückte seine runde Brille auf der Nase zurecht, während ich mich umsah und versuchte, meine Erinnerung wiederzuerlangen.

Irrte ich mich oder wirkte Douglas' Blick genauso ratlos wie meiner?

»Ich hab wirklich mies geträumt«, fuhr ich fort und registrierte, dass ich neben einem Tisch auf einer Metallliege lag. Oh, ein Glas Wasser. Sehr gut!

»Also bitte sagen Sie mir, was hier los ist.« Wie von selbst griff ich nach dem Wasser, setzte mich auf und spülte mir den Mund aus. *Bah!* Ich konnte mich nicht erinnern, wann ich mich das letzte Mal übergeben hatte. Rasch spuckte ich die Brühe in den Eimer. Den Rest des Glases trank ich gierig aus. Es fühlte sich an, als wäre ich am Verdursten. Wie lange befand ich mich schon hier? Und wo war *hier* überhaupt?

»Ich bin mir ehrlich gesagt nicht sicher, ob dieser Traum jetzt vorüber ist, Miss Blythe.« Der Doktor wich meinem Blick aus und packte ein paar Untersuchungsinstrumente in seine Tasche. »Aber das ist Ihre Privatsache. Sie sind wach, jetzt soll ich gehen.«

Als hätte ich ihn beleidigt, richtete er sich auf, griff seine Tasche und meinen Eimer und ging mit langen Schritten auf eine Tür zu. Die einzige hier im Raum.

»Hey, warten Sie doch mal …«

Schon war er verschwunden und drehte von außen einen Schlüssel im Schloss.

Mir stellten sich die Nackenhaare auf und ich war mit ein paar Sätzen bei der Klinke. Zu spät. Bereits verschlossen.

»Hey! Sind Sie verrückt, mich hier einzusperren? Ich werde Sie Andrew melden. Ich werde …« *Andrew …*

Kälte sickerte durch meine Brust hindurch in meine Beine. Die Seite meines Halses brannte und ich tastete mit den Fingerspitzen danach. *Er* hatte mir diese Spritze gegeben, dieses Propofol.

Hatte er mich etwa hier eingesperrt?

Douglas' Schritte verhallten auf metallisch klingenden Stufen.

»Wo zur Hölle …« Hektisch sah ich mich um. Es roch nach Meer. Ich hörte das gleichmäßige Rauschen der Wellen. In diesem Raum befand sich nichts außer dem Tisch, auf dem das Wasser und eine einzelne Rose in einer Vase stand, der kargen Schlafmöglichkeit und zwei Stühlen, die eindeutig schon bessere Zeiten gesehen hatten. Direkt vor mir schimmelte ein zerfallenes Regal vor sich hin und eine aufgeklappte Truhe stand am Fußende der Feldliege.

Hatte mein Zukünftiger jetzt endgültig den Verstand verloren?

Nach und nach kam alles zurück. Unsere Hochzeit, mein Kleid, der Angriff.

Ein heftiger Schauder durchfuhr mich, während ich auf das einzige Fenster im Raum zuging. Ich blickte auf ein paar Raubmöwen, die direkt vor mir entlangsegelten, und auf das endlose Meer, auf nichts als das Meer. In diesem Zimmer hier war offenbar schon eine ganze Weile keiner mehr gewesen, denn es roch nach feuchtem Moder und langer Kälte wie ein vergessener Keller.

Für einen Moment wurde mir schwindelig und ich stützte

mich schnell auf das schmale Fensterbrett. *Der Angriff, Eliot, der Kerker, der Pub, die Kapelle, der Strand.*

Ein fremdes Geräusch quoll aus meiner Brust hervor und perlte über meine Lippen. Etwas wie ein Wimmern. So schmerzlich, dass ich mich selbst davor erschrak.

Diese blauen Augen, der sanfte Kuss auf meinem Hals, seine Hände auf meiner Haut und seine Adler ...

Für einen Moment dachte ich, die Übelkeit käme wieder, aber ich drängte sie erfolgreich zurück. *Glenn ...*

Panik wallte in mir hoch, Hitze explodierte in meinem Kopf und meine Hände begannen zu zittern. *Komm schon, Shona! Ganz ruhig. Akzeptiere, was du nicht ändern kannst. Akzeptiere, was du nicht ändern kannst!*

Immer wieder betete ich mir mein Mantra vor, ließ mich gegen die Wand sinken, hörte das Fauchen des Windes, beruhigte meinen Herzschlag mit meinen Gedanken.

Ich konnte nichts ungeschehen machen, was bereits geschehen war, also musste ich lernen, mit dieser neuen Erkenntnis zu leben. Aber ich musste mir Zeit geben. Zeit, mich komplett neu zu ordnen, denn jetzt war das geschehen, was ich all die Jahre mit Macht versucht hatte, zu vermeiden:

Mein Vergewaltiger hatte ein Gesicht.

Ich musste mir Zeit geben, zu verstehen. Zeit, die ich nicht hatte, denn mein verfluchter Verlobter hatte mich betäubt und in einem dubiosen Raum eingesperrt.

Er wird dich bestrafen ... Noch immer zitterten meine Finger. Aber das Zittern wurde zu einem Beben, als langsam zu mir durchsickerte, dass eigentlich *ich ihn* bestrafen sollte. Er war derjenige, der mich nicht aus dieser Burg befreit hatte, der mich Eliot McTavish überlassen hatte, damit er über mich kommen konnte wie ein Tsunami. Er war schuld daran, dass North mich mit einem brennenden Rammbock eingenommen hatte wie eine einst gut versiegelte Festung. Und dass er mich noch immer besetzte wie ein störrischer Wilder, der sich mit Waffengewalt weigerte, zu gehen.

Dafür kannst du mich nicht bestrafen, Andrew, denn du selbst bist schuld daran. Eliot verschwindet erst aus mir, wenn es ihm passt, denn North McTavish tut immer, was er will.

Er wird nicht gehen, weil du es ihm befiehlst, nein.

Er bleibt.

Und vielleicht gefällt mir das sogar …

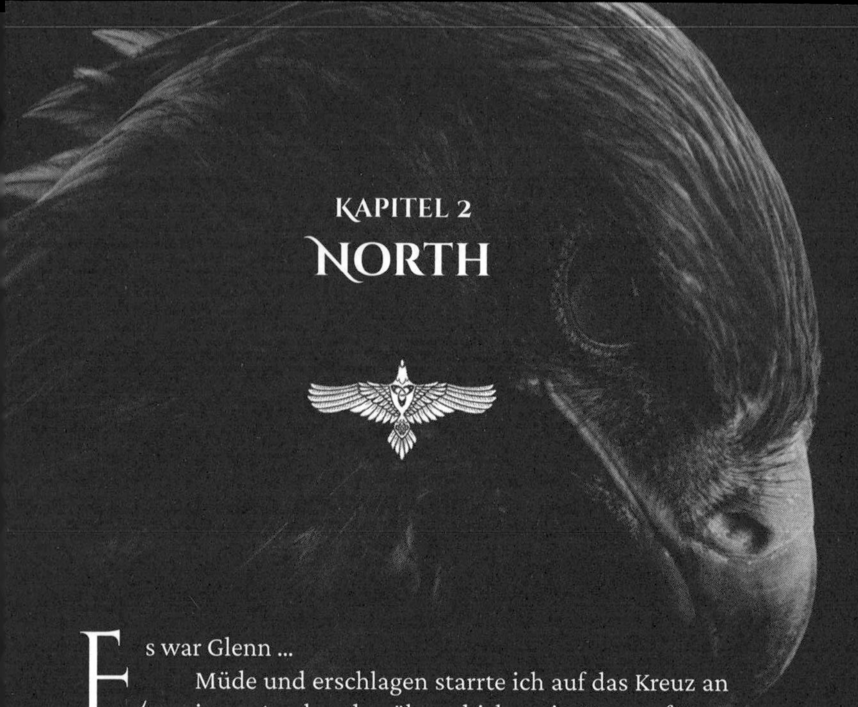

KAPITEL 2
NORTH

Es war Glenn …

Müde und erschlagen starrte ich auf das Kreuz an meinem Armband, während ich mein Boot auf Kurs hielt. *Erschlagen* war verdammt noch mal der richtige Ausdruck. Keine Ahnung, ob Andrews Gorilla noch irgendeinen Knochen in mir an seinem angestammten Platz gelassen hatte. Der Kerl hatte einen wirklich barbarischen rechten Haken besessen. Wäre er nicht so ein lästiger Schwanzlutscher gewesen, hätte ich ihn vielleicht sogar gefragt, ob er auf meine Seite wechseln wollte. Bevor ich ihm mein gesamtes Magazin in den Schädel geballert hatte, versteht sich. Und bevor er …

In meinem Norden fehlten jetzt ein paar gute Männer.

Ein unsagbar tiefer Atemzug füllte meine Lunge und ich blickte leer in den jungen Tag hinaus. Ein paar verdammt gute Männer. Und ich würde es mir erlauben, zu trauern, wenn wir sie begruben. Ich würde sie gebührend unter die Erde bringen. Und mit ihnen würde ich den letzten Funken Gefühl beerdigen, der sich gerade erst wieder schüchtern in meiner Brust geregt hatte.

Er hatte Shona. Fest schloss sich meine Faust um das Steuer. Dieser widerliche Bastard hatte sie sich zurückgeholt. Das machte mich scheiß rasend.

Weit über uns raunte der massive Helikopter meines Bruders, in dem er die toten Körper unserer Männer auf das Festland brachte. Eine kleine Welle unter meiner *Stardust* ließ Gischt über den Bug regnen, und ich drückte den Hebel nach vorn, um zu beschleunigen. Meine Zähne mahlten so fest, dass mein lädierter Kiefer schmerzte. Bei all dem kranken Bullshit, den Andrew da angekündigt hatte, dass er die Stücke aus Shonas herrlichem Körper schneiden wollte, die ihm plötzlich nicht mehr passten und all dem anderen irren Scheiß, ging meine Beherrschung nach und nach flöten. Sie entglitt mir einfach so, ich konnte kaum etwas dagegen tun.

»Boss, wir wechseln den Kurs?« Zac sah aus wie ein aufgedunsener Pfannkuchen, als er sich zu mir beugte. Er hatte einen ziemlich üblen Treffer auf die Nase bekommen. Sicher gebrochen. Aber immerhin lebte er, im Gegensatz zu ein paar anderen.

»Ah, verflucht!« Knurrend zog ich das Boot zurück in Richtung Prayer's Well. »Muss der verdammte Fusel sein.« Wir hatten uns alle einen ordentlichen Whisky genehmigt, bevor wir gestartet waren. Gegen die Schmerzen. Innerlich wie äußerlich.

»Oder dieser Irrsinn«, erwiderte Zac gedankenschwer.

»Oder dieser Irrsinn«, bestätigte ich und hielt mein Schiff nur mit Mühe auf Kurs.

Mein von Dunkelheit und Hass durchseuchtes Unterbewusstsein hatte das Steuer auf Swamp Head geeicht, damit ich mit scharfen Geschützen direkt an die Küste dieses Pisskopfes fahren und seinen ganzen verfickten Drecksladen nach Walhalla sprengen konnte.

Aber das wäre dumm.

Denn er hatte Shona.

Und scheiße, ich konnte Elijah noch so oft einreden, sie

sei ein Mittel zum Zweck oder eine Hexe oder nur meine Hure – ich konnte es *mir selbst* noch so oft einreden – es verlor langsam seine Wirkung. Kein Schimmer, warum, aber ich wollte nicht, dass dieser gestörte Craig die schönsten Stücke aus ihr herausschnitt, denn sie war verflucht scharf, so wie sie war. Der Gedanke, mein Bruder könnte ihr Kearon nachschicken, um ihr eine Kugel zu verpassen, hatte sich in mir verbissen wie ein tollwütiger Grizzly und mit einem harten Riss alles aus mir herausgezerrt, was sich noch in meiner Seele befand. Unter all dem Dreck und dem schwarzen Teer aus Bosheit. Ich konnte das nicht zulassen, bei allen Göttern und verfluchten heiligen Scheißern Odins! Nur einer konnte diese wundervolle traurige Frau aus der Scheiße holen und das war ich.

Schnaubend wischte ich mir übers Gesicht. Meine Haut brannte wie die Hölle und war voller Schnitte, aber drauf geschissen!

Ich würde dieser kranken Wanze seine Verlobte noch einmal aus den Fingern reißen, diesmal mit so viel Gewalt, dass es ihn dabei in der Luft zerfetzte wie Konfetti. Ich würde Shona Blythe zu mir zurückholen und wenn es das Letzte war, was ich tat!

Dazu musst du mich erst finden …

Fahr zur Hölle!

»Fuck, Boss, meine Rippen fühlen sich an, als hätten diese Pissnelken Beethovens Neunte darauf geschmettert«, stöhnte einer meiner Jungs erstickt. Ich war überrascht, dass er das Stück kannte.

»Ich kauf dir ein Klavier«, brummte ich.

»Valium wäre mir lieber, Mann«, erwiderte er und stöhnte herzzerreißend wie ein verficktes Spukgespenst in einem Abrisshaus.

»Halt's Maul, du Muschi, oder ich schmeiß dich höchstpersönlich über Bord«, fluchte Pollock mit seiner verrauchten Fuselstimme.

»Bekommst du alles, wenn wir wieder auf der Burg sind«, wandte Zac sich mütterlich an ihn. Andere hatten eine heiße Nanny für alles im knappen Krankenschwester-Outfit, wir hatten ihn.

Meine Hand schloss sich so fest um den Steuerknüppel, dass die Knöchel weiß hervortraten.

Wieder auf der Burg …

Ab sofort würde ich viele Dinge tun müssen, die ich vor keinem Gott mehr rechtfertigen konnte, aber drauf geschissen! North McTavish war schon immer ein gottloser Bastard gewesen und das würde sich auch jetzt nicht mehr ändern.

Kapitel 3
Shona

Andrew stand in der Tür dieses verlassenen Raumes wie eine Erscheinung und sah mich vollkommen ohne jeden Ausdruck an. Nichts lag in seinem Blick, rein gar nichts. Keine Wertung, keine Emotion, nichts.

»Was soll dieser Scheiß, Andrew?«, ergriff ich das Wort und machte einen Schritt auf ihn zu. »Du kannst mich nicht einfach …«

»HINSETZEN«, brüllte er und ein ungutes Gefühl zuckte durch meinen Magen.

Verflixt, er war sauer. Warum war er so sauer?

Die Gedanken rasten wild durch meinen Kopf, während ich mich gehorsam wieder auf die harte Liege sinken ließ.

Andrew zerrte ungehalten einen der Stühle heran und setzte sich mir gegenüber an den Tisch. Wo hatte er plötzlich diesen braunen Umschlag hergezaubert? Er legte ihn zwischen uns wie die Akte, die meine Hinrichtung anordnete.

»Ich wurde entführt.« Meine Augen suchten so etwas wie Mitgefühl in seinem Blick, denn immerhin war ich hier das Opfer. »Verschleppt und gefesselt. In die Burg eines Gangsters. Er hat mich in einen Kerker geworfen wie ein wildes

Tier.« Hitze stieg mir hinter die Lider, als ich sie kurz schloss, um durchzuatmen. Eine Träne rollte über meine Wange. Ich konnte nichts dagegen tun, außer sie unwirsch wegzuwischen. »Und jetzt tust du genau dasselbe, Andrew? Du rammst mir eine Spritze in den Hals und sperrst mich auf dem Meer ein, um was auch immer damit zu bezwecken? Ich bin verwirrt.«

»Oh, ich auch«, presste er durch sehr schmale Lippen. Das hier war nicht der liebende Andrew und auch nicht der hassende Andrew. Es war ein Andrew, den ich noch nicht kannte. »Und du bist nicht gefesselt, oder? Denn ich besitze Würde und Anstand, im Gegensatz zu diesem *Tier*, wie du ihn so schön nanntest.«

Würde und Anstand? Irgendetwas musste ich in der Schule verpasst haben.

»Wo zum Teufel sind wir?« Meine Stimme bebte. Vor Wut, vor Unverständnis, vor Verzweiflung.

»Du sollst nicht fluchen, Shona.« Für eine Sekunde wirkte er wieder so merkwürdig teilnahmslos. Noch dazu war diese Bemerkung unangemessen vertraut in dieser mehr als skurrilen Situation.

»Du bist nicht gefesselt«, wiederholte er, als wäre das so unglaublich wichtig. Machte es ihm das Gewissen leichter, wenn er hinter sich den Schlüssel im Schloss drehte?

»Na, dann werde ich jetzt gehen.« Ich richtete mich auf und er packte so fest mein Handgelenk, dass ich ächzte.

»Setz! Dich! Hin!«

Kleinlaut sank ich auf das provisorische Bett zurück. Sein Gesicht war so gruselig verzerrt, dass ich fürchten musste, er würde mir jeden Moment den Hals umdrehen.

»Wo ist Douglas?«, fragte ich, einfach, weil es mir so viel lieber wäre, jetzt nicht mit ihm allein sein zu müssen. Jetzt, wo ihm offensichtlich auf einen Schlag alle Synapsen durchbrannten.

»Nicht hier«, erwiderte mein Gegenüber verbissen und

fixierte mich wie ein Irrer. »Und du wirst nirgendwohin gehen, Shona. Denn wir beide haben viel zu bereden. Nimm den Umschlag!« Er faltete die schlanken Finger und starrte hinunter auf das braune Papier.

Was zum Geier war mit diesem Mann geschehen, während ich nicht da war?

»NIMM IHN, VERFLUCHT!«

»Okay, alles gut, ich nehme ihn.« Meine Finger zitterten, als ich danach griff und die Klebefalz des Verschlusses löste.

Andrews Blick hob sich wie in Zeitlupe und rasselte in meinen wie eine Kugel aus Eisen. Ein kalter Schauder verbiss sich in meinen Nacken.

Das klamme Gefühl in mir wurde zu starrem Eis, als ich auf die Bilder blickte, die vor mir auf die Tischplatte gerutscht waren. Fotografien. Von Eliot und mir in der Kapelle. In ... sagen wir, sehr eindeutigen Positionen. Auf dem ganz oben hatte ich die Finger in seinem Haar vergraben, während er mich gegen die Kirchenwand drängte und ich ihn allesverschlingend küsste.

Eine kleine Flamme kämpfte in meinem Bauch um Sauerstoff.

Eliot ...

Noch immer zitterten meine Hände und ich tastete mich mit dem Blick langsam auf den von Andrew zu. Das war nicht gut. Ganz und gar nicht gut. Inzwischen hatte sich ein böses Funkeln in seinen grünen Iriden eingenistet.

Ich fürchtete diesen Ausdruck. Denn ich kannte ihn bereits.

»Was zum Teufel ... Wer hat die gemacht?«, fragte ich mit bebender Stimme. »War das Glenn?«

Dieser miese Verräter!

Er hatte Andrew in die Burg gelassen. In Eliots Burg, dem er wahrscheinlich viel zu lange den engsten Freund vorgespielt hatte.

»Ich habe nichts für Leute übrig, die Vertraute hintergehen.« Meine Hände ballten sich zu Fäusten.

»Ich auch nicht, Süße. Ich auch nicht.« Andrew musterte mich in einer Mischung aus Abneigung und Hochmut.

Ich stellte mir vor, wie dieser widerliche Dreckskerl von Glenn dort draußen herumgeschlichen war, um uns zu bespannen. Um zu planen und intrigieren. Wie lange hatte er das schon getan? Bisher war da nur Angst und Unsicherheit gewesen. Jetzt gesellte sich auch Wut dazu. Dieser Abschaum war ein auf ganzer Linie schlechter Mensch.

Er hatte mir dieses Kind eingepflanzt. Das Kind, ohne das alles anders gekommen wäre, aber ich hatte es nicht abtreiben können. Ich konnte einfach nicht. Nicht, nachdem ich seinen ersten Tritt gegen meinen Bauch gespürt hatte und seine ersten sanften Regungen in mir. *Sogar dazu bist du zu schwach gewesen, Shona Blythe!*

In einer Bewegung kehrte ich die Fotos vom Tisch, gemeinsam mit dieser absurden Rose, die hier absolut nichts verloren hatte. »*Er* ist derjenige, Andrew! Glenn hat mich vergewaltigt, damals da draußen in den Felsen. Dieser Mann hat mein Leben zerstört und du paktierst in aller Seelenruhe mit ihm.« Atemlos starrte ich ihn an, suchte Überraschung in seiner Miene, aber nichts davon konnte ich finden. Nichts außer grenzenloser Arroganz. Andrew betrachtete mich aus schmalen Augen und verschränkte die Arme vor der Brust.

»Sei besser froh, dass es so gekommen ist, sonst wärst du jetzt vielleicht wieder schwanger. Und diesen Parasiten müsste ich dir aus dem Leib schneiden.«

Was?! Seine Stimme klang tonlos und ich konnte ihn einfach nur weiter anstarren, während die Gedanken sich in meinem Kopf überschlugen. Alles summte und surrte wie ein aufgebrachter Bienenschwarm. Die Information mit Glenn überraschte ihn nicht. *Er hatte es gewusst! Aber wie ...* Es fühlte sich an, als würde ich nach einem Halt suchen, ins Nichts greifen und erst jetzt wirklich verstehen, dass ich fiel.

»Was? Aber ich …«, stammelte ich und mein Puls raste wie verrückt. »Aber ich dachte …«

»War *er* das?« Sein schneidender Blick taxierte die feinen Schnitte auf meinem Schlüsselbein. »War das North, während er dich gefickt hat und du dich ihm entgegenlehntest wie die letzte dreckige Nutte, hm? Du bist hier nicht das Opfer, *Schneewittchen.*«

Es war, als würde eine Bombe in meinem Inneren detonieren, und ich sprang auf, um mich vor Andrew auf dem Tisch abzustützen. »Das reicht jetzt! Ich höre mir das keine Sekunde länger an.« Auf wackeligen Beinen taumelte ich in Richtung Tür, aber Andrew versperrte mir so schnell den Durchgang, dass ich gar nicht wusste, wie mir geschah.

»Ich habe dir eine Frage gestellt.« Verflucht, er kam mir vor, als hätte ihn ein tollwütiges Tier gebissen. »*War er es?*«

Das Brodeln in mir wurde zu Rauschen und vernebelte mir die Sinne, als wir uns ein atemloses Blickduell leisteten, das sich anfühlte, als könnte nur einer von uns lebend aus dieser Situation herauskommen.

»Ja«, zischte ich direkt in sein Gesicht. »Ja, er war es, ja, er hat mich gefickt. Und es hat mir verdammt gut gefallen.«

Sein Gesicht verzerrte sich, und er holte in einer fast geschmeidigen Bewegung aus, um mich so erschreckend hart mit der flachen Hand ins Gesicht zu schlagen, dass ich zu Boden ging.

Kapitel 4
North

Mein Schädel summte wie ein verfluchtes Hornissennest, während ich mein Schiff am Steg unter North Castle vertäute. Hatte echt Glück, dass ich ein so zäher Bastard war, sonst hätte ich das Zusammentreffen mit King Kong wahrscheinlich nicht in einem Stück überstanden. Ein paar unserer Männer waren auf der Insel geblieben, um aufzuräumen, aber für die Bosse gab es andere Dinge zu tun.

Brummend wischte ich mir über das zerschlagene Gesicht.

Scheiße, wie ich mich manchmal nach ein paar ruhigen Augenblicken sehnte. Nach Momenten wie einem scheiß Strandspaziergang mit jemandem, der mich für eine Sekunde auffing, mir die Wut nahm – nur für den Bruchteil eines Atemzuges.

»North, ich versorge die Männer auf der Krankenstation, komm rüber, wenn du bereit bist.« Zac stützte einen meiner Jungs, dessen Bein böse zerfetzt aussah. Fuck, hatte er in einer Arena mit Löwen gekämpft?

Streng taxierte er einen Kratzer über meiner Stirn, der mir schon die ganze Zeit nervtötend ins Auge blutete.

»Brauch ich nicht«, knurrte ich und zog das Tau fester. »Schick mir alle, die du zusammengeflickt hast, in den großen Saal. Keine Verzögerung, verstanden?«

Zac rang mit sich. Er wollte widersprechen, ließ es aber bleiben, weil er mich kannte. Verdammt, mir war gerade nach vielem, aber nicht nach Diskussionen. Meine Jungs verließen das Schiff stöhnend und hinkend wie ein einziger Versehrtenverein. Nachdenklich sah ich ihnen dabei zu, wie sie durch die große Höhle in Richtung Burgzugang verschwanden. Vielleicht sollte ich ihnen doch etwas mehr Ruhe gestatten. Ich konnte und wollte es mir nicht leisten, noch mehr von ihnen zu verlieren, sie waren meine Scheißfamilie. Mein Blick tastete sich hinüber zu meiner Jacht, die gemächlich in den gedämpften Wellen schaukelte. Hier unten war alles gedämpft. Der Wind. Die See. Nur nicht mein Zorn. Und gerade jetzt hätte ich das gebrauchen können. Es war quasi spürbar gewesen, wie meine Muskeln sich verhärtet hatten, je näher wir der Burg gekommen waren, und es war nur fair, wenn ich den anderen so schnell wie möglich erzählte, dass uns der schlimmste Krieg erst noch bevorstand. Dann sollten sie entscheiden. Zur Not brachte ich Andrew Craig auch allein zur Strecke.

Bis zum Äußersten angespannt machte auch ich mich auf den Weg zum Burgzugang.

Komm schon, beruhige dich jetzt, Mann!

Für einen Moment starrte ich gegen die graue Wand und versuchte, runterzukommen. North Castle besaß zwei unterirdische Zugänge. Die Grotte, in der Shona geschwommen war wie eine göttliche nackte Sirene, und diese große Höhle hier mit den Anlegern für meine Boote. Weit über mir hingen ein paar Stalaktiten, die wohl schon so einiges gesehen hatten in den letzten Jahrhunderten. Die Wellen spülten rhythmisch in das tiefe Becken hinein, in dem es noch einiges an Platz gab.

Meine Finger griffen nach dem Kreuz an meinem Lederband. Ich war es meinen Männern jetzt verflucht noch mal schuldig, das Richtige zu tun.

Meinen Männern und mir selbst.

Beinahe hypnotisch atmend stieg ich hinauf in die Burg. Auf dem Weg zum Thronsaal kam mir Lennox entgegen, gefolgt von ...

Atme, du Scheißkerl! Atme!

»Eli, Mann, ich hab mir Scheißsorgen um dich gemacht. Dieser kleine Bastard hier hat mir schon alles erzählt. Gott, du siehst beschissen aus.« Glenn umarmte mich, während Lennox seinen schneidenden Blick in mich rammte.

Mein Körper wurde hart wie ein Felsen, genau wie mein Gemüt.

»Hmm.« Aus schmalen Augen taxierte ich ihn. »Wo warst du, Glenn? Wo warst du, während deine Brüder sich da draußen haben den Arsch aufreißen lassen? Wir haben Piet verloren.« Ich betrachtete ihn sehr genau, um erkennen zu können, ob das etwas mit ihm machte. Denn zur Hölle noch mal, *er* war schuld daran. Ein Wort von mir vorhin am Telefon hätte gereicht und Lennox hätte ihn von oben bis unten aufgeschlitzt und mir seine leblose Hülle jetzt als wabbeligen Sack vor die Füße geworfen. Für eine Sekunde blitzte etwas wie Schmerz durch seine dunklen Augen. Aber ich sah keine Reue. Und auch keine Angst. Ganz offensichtlich wusste er nichts von dem Telefonat zwischen seinem Freund Andrew und mir und war sich seiner Sache sicher. Das würde ich ihm austreiben, wenn seine Zeit gekommen war. Nicht jetzt. Noch nicht.

»Scheiße, Mann«, fluchte er und hielt meinen Blick fest, testete mich, genau wie ich ihn.

Ob der Bastard etwas weiß?

O ja, Glenn, der Bastard weiß alles!

»Es tut mir leid, North, hier war die Hölle los. Die kleine Craig ist geflohen und ich bin ihr nach, bis Lennox hier aufkreuzte und meinte, du wolltest es so. Warum zum Geier hast du sie laufen lassen, Mann?« Er blieb in seiner Rolle, sehr respektabel. Genau wie die Tatsache, dass er noch immer hier war. Er hatte Eier. Ein Jammer, dass ich ihn fertigmachen musste, ein echter Jammer. Verbissen rang ich den Schmerz nieder, der sich in mir austobte, während ich ihn ansah. Den konnte ich später noch wüten lassen, wenn alles vorbei war. Erst würde ich Glenn zur Schnecke machen, genau wie er es mit mir getan hatte.

»Es war an der Zeit, sie von der Burg zu schaffen«, erwiderte ich. »Aber dich hätte ich gebraucht. An meiner Seite, Glenn. Du bist mein bester Mann.« Etwas stach hinter meiner Brust, als er mir brüderlich gegen den Arm hieb. Keine Ahnung, ob es die Kotze war, die in mir aufstieg, oder der Hass, den seine Heuchelei in mir entfachte.

»Ich weiß, Bruder. Aber ich musste unsere Burg in Ordnung halten.«

Verfluchte Scheiße, es kostete mich alles, diesem Abklatsch von einem Judas, nicht jetzt und hier mit einem Griff den Hals zu brechen.

Bruder … Die Burg in Ordnung halten …

Ich starrte ihm stumm in die Augen, hoffte, dass ich ihm mit meiner Abrissbirne von Blick nicht verriet, welches Inferno gerade alles in mir brandrodete.

Mutter, gib mir Kraft!

Einfach alles türmte sich in diesem Moment in mir auf wie ein unüberwindbarer Turm aus Scheiße. Wie er am Strand entlanggeschlichen war, um mich abzufangen. Wie er immer plötzlich da gewesen war, wo ihn keiner erwartet hatte. Wie er gegen mich rebelliert hatte, was Shona betraf. *Und Fotos …* Dieser verdorbene Perverse hatte diese herrliche Hexe und mich beim Vögeln fotografiert und meinem Erzfeind diesen Bullshit auf einem goldenen Tablett serviert.

Ich verwettete meine ganze verfickte Burg und Odins haarigen Arsch darauf, dass Shona nicht weggelaufen war. Glenn hatte sie an ihn verhökert wie ein Stück Vieh, das bereit für den Schlachter war. Andrew hatte mir erzählt, jemand hätte ihn eingelassen, und dieser Jemand konnte nur *ein* Wichser hier im Raum sein.

»Meinst du, sie ist direkt zurück zu ihm gelaufen?«, fragte ich Glenn lauernd und er zuckte mit den Schultern.

»Ich wette darauf. Hoffen wir nur, sie hat hier draußen nicht zu viel gesehen, Mann.«

Sie nicht, ich schon. Ich sehe mehr, als mir lieb ist.

»Keine Sorge. Da ist nichts zu holen. Aber was Andrew angeht … baue ich gern auf den Rat meines engsten Vertrauten, Glenn. Was meinst du, wo versteckt sich diese Made, hm?«

Es amüsierte mich, wie er sich wand. Ich erwartete nicht, dass er mir Andrews Pläne direkt brühwarm servierte, ich wollte, dass er sich fürchtete, dass er misstrauisch wurde und Zweifel ihn zerrissen. Ich wollte sehen, wie er sich quälte. Das war das Mindeste, was er für mich tun konnte.

»Wartet im Thronsaal auf mich«, sagte ich und war stolz auf mich, denn ich klang so verflucht viel ruhiger, als es in mir aussah. Mit ein paar Schritten war ich an Glenn vorbei und hörte, wie er mir gehorsam folgte. Oh, wie ich es liebte, Verräter im Rücken zu haben. Sobald ich spürte, wie sie ihr Messer zogen, übernahm mein Körper für mich und schaltete jede Zurückhaltung aus. Ich sehnte mich beinahe danach. Aber es würde mich kein Stück weiterbringen. Trotzdem tobte mein Herz verdammt fest und zornig in meiner Brust, als wollte es sich gegen meine Entscheidung aufbäumen, ihn nicht jetzt und hier mit meinem Jagdmesser auszuweiden. Zu gern würde ich ihn so lange mit dem Schädel gegen die Wände meiner Burg schlagen, bis er aussah wie der Blutpudding, den Zac uns jeden Sonntag zum Frühstück kochte, und ihn dann ruhig und sachlich wissen lassen, was für ein verfickter Hurensohn sein neuer Freund Andrew war, weil er ihn mir dermaßen bereitwillig opferte wie eine Unbefleckte ihre Jungfräulichkeit.

Nach unserem Telefonat auf der Insel wusste Andrew sehr genau, was ich mit Glenn anstellen würde. Er wusste und er *wollte* es, denn ab sofort hatte er keine Verwendung mehr für ihn. Nichts als Kanonenfutter. Diesem Untermenschen war absolut nichts heilig. Weder die Ratten, die für ihn spionierten, noch seine eigene Verlobte.

Andrew Craig war ein kriecherischer, heimtückischer Abschaum, genau wie sein verrottender Vater.

Und noch dazu wusste er sehr genau, dass es normalerweise etwas mit einem Menschen machte, wenn er seinen besten Freund um die Ecke bringen musste. Er wollte mich schwächen. Aber das konnte er sich in den Arsch schieben. Denn meine Menschlichkeit hatte ich schon vor sehr langer Zeit abgelegt. Und es würde nicht mehr lange dauern, dann verweste ein weiterer Craig am Fuß meiner Klippen.

KAPITEL 5
NORTH

Mein düsterer Blick glitt über die Hundesöhne an meiner Tafel. Sie leckten ihre Wunden und tranken auf die Toten, während einer nach dem anderen zu Zac ins Krankenzimmer gerufen wurde. Bis eben war ich noch in meinem Zimmer gewesen, um notdürftig meine bösesten Wunden zu flicken, mich umzuziehen und mir Piets Blut, zusammen mit meinem eigenen von der Haut zu spülen. Es tat scheiße weh, ihn verloren zu haben. Ich verdrängte es. Erlaubte mir nicht, zu trauern. Noch nicht. Noch regierte nur das Eis in mir und der Zorn.

Meine Jungs folgten mir mit ihren Blicken, als ich langsam auf den Thron zuging. Ich war angeschlagen, aber unerschütterlich wie ein schottischer Fels. Es brauchte weit mehr, um mich in die Knie zu zwingen. Schon meine Mutter hatte mich oft übermenschlich zähes Leder genannt. Sie hatte mich auf den Klippen von Dunnet Head gezeugt, dem nördlichsten Punkt des britischen Festlandes, und ich war dabei selbst zu Stein geworden.

»Boss.« Pollock nickte mir zu und senkte das Gesicht.

Langsam schritt ich die Tafel ab, vorbei an Lennox, der

mich aufmerksam im Blick behielt wie ein kampfbereiter Wolf. Seine Augen funkelten und das Messer saß locker an seinem Gürtel, das konnte ich quasi spüren. Er würde Glenns Platz neben meinem Thron einnehmen, wenn es so weit war. Und es würde verdammt bald so weit sein.

Dieser durchtriebene Abschaum hockte dort auf einem Platz an meiner Seite, den er bewusst verspielt hatte. Den er wahrscheinlich noch nie verdient hatte. Der Einzige unter uns Jungs ohne Blessuren. Seine gebohnerte Visage sah aus, als wäre er frisch aus dem Schoß seiner Mutter gekrochen. Und Hölle, ich wollte das ändern. Jetzt und hier. Er wusste, was bei uns mit Verrätern passierte. Vielleicht wirkte er deshalb etwas weniger selbstgefällig als sonst.

Knurrend stützte ich mich auf den Tisch, setzte mich nicht, sondern wartete für einen Moment, bis die Sturmflut in mir abflaute. Nachdem ich mich wieder zusammengenäht hatte, war ich in Glenns Zimmer gewesen.

Aus schmalen Augen blickte ich kurz hinüber zu Lacey, die sich in der Nähe des Kamins herumdrückte und tat, als würde sie mit dem Haken das Feuer schüren. Oh, sie musste es nicht schüren. Es brannte bereits lichterloh. Sie hatte gepackt. All ihren Kram, ihre Kleidung und ein paar Bücher aus meiner Bibliothek, die ihr nicht gehörten, in Koffer gestopft und unter Glenns Bett versteckt. Sie wollten sich verdrücken. *Zusammen* wie Bonnie und ihr beschissener Clyde. Im nächstbesten Moment, bevor ich alles herausbekam und sie zur Strecke brachte.

Etwas erkaltete schattig hinter meiner Brust, während ich sie ansah, und sie wirkte für einen Augenblick irritiert, dann drehte sie eine Haarsträhne zwischen ihren Fingern und zwinkerte voll falscher Laszivität. Während ich mich sammelte und einen Schluck aus der Flasche Whisky auf dem Tisch nahm, tauschte sie einen Blick mit Glenn. Es war nur der Bruchteil einer Sekunde, aber es entging mir nicht. Ab sofort entging mir nichts mehr. Mein Kiefer wurde fest.

Die Türen zu meinem Saal öffneten sich und Elijah kam herein, gefolgt von seinen Männern. Getrocknete Blutspritzer zogen sich quer über sein Gesicht und seine blauen Augen funkelten, als er Glenn auf seinem angestammten Stuhl entdeckte. Mein Bruder fixierte mich hart, während er auf den Platz an meiner anderen Seite zukam.

Später, Bruder. Später.

Alles murmelte, Stühle rückten, leise Worte wurden getauscht und mit ein paar Wunden geprahlt. Dann kehrte wieder Ruhe ein.

»Meine Jungs«, erhob ich die Stimme und blickte in die Runde. »Letzte Nacht ist ein neuer Krieg ausgebrochen zwischen den Craigs und den McTavishs.«

Ich ließ ihnen kurz Zeit für bestätigendes Gemurmel und ein paar deftige Flüche. Elijahs Männer saßen ruhig da und warteten ab.

»Wir wurden da angegriffen, wo es uns am meisten schmerzt.« Meine Seele stand in Flammen, als ich mich mit gebleckten Zähnen in der Runde umsah. »Von innen.«

»Aye, Boss«, grollte Lennox und strahlte ebenso die pure Dunkelheit aus wie mein Bruder, der mich einfach nur schweigend aus schmalen Augen betrachtete.

»Ihr seid mein Blut, meine Seele, meine *Familie*.« Kurz wandte ich mich Glenn zu, der fast nicht merklich schluckte. »Ich würde einen Arm für euch geben, ein Bein, was sage ich, sogar meine Eier, wenn es hart auf hart käme.« Meine Jungs lachten angeschlagen. Einige prosteten mir zu. Elijahs Männer senkten nur die Blicke.

Noch ein tiefer Schluck Whisky und ich fuhr fort. »Was ihr da draußen für mich getan habt, werde ich euch nicht vergessen. Ebenso wenig wie das, was ihr unermüdlich tut. Ein paar gute Männer haben ihr Leben gelassen, sie werden nie vergessen sein.« Ein bedrücktes Murmeln wurde laut und ich hob meine Flasche. »Auf Piet. Auf Dylan. Auf Mortimer. Auf Gregory. Auf Tick.« Alle hoben ihre Gläser und für einen

Moment legte sich ein schwerer Dunst über unsere Runde. In meiner Brust stach es, aber ich hatte gelernt, das zu kontrollieren. Gefühle waren nichts, was mich beherrschte. »Ihr werdet weiter hier mit uns an der Tafel sitzen, da gibt es keine Diskussion. Könnt euch nicht einfach aus dem Staub machen, wie es euch gerade passt. Einen McTavish verlässt man nicht ungestraft. Und wenn ich eure blassen Geisterärsche persönlich wieder aus Walhalla zerren muss, ihr bleibt! Bis ich euch erlaubt habe, zu gehen.« *Und ich wünschte, das wäre nie …*

Die Männer meines Bruders wirkten etwas pikiert, aber es hatte raus gemusst. Ich war schlecht im Verlieren von guten Menschen, auch wenn ich es in den letzten Jahren wirklich oft üben konnte. Ich wünschte, diese Bastarde wären jetzt alle noch hier und würden mit uns über meine Bemerkung lachen.

Elijah richtete sich auf und hob sein Glas. »Auf Troy. Auf Daniel. Auf Spencer. Auf Leroy. Auf Tony. Ihr werdet nie vergessen sein!«

Für ein paar Augenblicke schwiegen wir und tranken auf ihr Andenken.

»Dieser Krieg hier geht uns alle an«, übernahm mein Bruder schließlich das Wort. »Denn es geht um unsere Freiheit.«

»Diese Bastarde wollen uns Prayer's Well wegnehmen. Uns vertreiben wie räudige Hunde«, grollte ich. »Und lassen wir uns vertreiben?«

»Zum Teufel, nein!« Pollock sprang auf und prostete mir so aufgebracht zu, dass ihm der Met aus dem Humpen schwappte.

»Niemals!«, stimmten die anderen ein.

»Die korrupten Bullen wollen uns erneut an den Kragen, Jungs. Sie verlangen, dass wir North Castle räumen und es ihnen überlassen. Dass wir ihnen unsere Ware auf dem Silbertablett servieren, unsere Geschäfte aufgeben und uns aus Prayer's Well verziehen. Sie wollen sich erst den Norden holen und dann den Süden. Und vorher meinen sie, kurzen Prozess mit uns machen zu können.«

Ein grollendes Lachen wurde laut, ging in aufgebrachte Laute und Rufe des Kampfes über. Sogar Elijahs Konsorten stimmten mit ein.

»Sie denken, sie könnten uns schwächen«, fuhr mein kleiner Bruder nicht weniger leidenschaftlich fort als ich. »Uns von innen heraus ausweiden, um es dann nur noch mit unseren Hüllen aufnehmen zu müssen.«

»Weil sie feige Hurensöhne sind«, brüllte ich, und meine Jungs stießen grölend ihre Fäuste in die Luft. »Sie müssen gegen uns intrigieren, statt uns gegenüberzutreten wie echte Männer, und warum tut man so etwas, hm?« Ich tauschte einen Blick mit Glenn. War er etwas blass um die Nase geworden, der Kleine?

»Weil sie die Hosen bis zum Rand voll haben. Sie fürchten uns. Und das werden wir ausnutzen, bei den Göttern! Wir kriegen sie am Arsch, bevor sie überhaupt wissen, was geschieht. Sie wollen kommen und unsere Burg einnehmen? Sollen sie kommen! Wir werden auf sie warten. Eins mit jedem Stein dieser Mauer und dem Feuer in den Gedärmen dieser Festung werden wir ihnen einen gebührenden Empfang bereiten.« Alles grölte und johlte, während ich die letzten Worte über den Tumult brüllte, voller Leidenschaft und mit brodelnder Lava in den Adern. »Wir sind die Höllenhunde von North Castle, die Dämonen aus den Klippen von Black Rock, die Teufel des Nordens! Sollen sie kommen.«

Einige meiner Jungs stiegen auf den Tisch und randalierten vor Wut, andere klopften mir heftig auf die Schulter. »Immer bei dir, du Höllenbastard!«

Elijah betrachtete Glenn lauernd.

»Halt ihn in Schach«, raunte ich meinem Bruder zu, während ich Lacey mit einem festen Blick bedachte, der sie mehr als eindeutig dazu anwies, mir zu folgen. Mein Blut kochte, Leidenschaft wurde zu Hass und andersherum.

Ich ging auf der einen Seite der Tafel entlang, Lacey auf der anderen, und ich nagelte meinen Blick in sie. Da lag Schuld in ihren Augen, die sie mit billiger Anstößigkeit überspielte. Sie konnte es weniger gut verstecken als Glenn.

Die Männer riefen mir bestätigende Worte zu, während ich sie passierte. Sie waren bei mir und das tat verdammt gut.

Meine Hand griff wie von allein nach Lennox' Schulter und ich beugte mich ein Stück zu ihm hinunter. »Komm mir nach in zwanzig Minuten.«

»Aye«, bestätigte Lennox rau, während er dabei zusah, wie ich Lacey mit den Augen zu mir rief.

Wir verschwanden durch die große Tür zum Saal, ließen den Tumult hinter uns und ich baute mich vor ihr auf. Für einen Moment wirkte sie verunsichert, aber sie fing sich schnell.

»Wahnsinnsrede da drin. Jetzt willst du dich bestimmt austoben, großer Mann, hm?« Sie umschnurrte mich wie eine Katze. Heimtückisch. Forschend. Sie wollte prüfen, ob ich etwas wusste.

»O Hölle, du kannst dir nicht vorstellen, wie sehr ich das will!« *Und auf eine so andere Art, als du denkst.*

Ihre glänzenden Lippen waren leicht geöffnet und sie fuhr mir mit den Nägeln über die Brust. Nur ganz leicht, trotzdem hätte ich ihr am liebsten die Arme dafür hinter dem Rücken verdreht. Für ein paar Atemzüge erforschten wir einander mit Blicken. In mir war nichts als Kälte und Lava, die ständig miteinander rangen. Es grollte und kochte, tobte und raste, während ich diese kleine Verräterin las wie ein offenes Buch.

Sie schien nichts davon zu merken, denn sie nestelte am Kragen meines Shirts, glitt mit den Händen nach unten bis zum Saum meiner Jeans. »Welcher lebensmüde Idiot wagt es nur, einen starken Herrscher wie dich anzugreifen, hm?« Sie seufzte mir lang gezogen ins Ohr, während sie an meinem Reißverschluss zog. »Hast du da draußen irgendetwas gesehen oder gehört?«

Hatte ich es doch gewusst. Mein Mundwinkel zuckte, genau wie mein Schaft, als sie ihn rieb. Ihre gespielte Zuneigung langweilte mich, trotzdem ließ ich sie machen, denn es tat gut, wie mein Schwanz in ihren Fingern wuchs.

»Na, gefällt dir das, North McTavish?« Sie atmete heiß in mein Ohr, leckte über mein Läppchen und saugte daran.

Ich fühlte nichts, als sie ihn fester rieb, ließ North übernehmen. Meine dominante Ader wollte, dass ihr ihre heimtückischen Fragen im Hals stecken blieben.

»Also, was hast du da draußen gesehen?«

Ich sah knurrend dabei zu, wie sie vor mir auf die Knie sank, und badete in ihrer Gier nach Informationen. Sie dachte, sie könnte mich gefügig machen, indem sie sich verhielt wie eine kleine willenlose Hure? Dachte, wenn sie mir die Kontrolle über den Körper nahm, bekäme sie meinen Verstand gleich mit. Aber sie kannte mich nicht. Ich konnte verdammt beherrscht sein, wenn ich es wollte.

Meine feuchte Spitze glitt zwischen ihre Lippen und ein ziehendes Pochen vibrierte in meinen Lenden.

Ich war hart. Aber nicht, weil sie mich scharf machte. O nein, in diesem Augenblick machte mich etwas ganz anderes geil.

Meine Faust griff in ihr Haar und sie blickte zu mir auf, während sie meine Eichel lutschte.

»Ich habe da draußen so einiges gesehen und gehört«, brummte ich so dunkel, dass sie stockte. Hölle, das hier gefiel mir.

Ihre Augen wurden groß, aber bevor sie noch etwas sagen konnte, schob ich mich so tief in ihre Kehle, dass sie würgte, während mein Griff sie unerbittlich an Ort und Stelle hielt. Ein tiefes Stöhnen rollte über meine Lippen. Fuck, die Enge, die ihre Kehle durch das Würgen um meinen Schaft zusammenzog, war verflucht gut.

»O ja« Ich zog sie an den Haaren ein Stück zurück und sie hustete und blickte herausfordernd zu mir auf.

Erneut drängte ich mich in sie, und als ich ihren Schlund erreicht hatte, schob ich noch einmal nach. Mein Schwanz war groß, ihre Kehle eng, und dass sie wieder würgte, war mir so scheißegal. Ganz im Gegenteil, es spornte den dreckigen Bastard in mir nur weiter an. In einer langen Bewegung, die meinen Unterleib erbeben ließ, zog ich mich aus ihr, ließ mir viel Zeit dabei und führte einen Krieg mit Blicken mit ihr. Sie wollte mehr Informationen, dachte wahrscheinlich noch immer, ich würde nur bluffen. Wieder schob ich mich tief in sie und keuchte dabei, verharrte so lange tief in ihrem Hals, bis sie keine Luft mehr bekam. Dann zog ich mich wieder ein Stück zurück und stieß erneut zu. Ich hasste das hier. Und gleichzeitig stand ich darauf. Ich war verloren. Ein dreckiges Stück Scheiße. Aber ich mochte es viel zu sehr, ein Stück Scheiße zu sein. Das hier hatte nichts Leidenschaftliches, nichts Intimes. Es war pure Dominanz. Eine Strafe für ihren Verrat. Der Höhepunkt bahnte sich in mir an und ich wollte ihn kurz und schnell hinter mich bringen, denn verfluchte Scheiße, ich brauchte ihn jetzt.

Ich packte ihr gewelltes Haar fester, hielt sie da, wo ich sie brauchte, und trieb mich in kurzen, harten Stößen in ihre Mundhöhle. Sie keuchte mit mir gemeinsam, es wäre ihr ein Leichtes gewesen, mir den Schwanz abzubeißen, aber sie tat es nicht, denn sie fürchtete mich zu sehr.

»Verdammte Scheiße!« Für einen letzten tiefen Stoß drängte ich mich in ihren Hals, hielt ihren Kopf unsanft fest, während ich stöhnend in ihre Kehle spritzte und sie schlucken ließ.

Gott, war das scheiße, ich widerte mich an.

Ich zog mich zurück, verstaute meinen halbgaren

Knüppel wieder in der Jeans und blickte atemlos auf sie herab.

»Immer so ruppig, North.« Sie wischte sich das Sperma aus den Mundwinkeln. Ihr Make-up war verschmiert, ihr Gesicht nass von Schweiß und Tränen, trotzdem lächelte sie mich gequält an. »Deshalb hat sich wohl auch die kleine Craig in dich verknallt, hm?«

In einer groben Bewegung packte ich ihren Arm, riss sie nach oben und drückte sie gegen die Steinwand vor mir. Sie ächzte vor Schmerz und das erste Mal flackerte echte Angst durch ihre Miene. In mir peitschte erneut der Sturm hoch, den der kleine Blowjob gerade leider nur unzureichend gemildert hatte.

Dunkel knurrte ich gegen ihr Gesicht: »Du hast gepackt, hm? Wo willst du denn hin, du kleine Hure?« Meine Hand griff nach dem Messer in meiner Tasche und die Klinge fand die dünne Haut über ihrer Luftröhre wie von allein. Sabber und Sperma ließen ihre Lippen glänzen. Pure Panik raste hinter ihren Augen. *Ganz richtig, Lacey! Endlich hast du Angst. Und das solltest du auch. Hölle, das solltest du.*

»Ich weiß, wer du bist.« Meine Lippen streiften ihre Wange und sie erschauderte, wagte es nicht, weiter zu atmen. Teufel, ich stand auf die Angst von verlogenen Ratten, saugte alles auf, was ich davon bekommen konnte. Tief in mich hinein, wo es sich zu meinen anderen Schatten gesellte. All die Panik und das Zittern ihres Körpers. *Herrlich!* Ich unterdrückte ein entzücktes Seufzen.

»Ein einziger Schnitt und es ist vorbei. Ich könnte es schnell tun, aber mir ist mehr nach langsam und tief, genau so wie ich gerade deine hübsche Kehle gefickt habe. Was meinst du?« Gierig erforschte ich ihren Blick. Sie hatte mich verraten. Heimtückische Lügnerin! Ich hasste nichts so sehr wie Verrat! Sie sollte bluten und heulen, bis ich ihr erlaubte, damit aufzuhören.

»Bitte ... North, bitte nicht! Ich tue alles, bitte!« Eine

Träne rollte über ihre feuchte Wange und sie bibberte am ganzen Körper.

»Alles?« Das gefiel mir.

»Ja, alles. Alles, was du willst. Ich schwöre.«

Für eine Weile tanzte ich mit meiner Klinge über ihre Haut und sie jaulte auf, obwohl ich noch lange nicht so zudrückte, wie ich sollte.

»Wo ist Shona? Wo hat er sie hingebracht?« Meine Stimme klang hart und rau wie der Fels unter meiner Burg.

Sie wirkte kurz irritiert. »Sie ist weggelaufen. Woher soll ich ...«

»Lüg mich nicht an!«

Sie wimmerte ängstlich. Konnte ja nicht wissen, dass ich keine Frauen killte. Das war einer meiner Grundsätze. Auch wenn mein Bruder es nicht immer guthieß.

»Ich ... ich weiß nicht. Ich ... Er erwähnte etwas am Meer. Etwas, in dem er ... ein Lager«, stammelte sie hektisch.

Die Tür öffnete sich und Lennox stieß zu uns. Zwanzig Minuten waren um. Sein Ausdruck war genauso düster wie mein Gemüt, und er hinterfragte nicht, was er sah. Nicht einmal mit den Augen. Guter Mann!

Ein Lager. Fuck, das war nicht gut. Die Craigs besaßen an die einhundert Lagerhäuser für ihre schmutzigen Geschäfte, verteilt über halb Schottland. Das wusste ich sehr genau, denn bis vor ein paar Jahren hatten wir sie uns noch geteilt. Inzwischen besaßen wir bessere Methoden, unseren Stoff und die Waffen zwischenzulagern, als ein paar windschiefe Blechhütten. *Am Meer* ... Verdammt, in Schottland befand sich so gut wie alles am verfickten Meer. Und sobald ich begann, meine Jungs die Lager durchforsten zu lassen, würde er misstrauisch werden und Shona wegbringen. Zornig rammte ich meinen Blick in sie, aber ich sah ihr an, dass sie nicht mehr wusste. Hier war nichts mehr zu holen.

»Bring sie ins Hochland, fernab jeder Straße und jedes Touristenspots. Nimm ihr das Telefon ab und wirf sie aus der

Karre. Wenn du zurück bist, überprüfe ihren Kram auf brauchbaren Scheiß und zünde den Rest an.«

Lennox nickte. »Aye, Boss.«

Das blanke Entsetzen spiegelte sich in Laceys Blick wider. Das amüsierte mich beinahe. »Keine Angst, Schätzchen. Hier bei uns in Schottland gibt es keine Bären oder Wölfe mehr, außer wir hetzen sie persönlich auf dich.«

»Aber ... deine Adler ... Bitte verschone mich, North. Bitte!«

Das Geheule dieser falschen Schlange widerte mich an. Deshalb ließ ich sie in dem Glauben, ich würde ihr Dorchadas und seinen Schwarm in die Highlands nachschicken, auch wenn an ihr viel zu wenig dran war, um meine Vögel vernünftig zufriedenzustellen. Nein, sie sollte sich selbst durchschlagen da draußen. Sollte spüren, wie es war, wenn man nicht mehr wie ein verlogener Parasit an anderen haften konnte. Sie hatte meinen Whisky getrunken und an meiner Tafel gegessen, während sie mir ihre Krallen in den Rücken schlug, gemeinsam mit meinem besten Freund.

Das war jetzt vorbei. Der North, der sich verraten ließ, war Geschichte.

»Setz sie aus«, wiederholte ich eiskalt. »Ich kümmere mich um ihren Stecher.«

KAPITEL 6
SHONA

Meine Ohren surrten und meine Wange brannte, als ich langsam wieder zu mir kam. Was zum Henker war passiert? Meine Finger erspürten den kühlen Boden, Möwen schrien mich an wie aus einer anderen Welt. Andrew saß mit gefalteten Händen auf der Pritsche und starrte leer ins Nichts.

Schwere Steine stapelten sich in meiner Brust und ich drückte mich hustend nach oben, um mich gegen die Wand zu lehnen.

»Du hast mich geschlagen.« Meine Stimme war nur noch ein Schatten ihrer selbst. Er hatte mich geschlagen. So hart, dass ich das Bewusstsein verloren hatte. Das war so viel mehr, als ich noch stemmen konnte. »Du hast …« Mir fehlten die Worte. Was war aus uns geworden? Aus einem einst liebenden Paar. Aus einer Verbindung, die so gut hätte sein können. Wir hätten einander genützt. Jetzt wollte ich ihn am liebsten umbringen für das hier.

»Das ist inakzeptabel.« Meine Finger tasteten sich zitternd über meine brennende Haut.

»Dein Verrat ist inakzeptabel«, erwiderte er kalt. »North

McTavish ist mein Erzfeind. Der Mann, der meinen Vater ermordete. Und du wirfst dich ihm an den Hals, sobald du die Gelegenheit dazu hast. Du hast alles hintergangen, was ich bin, mich verhöhnt und entwürdigt.«

»So war das nicht!«

»Deine Ausflüchte interessieren mich nicht!« Seine Augen funkelten, als er mich ansah. »Du nützt mir nur noch als Köder, nichts weiter. Ich bin fertig mit dir, Shona.«

»Als *Köder*?« Fassungslos starrte ich ihn an. »Du denkst, er würde hierherkommen und mich befreien?« Ein freudloses Lachen schwappte mir über die Lippen. »Er hasst mich. Ich bin eine Craig, Andrew.«

»Du bist keine Craig«, sagte er eisig. »*Noch* nicht. Auf dem Tisch liegt ein Ehevertrag mit einem schriftlich festgehaltenen Eheversprechen. Unterschreib und dann warten wir. Pater, kommen Sie rein!«

Die Tür öffnete sich und Pater Madour trat ein. Ein enger Vertrauter von Andrew. Groß und hager wie ein Kranich mit stechenden dunklen Augen und einer Hakennase. Der Pater war berechtigt, uns offiziell zu trauen und würde gleichzeitig als Zeuge fungieren. Er und das komplette Puppentheater, das Andrew schmierte und das nicht offiziell anwesend sein musste, um es im Nachhinein auf dem Papier gewesen zu sein.

So hatte ich mir meine Hochzeit wirklich nicht vorgestellt.

Mein Körper bebte, während ich hinüber zu dem Dokument sah. »Das ist Wahnsinn, Andrew. Er wird nicht kommen. Niemals!«

Für einen Moment schien er zu überlegen, ob ich recht haben könnte, dann wurde seine Miene wieder starr.

»Wir werden sehen.«

Ich rührte mich nicht. Wenn ich diesen Wisch unterschrieb, hatte ich nichts mehr gegen ihn in der Hand, rein gar nichts. Andererseits ...

»Wirst du für Calan und Ruth da sein? Ihnen nichts tun? Sie zufriedenlassen?« Heiße Tränen stiegen mir in die Augen. Ich hatte wirklich geglaubt, der Name Craig würde meinen Sohn und meine Schwester schützen. Bis ich all das hier erleben musste. Einen schmutzigen Krieg zwischen den McTavishs und den Craigs, und einen Mann an meiner Seite, der alles dafür tat, ihn aufrecht zu erhalten. Ruth war schon als halbes Kind drogenabhängig gewesen, hatte sich die Fruchtbarkeit mit Heroin und Crack weggeschossen und sich damit der Erfüllung ihres sehnlichsten Wunsches beraubt. Das hatte ihr den Lebenswillen genommen und mich ans Ende meiner Kräfte getrieben, denn verflucht, nach dem Tod meines Vaters konnte ich nicht noch mehr Familie verlieren. Das Kind in meinem Bauch war eine göttliche Fügung gewesen, auch wenn ich am liebsten kotzen würde, wenn ich diesen verdorbenen Entstehungsakt als das bezeichnete.

»Ich habe dir versprochen, dass ich den Junkie schützen lasse, also tue ich es auch. Noch dazu ist es in den Zeilen verankert. Sie kann nichts für ihre schlampige Schwester. Gesetz dem Fall, du unterschreibst. Also: Können wir jetzt anfangen?« Andrews Blick war gierig. Habsucht funkelte in seinen Augen. Das war der Deal gewesen. Wir heirateten, er schützte meine übrige Familie mit seinem Namen, der gesamten Polizei des Umlandes und seinem Familienvermögen. Er hatte Ruth ein Strandhaus gekauft und finanzierte Calan und sie bis zu seinem Tod, das war in unserem Ehevertrag so festgelegt. Im Gegenzug erhielt er das Land der Blythes. Meine Mutter hatte es nicht böse gemeint, als sie uns mit dieser Übereinkunft zur Hochzeit drängen wollte. Für sie war Andrew immer ein Goldjunge gewesen, und die weitere Pflege ihres Besitzes durch mich, ihre Erbin, das Traumszenario. *Endlich sorgt wieder eine Blythe für Ordnung in der Stadt, an der Seite des Polizeichefs. Das ist eine wertvolle Verbindung, mein Kind, eine Fügung von oben.* Andrew sollte mir die Flausen austreiben, mich bodenständig machen und mit mir gemeinsam über Swamp Head herrschen. Oh, wenn sie ihn jetzt doch nur sehen könnte.

Vor wenigen Jahren auf dem Sterbebett hatte sie unterschrieben, dass ganz Swamp Head und Umland im Moment unserer Hochzeit an Andrew übergingen. Und er war ganz heiß darauf, Besitzer dieses Grundes zu werden, denn es war altes Land und beinhaltete einen großen Teil von Prayer's Well. Es eröffnete ihm neue Möglichkeiten, die McTavishs ein für alle Mal von seinem Grund zu vertreiben. Aber er kannte Eliot nicht so gut wie ich. Das hier würde nicht ablaufen, wie er es sich vorstellte. Eliot würde nicht gehen, egal was er besaß oder nicht, und Andrew würde nicht aufgeben. Für diese Geschichte gab es nur ein Ende und die Vorstellung fraß sich mit scharfen Klauen in meine Brust. Einer von beiden musste in diesem Krieg sterben. Und es war sehr unwahrscheinlich, dass das Andrew sein würde, denn mir war sein Schutz meiner Familie nicht ohne Grund so wichtig. Er hatte den Polizeiapparat des ganzen Umlandes hinter sich. Jede Tat gegen einen seiner Schutzbefohlenen hatte Konsequenzen. Sie waren viele. So viele mehr als Eliot und seine Räuberbande. Andrew würde Eliot zur Strecke bringen.

Ein schweres Schlucken zementierte meine Kehle ein.

Andrew zu verlieren wäre schlecht. Wer kümmerte sich dann um meine Schwester und Calan? Aber Eliot ... Mein Herz begann merkwürdig zu prickeln. Auf eine schreckliche, alles verzehrende Art. Ich durfte das nicht zulassen. Wenn ich dieses Papier unterschrieb, goss ich nur noch mehr Öl ins Feuer.

»Er wird nicht kommen«, flüsterte ich erneut.

»Oh, glaub mir, er wird. Und ich werde ihn erwarten.« Andrew richtete sich auf und legte einen Stift neben den Vertrag auf dem Tisch. »Ich habe mit ihm gesprochen. Wie es aussieht, hat sich das Biest ein wenig in die Schöne verguckt. Das ist gut, denn es macht ihn schwächer.«

Mein Blick flackerte, als ich zu ihm aufsah. Wie er dort

vor mir stand. Selbstverliebt und abgehoben. Er hatte nichts mehr von dem Mann, mit dem ich einmal eine Zukunft geplant hatte.

Eine Fügung von oben. Ein Geschenk des Schicksals.

So hatte er mich genannt.

»Hast du mich eigentlich je geliebt?« Dass meine Stimme bebte, machte mich wütend, aber meine Emotionen kochten über und ich hatte kein Mittel dagegen. »Woher wusstest du, dass es Glenn war?«

Für eine Weile herrschte Ruhe, dann seufzte Andrew tief. »Verzeihen Sie, Pater, ich habe wohl noch etwas zu klären, bevor wir fortfahren können.«

Pater Madour nickte und zog sich diskret nach draußen zurück.

Zur Hölle mit ihm und seiner Göttlichkeit! Ich wurde hier festgehalten und er war meinem Mistkerl von Verlobten trotzdem hörig. Er würde mich fragen, ob ich diese Verbindung wollte, ich würde *Ja* sagen und er würde rein gar nichts hinterfragen. Damit wäre sein Job erledigt und er hätte einen weiteren Stein im Brett des großen Andrew Craig. *Ihr kennt ihn nicht! Ihr alle kennt ihn nicht! Genau wie ich ihn bis vor kurzem nicht kannte.*

Meine Nägel gruben sich in meine Handflächen. »Du warst nicht überrascht, als ich dir sagte, dass Calan von ihm ist. Dass er mich da draußen ...« Meine Worte versiegten mir auf der Zunge und ich presste die Lippen aufeinander, als sich eine Träne ihren Weg über meine glühende Wange suchte.

Andrews Blick verlor sich wieder im Nichts, diesmal driftete er noch weiter davon als vorher. Sein Haar war unordentlich, eine Strähne fiel ihm ins Gesicht. Alles an ihm wirkte verwüstet, als hätte er sich aufgegeben, alles Gute abgelegt, damit er diese eine Sache erreichen konnte, die Sache, um die sich inzwischen sein ganzes Sein drehte. Eliots Vernichtung. Das nannte man in meiner Welt Fanatismus. Und der forderte Opfer. Immer.

»Glenn und ich waren zusammen auf der Universität«, begann er plötzlich zu sprechen und ich nahm einen tiefen Atemzug. Wappnete mich für das, was jetzt kam. »So etwas wie Freunde.« Er sah mich nicht an und ich ihn auch nicht. Starrte einfach aus dem Fenster auf den endlosen Ozean.

»Er kommt mir nicht vor wie ein Jurist«, presste ich bitter durch die Zähne.

»Er hat das Studium abgebrochen.« Andrews Worte klangen merkwürdig leer. »Und er hatte schon immer eine Schwäche für Frauen. Er konsumierte alles, was man sich vorstellen kann. Alkohol, Koks, Crystal, Prostituierte. Nichts war ihm je genug. Als er begann, sich mit denen abzugeben, die ich in meiner jungen Karriere dingfest machen wollte, trennten sich unsere Wege.« Bedächtig ging er hinüber zum Fenster und blickte auf die Wellen vor uns. »Viele Jahre später trafen wir uns noch einmal auf einer Feier wieder, tranken auf die guten alten Zeiten und ignorierten, wie verschieden wir geworden waren. Er redete viel. Über seine Allianzen und ihre Vorhaben. Das gefiel mir, denn es war hilfreich.« Kopfschüttelnd blickte er zu Boden. Ich ließ ihn erzählen und mein Mund wurde trockener und trockener dabei. »Zufällig besaß er gute Kontakte zum Sohn des alten McTavish, mit dem mein werter Vater mehr oder minder über die Gegend herrschte. Die Dinge waren nie sauber zwischen ihnen, wenn du mich fragst. Sie hassten sich insgeheim, luchsten einander die besten Geschäfte ab und waren korrupter, als Stadtoberhäupter sein dürften. Prayer's Well mauserte sich sehr schnell zum schmutzigsten Untergrund-Umschlagplatz ganz Schottlands und das gefiel mir nicht. An diesem Abend erzählte Glenn mir Dinge, die die anderen auf der Veranstaltung nicht hören mussten, also gingen wir hinaus in die Felsen. Der alte McTavish wollte das Ruder an seine Söhne übergeben, das war eine sehr wertvolle Information für mich.«

So lange schon, Glenn ... So lange hast du ihn schon verraten.

Mir wurde übel.

»Und dann sahen wir dich.« Andrew ballte die Hände zu Fäusten und ich erstarrte. *Wir?!*

»Du bist in deinem weißen Kleid zwischen den Steinen herumgeklettert wie ein verlorener Engel. Mitten in der Nacht. Wir hatten getrunken. Glenn mehr, als gut für ihn war. Und alles passierte so schnell, ich konnte nichts dagegen tun.« Wieder leerte seine Miene sich vollkommen und er wirkte, als hätte man ihn an unsichtbaren Fäden aufgehangen. »Er packte dich, im ersten Moment konnte ich nicht glauben, dass er das wirklich tun würde, dann widerte ich mich an, weil es mich anturnte.«

Bitte was? Ich schnappte nach Luft, aber es gelang mir nicht. Mein Körper war wie gelähmt, ich hatte keine Kontrolle mehr über ihn, sank in mich zusammen wie eine Puppe.

»Es machte mich an, wie er dich vergewaltigte, Shona«, trieb er endgültig einen Pfahl in die Brust. »Und ich hasste mich dafür, genau wie für die Tatsache, dass ich nichts unternommen habe. Als er fertig war, ließ er dich dort liegen, und wir verschwanden. Kurz darauf erfuhr ich, wer du warst, schlich um dich herum, beobachtete dich. Die Erbin der Blythes. Das war, als hätte das Schicksal zu mir gesprochen. Ich hatte den Drang, mein Gewissen zu erleichtern, Shona. Mich um dich zu kümmern, all das irgendwie wiedergutzumachen. Wir waren wie füreinander bestimmt.«

Wiedergutzumachen ... Galle stieg in mir hoch, wenn ich an diese Nacht dachte, an Glenns schweren Körper auf mir und sein abgehacktes Keuchen.

»Du warst mit mir zusammen, um dein Gewissen zu erleichtern«, wiederholte ich seine Worte monoton und mein Körper zitterte dabei. Wie abscheulich konnte ein Mensch sein?

»Ich war mit dir zusammen, um dir ein gutes Leben zu

bereiten. Und das habe ich, bis du dich mit meinem ärgsten Feind verbrüdern musstest!«

»Ich verbrüdere mich mit niemandem.« Mit einem Mal klangen meine Worte unendlich müde und gleichzeitig loderte eine alte, kraftvolle Wut in mir hoch. »Man stellt fest, dass man füreinander bestimmt ist, wenn man für den anderen durchs Feuer gehen würde, wenn man für ihn die Sätze beendet, sich bei ihm geborgen und beschützt fühlt, nicht als Zeuge einer Vergewaltigung, die einen so anmacht, dass man sich danach im Bett einen darauf runterholt.« Mit einem Satz war ich auf den Füßen, entwickelte eine Kraft, die ich so gar nicht von mir kannte. Für einen Moment dachte ich, es würde mich in zwei Teile reißen, und in der nächsten Sekunde fand ich mich mit der zerbrochenen Vase vom Tisch in der Hand direkt vor Andrew wieder und hieb mit der Spitze nach seinem Auge.

»Du widerst mich so an!«

»Lass das, du Psychopathin!« Er wehrte mich ab, ich hieb erneut zu, traf seine Wange und riss eine schmale Wunde hinein. Er ächzte, rang mit mir, nahm mir die Scherbe ab und stieß mich zurück. Ich prallte gegen den Tisch, stürzte nach hinten und ging zu Boden, wo mit einem Schlag alle Kraft aus mir wich.

»Ich verabscheue dich!«, brüllte ich, und es kam aus meinem tiefsten Inneren. »Wie konntest du nur? *Wie?*«

Mit ein paar Schritten war er bei mir, hob den Stift auf, drückte ihn mir in die Hand und zerrte mich unsanft nach oben.

»Kehr vor deiner eigenen Tür«, zischte er gegen meine Wange, bevor er mich auf den Stuhl drückte wie eine willenlose Marionette. »Ich finanziere deinem Bastard-Sohn das traurige Leben, ich habe verhindert, dass deine Junkie-Schwester sich den goldenen Schuss setzt, und ich jage das schmutzige Pack aus der Stadt, damit Schottland endlich wieder sauber wird. Und was genau leistest du, außer für einen dreckigen Gangsterboss die Beine breit zu machen?« Seine Hand griff so fest zu, dass es wehtat, aber ich spürte es kaum, denn meine aufeinandergepressten Zähne verlagerten den Schmerz. »So viele Jahre schon habe ich hinter dir aufgeräumt. Du hinterlässt nichts als eine Spur der Verwüstung«, zischte er die Worte der Vernichtung direkt in mein Ohr. »Also tu jetzt gefälligst endlich mal etwas Nützliches und unterschreib!«

Meine Finger zitterten, als der Stift aus ihnen rutschte und auf den Boden fiel. Tränen der Verachtung liefen über meine Wangen und tropften auf den Vertrag. Ein kleines Stück meiner schwachen Seele glaubte ihm. Ich war schuld an all dem. Wie oft wurde mir gesagt, ich solle mich nicht allein an der Küste herumtreiben? Nicht dort draußen, wo es von Verbrechern wimmelte? Und dann hatte ich es extra getan. Um mir selbst zu beweisen, dass nichts passiert, ohne zu wissen, dass der größte Verbrecher mich ein paar Jahre später in ein Hochzeitskleid zwängen würde. Ich war schwach, hatte mein Kind nicht großziehen und meine Schwester nicht aus ihrem Drogensumpf befreien können. Vor ein paar Wochen noch wäre ich jetzt vor Andrew auf die Knie gefallen und hätte ihn angefleht, mir zu verzeihen, damit alles so werden konnte, wie wir geplant hatten, aber Eliots Stimme war zu laut in meinem Kopf.

Du sollst laufen. So weit weg von hier wie möglich und dir etwas aufbauen, das nur dir gehört. Lauf, verdammt noch mal! Ergreif die Chance und blick nicht zurück, ich beschwöre dich!

Er hatte recht! Ich war stark und es gab immer mehr Wege als einen.

»Nein«, sagte ich und wischte mir die Tränen vom Gesicht.

»Was?« Andrew griff entrüstet noch härter zu.

Mit festem Blick sah ich zu ihm auf. »Ich bin keine Craig! Und ich werde nie eine sein.«

Im ersten Moment wirkte er fast verdutzt, glotzte mich

an, als würde ich gerade den Verstand verlieren. Dann ließ er mich los und schüttelte freudlos lachend den Kopf.

»Du Idiotin! Das überlegst du dir besser noch. Spätestens, wenn ich dich hinter meinem Boot herziehe, um all den stinkenden Dreck von dir zu waschen, den North McTavish auf dir hinterlassen hat.«

Er wollte mich foltern? Es überraschte mich, dass das keine Angst in mir auslöste. Wahrscheinlich war ich inzwischen einfach abgestumpft.

»Ich komme morgen mit dem Pater wieder, dann ist der Vertrag unterzeichnet, oder ich lasse uns Ruth und deinen kleinen Bastard herholen und wir machen ein schönes Familientreffen.«

Mein Herz krampfte. »So erbärmlich von dir, sie da mit reinzuziehen!« Ich wollte resolut klingen, aber es gelang mir nicht. Ruth und Calan waren leichte Opfer, und es würde ihn in seiner Raserei nicht die Bohne jucken, sie auszuschalten. Es war für ihn, als würde er sich Dreck unter dem Nagel hervorkratzen.

Wenn ich Ruth nur irgendwie erreichen könnte ...

»Sie werden immer mit reingezogen, das ist doch der Sinn der Sache. Denk an McTavish und seine Braut ... Weißt du, was mir in dieser Situation der erregten Gemüter ein wenig Trost spendet?« Wie beiläufig fuhr er sich durch das dunkle Haar. Ich erkannte einen kleinen Bartschatten auf seinen Wangen. »Er hat meine Braut gefickt und ich seine, ist nur fair eigentlich.«

Alarmiert fuhr ich herum. »Wie meinst du das?«

»Wie ich es sage.« Selbstgefällig verschränkte er die Arme vor der Brust. »Sie kam zu mir, fragte mich, wo ihr Zukünftiger sei, war unsagbar aufgelöst und dachte, ich hätte ihn. Blödsinn! Vollkommen hysterisch war dieses Weibsbild und ich hasse hysterische Frauen. Na ja, wenigstens hatte ich noch ein wenig Spaß mit ihr, konnte ihr noch ein bisschen Respekt beibringen, bevor ich sie ein für alle Mal zum

Schweigen brachte. Er hat es verdient, dieser dämliche Trottel.«

Was? Aber das … das konnte nicht … Mein geschändetes Herz rebellierte in meinem Körper, bäumte sich auf, als wäre das hier ein Verbrechen an mir und nicht an Eliot.

»Aber … es war ein Unfall.«, stotterte ich und starrte Andrew an, als könnte ich eine Auflösung dieser Bösartigkeit irgendwo in seinem Gesicht finden. Aber da war nichts. Rein gar nichts. Er hatte Arran vergewaltigt, wahrscheinlich weil ihn der Anblick von Glenn und mir damals schon so angemacht hatte, und dann hatte er ihr eine Kugel in den Kopf gejagt. Das war kein Unfall, es war kaltblütiger Mord.

»Unterschreib den Vertrag!«, sagte Andrew frostig und verließ den Raum, um ihn im Anschluss von außen zu verriegeln.

»Aber …«, stammelte ich nutzlos vor mich hin. »Es war doch ein Unfall.«

Jedes Gefühl hatte meinen Körper verlassen, während ich kopfschüttelnd vor mich hinstarrte und all die Informationen ordnete, die mir gerade um die Ohren geflogen waren. Wenn Eliot das erfuhr … Sein Herz würde brechen. Genau wie meines. Mein Verlobter war ein Sadist, ein Vergewaltiger und ein Mörder. Er *würde* nicht nur alles tun, um Eliot zu zerstören, er tat es schon lange.

KAPITEL 7
NORTH

Ich hatte zu unserer Mutter gesprochen, bevor ich nach unten in die Grotte ging. Glenn flankierte mich, als ich die Stufen hinabstieg, und es würde das letzte Mal sein, dass er das tat. Mein Bruder war so dicht hinter mir, dass ich die Kälte fühlen konnte, die seine Seele verströmte. Er war bereit, zuzuschlagen.

Ruhig, kleiner Bruder. Noch nicht. Ganz ruhig!

Meine und seine Männer warteten bereits in der Höhle, die wir durch den geheimen Zugang im Keller meiner Burg betraten. Es roch nach Gischt, nach Salz und dem Ozean.

Und ich hörte die schlappschwänzige Verräterbrut schon von Weitem heulen und schimpfen.

Das würde ihnen bald vergehen.

Ein tiefer Atemzug füllte meine Lunge, während ich mich vor ihnen aufbaute und ihren erbärmlichen Anblick genoss. Sie knieten nebeneinander auf dem Steinboden neben dem kleinen See, in dem ich noch immer Shona vor meinem inneren Auge sah. Vier grobe Typen mit auf dem Rücken verschnürten Händen. Ihre zerschlagenen Fratzen wirkten surreal in der azurblauen Reflektion des Wassers. Der speckige Wichser, der auf der Pub-

Toilette Hand an meine Moor-Hexe gelegt hatte, war auch dabei. Sah recht versöhnt mit seiner Situation aus, das war vernünftig.

Mein Bruder und seine Männer platzierten sich hinter mir am Eingang der Grotte und meine Jungs auf der anderen Seite.

Basil kauerte mit gesenktem Kopf in ihrer Mitte und spuckte düster aus, als er den Blick zu mir hob.

»Stinkender Hund, North!« Etwas Blut rann aus seiner Nase über seine Narbe. Ohne Widerstand hätten diese Bastarde sich wohl kaum fangen lassen.

»Reichlich viele Verräter für einen Tag«, erwiderte ich dunkel und tauschte einen Blick mit Glenn, dessen Augen für einen Moment flackerten. Dann zwang er sich zu einem Nicken. Er war der ekelhafteste Abschaum von allen.

Elijah zog seine Waffe und ließ sie auf seinem Oberschenkel ruhen. Die Luft war zum Schneiden dick.

»Also, Basil.« Bedächtig drehte ich den Kopf in seine Richtung. »Erzähl mir deine Geschichte! Wie lange schon, hm? Hast du auch unseren Vater hintergangen oder war dir erst danach, als wir an die Macht kamen?« Langsam ging ich auf ihn zu und badete in seinem hasserfüllten Blick. Fast fühlte ich mich versucht, ihn loszubinden, damit er mich ein bisschen beharken konnte, bevor ich ihm den Garaus machte. Stattdessen griff ich in sein Haar und zerrte ihm so hart den Kopf in den Nacken, dass er ächzte.

»Was hat Andrew dir bezahlt, du widerlicher kleiner Scheißer, hm?«

»Sag ihm nichts!«, mischte sich der Vergewaltiger-Abschaum neben ihm ein und ich stockte für eine Sekunde.

Er tat es ebenfalls, fand aber recht schnell seine Stimme wieder. »Töte uns von mir aus, aber du wirst nichts aus uns herausbekommen!«

»Oh, ich töte euch, so viel steht fest«, wandte ich mich ihm zu und tätschelte ihm grob die Wange. »Aber es liegt ganz an euch, wie viel Schmerz ich euch vorher noch zufügen will.« Für einen Moment nahm ich die Hand von ihm, um ihn zu betrachten, dann verpasste ich ihm einen so harten rechten Haken, dass er zu Seite gekippt wäre, wenn ich ihn nicht gehalten hätte.

»Also«, raunte ich in sein Ohr. »Du scheinst mir einiges zu erzählen zu haben.«

Seine Lippe war aufgeplatzt und er keuchte und ächzte, während er krampfhaft meinem Blick auswich. »Von mir erfährst du nichts.« Das kam schon wesentlich zögerlicher als vorher. Wieder verpasste ich ihm einen Schlag. Diesmal noch härter als vorher und ich ließ ich ihn auf dem Stein aufprallen und sich die Stirn aufschlagen. Er blieb fluchend zu meinen Füßen liegen und krümmte sich wie ein fetter Engerling.

»Was meint ihr, Jungs«, richtete ich mich an Zac und die anderen. »Womit bezahlt dieser Schwanzlutscher eine so traurige Bande wie diese hier, damit sie mich in meinem eigenen Pub in die Luft sprengen?« Lava brodelte durch meine Adern und ich konnte die Wut nur noch schwer in Zaum halten, die Bestie in mir riss zu hart an ihren Ketten.

»Frauen«, tippte Zac, während das Blut dieses ehrlosen Pissers vor mir den Boden meiner Grotte besudelte.

»Genau«, bestätigte Pollock. »Er zahlt diesen Hundesöhnen das Bordell.«

Der Gedanke amüsierte mich und machte mich gleichzeitig rasend. Ungehalten bückte ich mich und zerrte diesen heulenden Waschlappen wieder auf die Knie. Blut lief in seine Augen und er bleckte die Zähne und starrte mich verunsichert an.

»Das wäre ganz anständig«, grollte ich ihm in seine verzweifelte Grimasse. »Dann müssten sie ihre dreckigen Pfoten nicht an die Mädchen anderer legen, was?«

Etwas flammte auf in seinen schlammfarbenen Triefaugen. Ein letzter Funken Mut, wie man ihn fühlt, wenn man registriert, dass sowieso alles egal ist.

»Sie hat darum gebettelt«, wisperte er mir bebend entgegen und es wurde ganz ruhig und dumpf in mir. »Dein Mädchen hat sich endlich mal einen ordentlichen Mann gewünscht. Sie wollte es, North. Hat mich angefleht, ihn endlich in den Mund nehmen zu dürfen.«

Meine Hände platzierten sich an seinem Hals, ganz ruhig und routiniert. »Sie ist nicht mein Mädchen.« Ein winziges Lächeln zupfte an meinem Mundwinkel. Kalt und beherrscht. Und diese Ruhe in mir war wohltuend. Meine Lippen näherten sich seinem Ohr. Er stank nach Blut und Angst. »Sie gehört eurem Freund Andrew Craig.« In einer knappen Bewegung brach ich ihm das Genick und er sackte leblos zurück auf das Gestein.

Für einen Moment schloss ich die Augen und ließ dieses herrlich kalte Gefühl durch mich hindurchsickern. Der Kerl, der neben ihm kniete, schlotterte und jammerte wie ein Kleinkind. Hm, damals im Pub war er nicht so kleinlaut gewesen.

Bedächtig zog ich mein Jagdmesser aus dem Gürtel und betrachtete für eine Weile fast schon liebevoll die große Klinge. Gott, die Erinnerung daran, wie ich es Shona damit gemacht hatte, zuckte mir in den Lenden.

»Also, zurück zum Wesentlichen.« Die Kälte in meiner Stimme war wie Musik in meinen Ohren.

Basil stieß einen deftigen Fluch aus. Komisch, vor meinem Vater hatte er nie so das Maul aufgerissen. Na, ich wollte mal nicht so sein. Menschen wurden merkwürdig, wenn ihnen der Tod mitten ins Gesicht starrte.

Das kühle Metall schmiegte sich in die Speckfalten unter seinem Kinn, und ich drückte so fest zu, dass Blut unter meiner Klinge hervorsickerte. Er würgte und starrte mich mit aufgerissenen Augen an, während ich mit der anderen Hand seinen Nacken packte.

»Deine … deine Zeit …«, stammelte er und ich ließ etwas lockerer. Wollte er jetzt doch noch reden? Sehr löblich. Sein Adamsapfel tanzte auf und ab unter dem fettigen Fleisch seines Halses.

»Du weißt so gut wie ich, dass deine Zeit vorüber ist, North.«

»Halte ich für Bullshit«, erwiderte ich.

»Und ja«, würgte er trocken. »Ja, mein Gott, Andrew hat uns beauftragt. Ich habe deine Bücher für ihn frisiert, Abrechnungen getürkt und ihm Informationen zugespielt.« Sein flackernder Blick tastete sich über meine Schulter, und Hölle, ich wusste sehr genau, wer dort stand. »Die Waffen von Moray Firth hat er einkassiert und auf der Bohrinsel zwischengelagert, damit er sich deine Kunden holen konnte, während du im Gefängnis warst, und das war nicht das erste Mal. Er den MI5 über euch informiert. Ich glaube an den Entwurf der Craigs in Prayer's Well. Du solltest es einfach gut sein lassen. Ihr beide!«

Die Bohrinsel … Der Rest seines absurden Gebrabbels versiegte in meinen Ohren wie ein Strom aus Schmutz. Die Spitze meiner Klinge drückte von unten gegen sein Kinn und er versuchte, den Kopf wegzuziehen, damit es nicht zu sehr weh tat. Ich ließ ihn nicht. Die Bohrinsel. Sie war im Meer und gleichzeitig ein Lager.

»Verfluchte Scheiße«, stieß ich hervor. Er versteckte Shona auf der Bohrinsel.

»Nehmt einfach euren Kram und geht in Frieden. Die Ära der McTavishs ist tot, North«, faselte er verbissen weiter auf mich ein, denn die Spitze meines Messers hatte bereits die erste Hautschicht durchdrungen.

»Tot … Weißt du, was lustig ist?« Ich bohrte meinen eiskalten Blick in seinen und packte seinen verschwitzten Nacken noch fester. »Ich habe mich selten lebendiger gefühlt als in diesem Moment.«

Mit absurd wenig Kraftaufwand schob ich die Klinge

nach und trieb sie in seinen Kiefer. Seine Augen wurden starr, er gurgelte und Blut lief mir über die Hand, während ich seinen sterbenden Blick gefangen hielt. Das Messer rutschte mit einem Ruck bis hinauf in seinen Schädel und ich zog es wieder heraus, um ihn gegen die Schulter zu treten, damit er nach hinten umfiel.

»Dreckiger Verräter!« Mein Kiefer war fest wie Stein, während ich die besudelte Klinge an meiner Jeans abwischte. »Verkommene Hurensöhne allesamt!«

Der Sturm in mir tobte, aber der Wind in der Bucht war verstummt, als ich mich den restlichen beiden Sackgesichtern zuwandte.

Einer hielt bibbernd den Blick gesenkt und brabbelte panische Gebete vor sich hin, der andere wirkte, als hätte er seinen Körper bereits verlassen. War wohl auch das Beste für ihn.

»Und ihr traurigen Pisser ... werdet meine Vögel füttern.« Ohne jede Eile hob ich die blutigen Finger an die Lippen, da hallten plötzlich zwei Schüsse durch die Höhle und ich erstarrte wie der letzte Amateur.

Zielsicher landeten sie in den Köpfen meiner beiden Geiseln und schenkten ihnen ein zu schnelles Ende, ich traute meinen verschissenen Augen nicht. Sie sackten zur Seite wie wertlose Kartoffelsäcke, begnadigt durch einen Henker, der hier unten nichts zu sagen hatte. Ungehalten fuhr ich herum und blickte meinem Bruder direkt in das reglose Gesicht.

»Es wurde gesagt, was gesagt werden sollte«, begründete er die Waffe in seiner ausgestreckten Hand und steckte sie weg wie ein unterkühlter FBI-Agent. »Genug für heute, Bruder.«

Wir leisteten uns einen Krieg mit Blicken, aber diesmal war ich derjenige, der ihn filetierte.

Ich entscheide, verdammt noch mal, wann es genug ist!
In meiner Burg!
Auf meinem Grund und Boden!

»Glenn.« Brodelnd steckte ich mein Messer weg. »Schaff mir diesen blutenden Abschaum aus der Höhle, ja?«

»Sofort, mein Freund.«

Mein Freund … Mir stellten sich die Nackenhaare auf und das Biest in mir zerrte endgültig eine seiner Fesseln aus der Verankerung.

Meine Beherrschung lag plötzlich in beachtlicher Schieflage. Mochte an dem Blutbad liegen, dass ich gerade angerichtet hatte, oder an meinem aufmüpfigen Bruder, ich war mir nicht ganz sicher. Glenn beugte sich über den matschigen Basil, um ihn hochzuhieven, und jeder Muskel in mir spannte sich an.

Mit einem Satz war ich hinter ihm, packte seinen Hinterkopf, drückte ihn nach unten und versenkte sein Gesicht im See. Er brüllte und schlug um sich, Wasser spritzte, aber ich hielt ihn eisern fest. Als seine Gegenwehr schwächer wurde und die Blasen unter Wasser weniger, zerrte ich ihn zurück nach oben. Er spuckte und rang nach Atem.

»Was hast du gesagt?«, wütete ich gegen sein bleiches Gesicht. »Mein *Freund*, hm? Ich bin also dein Freund?«

»Eli, ich … lass mich dir …«

Wieder drückte ich ihn unter die Oberfläche und wieder tat ich es so lange, bis er sich kaum noch rührte.

Dann zog ich ihn zurück und war im nächsten Moment über ihm. »Ich schneide dir den Freund aus deiner dreckigen Visage, du Scheißhaufen!«

»Eli«, brüllte er und ich verpasste ihm eine. Seine Nase brach unter meiner Faust. Scheiße, er hatte mich nie wieder so zu nennen! Nie mehr! Wieder flog meine Faust frontal in sein Gesicht. Und wieder. Diesmal so hart, dass ihm direkt die Lichter ausgingen. Bebend kauerte ich über ihm, wollte am liebsten so lange zuschlagen, bis nichts mehr von ihm übrig war, aber ich atmete tief, damit eben das nicht geschah.

»Zac, Pollock, werft diese Ratte in den Kerker und behaltet ihn im Auge. Ruft mich an, wenn er wach wird, verstanden?« Dieser ehrlose Pisser konnte uns vielleicht noch behilflich sein im Verlauf dieses Krieges. Immerhin schien er sehr eng mit Craig gewesen zu sein. Da kam mir direkt die verschissene Galle hoch.

»Und ihr anderen sichert unsere Burg und bereitet euch auf weitere Angriffe vor!«

Diese Burg gehörte den McTavishs, seit diese Welt atmete. Sie war ein Clan-Erbe, und ich würde sie lieber persönlich in die Luft sprengen, als sie Andrews ekelhaften Fotzenleckern zu überlassen.

»Kann mir mal einer erklären, was hier gerade passiert?« Zacs Bart stand wüst in alle Himmelsrichtungen und tiefe Ringe lagen unter seinen Augen, während Pollock den dreckigen Körper von Glenn hochwuchtete, um ihn davonzuschleifen.

»Mein bester Freund ist eine Ratte, Bruder.« Ich griff nach Zacs Schulter, während ich neben mich spuckte, um nicht kotzen zu müssen.

Seine Augen wurden riesig. »Nicht dein Ernst, North! Sag, dass das nicht wahr ist!«

»Leider doch.« Ich ließ ihn los und drehte mich in Richtung meiner restlichen Männer, die alle dastanden wie Falschgeld und mich fassungslos anstarrten. »Glenn ist eine dreckige Ratte. Er hat uns an die Craigs verraten. Nur Odin weiß, wie lange schon.«

Ein entrüstetes Gemurmel wurde laut.

»Wer ihm die hässliche Visage dafür polieren will, fühlt euch frei! Aber macht den Schwanzlutscher nicht kalt. Ich brauche ihn noch.« Einer wie er hatte es nicht verdient, wie ein hilfloser Welpe hinterrücks in meiner Grotte ertränkt zu werden. Einer wie er musste leiden und vor Schmerzen schreien, bevor ich ihm erlaubte, abzutreten.

Ein dunkles Grollen machte sich hinter meiner Brust breit, als ich an Elijah vorbei ging. »Auf ein Wort, *jetzt!*«

Er folgte mir reichlich verdattert und redete auf mich ein,

als wir draußen durch den Sand stapften. »Eliot, mir ist klar, dass in dir ein Unwetter tobt bei all dem Wahnsinn, der hier stattfindet, aber zügle dein Temperament etwas! Wut ist kein guter Berater, und es nimmt nie ein gutes Ende, wenn du die Bestie rauslässt, also …«

»Du wirst mich nie wieder vor meinen Männern lächerlich machen, hast du verstanden?« Meine Worte waren kalt und starr wie ein nordischer Gletscher. Genau wie meine Züge, als ich mich zu ihm umdrehte.

»Wie bitte?« Er stieß ein ungläubiges Lachen durch die Zähne.

»Du hast mich schon gehört! Nie wieder, sonst lasse ich meine Adler das nächste Mal auf *dich* los.«

Mein Bruder starrte mich an und ich konnte mich nicht erinnern, ihn je so perplex erlebt zu haben. Aber ich meinte jedes einzelne Wort genau wie ich es sagte und er wusste das.

Es machte nichts besser. Rein gar nichts.

Verbittert drehte ich mich um und machte mich auf den Weg zu meinen Anlegern.

»Wo willst du denn jetzt hin, Mann?«, rief Elijah mir nach.

»Das geht dich einen feuchten Dreck an!«

KAPITEL 8
SHONA

Vollkommen leer starrte ich auf diesen grässlichen Vertrag. Schon jetzt benutzte mein wundervoller Zukünftiger meine Familie als Druckmittel gegen mich, wie viel Schutz konnte ich ihm nach dieser Unterschrift noch zutrauen? Er wollte nur das Land, nichts als das Land, dann musste er Eliot nicht mehr mit Gewalt hinausdrängen, sondern konnte es den Staatsapparat erledigen lassen. So dachte er zumindest. Aber Eliot war ein leidenschaftlicher Mann voller Feuer. Für einen Moment schloss ich die Augen und dachte an seine Lippen, wie sie meine verschlangen, an seinen großen, festen Körper, wie er mich eroberte, mich einnahm und besetzte.

Lauf und bau dir etwas auf, das nur dir gehört …

O Eliot, ich wünschte, das könnte ich. Und genauso wünsche ich es mir für dich.

Er war ein sturer Dummkopf, wenn er sich Andrew und seiner Armee mit den paar Räubern aus seiner Burg entgegenstellte. Aber es stand ihm zu gut, und das machte mir die Brust auf eine Art schwer, die ich so noch nicht kannte. Ich hatte meine Gefühle nicht mehr unter Kontrolle, wusste nicht, was in mir geschehen würde, wenn ihm etwas passierte, aber feststand: Ich wollte es nicht!

Jede Zelle in mir schrie, wenn ich mir vorstellte, wie ihn Andrews Kugeln durchlöcherten. Wahrscheinlich würde Eliot mit bloßen Händen gegen ihn kämpfen wollen, weil er ein vermaledeiter Barbar war, aber Andrew trug keine Aufrichtigkeit mehr in seinem Leib. Ihm war jedes Mittel recht, um diesen Mann zu Fall zu bringen, und er würde nicht fair spielen.

Meine Finger zitterten, als ich den Stift aufhob. Unterschrieb ich und ließ mich mit Andrew vermählen, befeuerte ich den Krieg zwischen den McTavishs und den Craigs und gab Andrew Macht, die ihm nicht zustand. Tat ich es nicht, holte er sich meine Schwester und Calan. Dass er sich an einem Kind vergriff, wäre mir bis vor ein paar Tagen noch absolut absurd vorgekommen, aber inzwischen … Mein Schlucken brannte in der Kehle.

Ich musste unterschreiben, ich hatte keine Wahl, aber Scheiße, ich wollte keine Craig sein! Die Umstände hatten sich um einhundertachtzig Grad gedreht. Mit dieser Unterschrift würde ich mir auch noch das letzte bisschen Würde nehmen.

Meine Hände zitterten heftiger und ich drückte mich keuchend nach oben, um von diesem Tisch wegzukommen.

Du bist Shona Craig. Meine Luftröhre schnürte sich zusammen und mir wurde kalt.

Shona Craig! Craig-Hexe!

Meine Lippen bebten und ich tastete mich zum Fenster hinüber, um hinauszublicken. Es war so klein, dass ich wahrscheinlich gerade so hindurchpassen könnte. Die Wand darunter wirkte glatt, kein Vorsprung, nichts, und es ging tief nach unten.

Wo zum Geier waren wir?

Aufgewühlt blickte ich ein paar Möwen nach, die über uns hinweglärmten.

Ich konnte nicht einschätzen, ob wir uns hier noch immer im Norden befanden. Ich sah keine Steilküste oder Landzunge am Horizont. Nichts als Meer.

Wo hatte er mich nur hingebracht, wo?

Vor der Tür waren plötzlich Schritte zu hören, das Schloss wurde entriegelt und ich erkannte Douglas und Ian, wie sie grobe Holzkisten direkt vor der Tür stapelten. Ein dritter Mann kam herein, riesig und dürr und mit einem Haaransatz, der absurd weit hinten anfing. Sein Blick scannte den Raum auf eine fast schon geschulte Art, und er überging mich einfach, als würde ich hier Ferien machen und gerade gemütlich ein Buch in einem Liegestuhl lesen. Seine Haut war viel zu dunkel für die Region, unnatürlich gebräunt, und seine Zähne standen kreuz und quer.

»Ian«, schrie mein Mund, bevor ich denken konnte. »Ian, ich bin hier drin!«

Ians Blick hinter dem Türspalt wurde düster und huschte für den Bruchteil einer Sekunde zu mir, bevor er wieder stur geradeaus starrte und seine Kiste weitertrug.

»Aber … was …« Betroffen sank ich gegen die kühle Wand neben dem Fenster. Er wusste, dass Andrew mich hier einsperrte. Er wusste es und tat nichts. Ian war mein Freund gewesen, seit ich an Andrews Seite stand. Wann immer es möglich gewesen war, hatte er sich vor meinem Verlobten für mich eingesetzt. Wir hatten gelacht und gescherzt, uns Dinge anvertraut, die wir Andrew nie sagen würden. Das hier tat weh. Verflucht noch mal weh.

Ich presste mir die Faust gegen die Brust und rang den Schmerz nieder, denn ich konnte jetzt nichts mit ihm anfangen. Angestrengt versuchte ich, einen Blick hinaus zu erhaschen, aber der riesige Fremde huschte wieder hinaus und die Tür fiel zu schnell wieder ins Schloss. Kein Treppenhaus, nichts. Was waren das für Kisten? Sie hörten ja gar nicht mehr damit auf, sie hier rauf zu schleppen. Eine nach der anderen. Ihre Schritte waren noch immer nicht verhallt.

Was hatten sie vor?

Was planten sie mit mir?

Ein dunkler Schatten legte sich über mein Gemüt. Es konnte nichts Gutes sein, so viel war klar.

Und ich wünschte, Andrews absurdes Hirngespinst, Eliot könnte kommen, um mich hier rauszuholen, wäre in irgendeinem Universum vorstellbar, aber ich war nichts als eine lausige Craig für ihn. Sollte mein Angetrauter wirklich denken, ein McTavish würde eine Craig aus dem Sumpf retten, war er wohl inzwischen noch wahnsinniger, als ich dachte.

KAPITEL 9
NORTH

»Was zum Teufel suchst du hier, McTavish?« Der kleine Polizistenscherge wirkte fast erhaben von hier unten. Sie taten so gern, als hätten sie eine reine Weste, trugen die offizielle Uniform und all den Scheiß, dabei waren sie korrupt bis ins Mark und diese *Kontrollinsel für die Seefahrt* nichts als ein Lager voller bester Geschütze und Crystal Meth, bereit für den Weitertransport an noch dubiosere Kameraden, als sie selbst schon waren. Ich wusste das sehr genau, denn noch vor ein paar Jahren hatte ich selbst Dinge hier zwischengelagert.

»Lasst mich anlegen, ihr Hundesöhne«, brüllte ich zurück, lenkte die *Stardust* Bug voran in eine Welle, damit ich nicht abtrieb, und scannte konzentriert die Außenseite des Verschlags.

»Keine Befugnis von oben, North«, antwortete der kleine Mann von seiner grauen Insel und ich wurde ungehalten. *Von oben* … Das war Andrew und es war mir klar gewesen, aber trotzdem konnte man es ja vorerst höflich versuchen. Das Kerlchen tuschelte mit einem anderen und sie zeigten besorgt auf meinen dicken Militärbrummer, der friedlich in den Wellen schaukelte.

»Dreh ab, wenn dir dein Leben lieb ist! Wir haben die Abwehrraketen aktiviert.« Sie hatten die Hosen voll. Stellten sie hier draußen vielleicht noch immer Nitroglycerin her? Eigentlich dachte ich, sie hätten dieses Geschäft mit uns aufgegeben. Interessant.

»Seid ihr wirklich in der Position, zu drohen, mit kiloweise Dynamit unterm Arsch? Ihr habt mich schon zu nah rankommen lassen, wenn ihr mich fragt. Ich hänge euch direkt am Rockzipfel«, mutmaßte ich ins Blaue. »Mein Baby hier ist ausgestattet mit sechs *Exocets*, die euch von hier aus direkt bis in den Arsch eines irischen Kobolds sprengen können. Also lasst mich besser durch.«

Einer der beiden fluchte und zückte ein Funkgerät. Wollte sicher Verstärkung rufen, weil sie sich hier draußen in Zweiergrüppchen gegenseitig die Eier kraulten, und ich nicht aussah, als wollte ich mitmachen.

»Dreh ab oder ich schieße.« Der Kleinere der beiden zückte eine 9mm, zielte aber nur halbherzig auf mich. Eindeutig Dynamit. Sie hatten Feuerverbot. Noch dazu starrte der Kleine mich an wie den gerade aus der Hölle aufgestiegenen Hades. Wirklich faszinierend, wie viel so ein bisschen Blut in der Visage manchmal ausmachte.

»Ein bisschen spät für eine Schießerei«, brummte ich. »Ich komm jetzt rauf.«

»Das wirst du nicht tun!« Auch der andere zückte eine Knarre und sie liefen wild durcheinander wie aufgescheuchte Hühnchen. »Wir brauchen dringend Verstärkung hier draußen. North McTavish legt gerade an!«, brüllten und speichelten sie in ihre Funkgeräte. Fast schon niedlich, aber mir war nicht nach munteren Konversationen. Ich wollte Shona über meine Schulter werfen und zurück in meine Festung tragen. Weg von diesem degenerierten Irren und seinem

Wahnsinn. Und wenn dieser Krieg vorüber war, ließ ich sie vielleicht gehen oder vielleicht auch nicht, aber zuerst musste ich sie haben. Der Motor meines Bootes dröhnte, als ich es an die schmale Metallleiter lenkte, die ins Gedärm der Bohrinsel führte.

Hier draußen ... Auf einem Ozean voller Sprengstoff hielt er sie fest. Das machte mich rasend. Dieser Bastard war gestörter als ich.

Ich kletterte durch die Luke und schon standen die beiden vor mir.

»Geh zurück, McTavish!«

Ein kaltes Grinsen schwappte mir übers Gesicht und für einen Moment genoss ich den beißenden Wind, der hier draußen jaulte.

»Ich suche nur jemanden, macht euch nicht ins Hemd!«

»Hier draußen sind nur wir«, krächzte der andere, ein glatt rasierter blonder Sunnyboy mit Pomade im Haar. Sicher lagen ihm die Mädels zu Füßen.

»Das will ich selbst sehen.« Unsanft schob ich ihn zur Seite und ging weiter.

»Bleib stehen oder ich schieße«, drohte er hinter mir schon wieder wenig glaubhaft, und ich fuhr herum und griff blitzschnell in seinen Arm, während ich dem anderen eine verpasste. Stöhnend taumelte er zurück und der Schönling hielt sich ächzend die Hand, während seine Pistole zu Boden fiel.

»Ihr dürft nicht schießen, also lasst den Blödsinn. Ich will mich nur umsehen.«

Der Kleine, den ich geschlagen hatte, sprang auf und trat mir in die Knie. Um ein Haar hätte die Überraschung mich ins Taumeln gebracht, aber ich griff zu und riss ihn zu Boden. Er brüllte, sprang wieder hoch und schlug so geschult und unnachgiebig nach mir, dass ich Mühe hatte, ihm auszuweichen. Seine Hobby-Ninjahiebe trieben mich an die Kante der

Insel und ich verlor beinahe die Balance, dann nahm ich Anlauf, setzte auf ihn zu und verpasste ihm einen harten Schlag gegen den Adamsapfel.

Röchelnd sackte er auf die Knie und sein Blick flackerte.

»Tja, Kumpel.« Knurrend packte ich ihn am Schlafittchen, während er um sein Leben kämpfte und sich Schaum hinter seinen Lippen bildete. »Wir hätten das auch anders klären können.«

In einer Bewegung warf ich ihn über die Kante und er flog eine ganze Weile, bis er im Wasser unter uns landete.

Der Schöne stand mit einem Faustmesser vor mir und riss atemlos die Augen auf.

»Du auch noch?« Mit glühendem Blick winkte ich ihn zu mir, aber die Klinge in seiner Hand zitterte bereits.

Eine halbe Ewigkeit starrte er mich an wie gelähmt, hatte Mühe, mir standzuhalten, dann warf er seine Waffe von sich. »Ach, scheiß drauf!«

So schnell hatte ich schon lange keinen mehr flitzen sehen.

Kurz darauf ertönte der Motor eines Schnellbootes, das sich eilig vom Acker machte.

Knurrend drehte ich mich den Lagerräumen zu. Mir blieb nicht viel Zeit, bis die Verstärkung hier ankam.

Akribisch und schnell suchte ich das Areal nach weiteren Kaspern ab, die sich hinter einem Geländer oder Stahlträger versteckten, nichts. Nichts und niemand. Auch keine Sumpfprinzessin.

Mein Puls pumpte hart, während ich den Außenbereich absuchte. Was, wenn ihre geschändete Leiche hier in irgendeiner verdammten Ecke lag?

Ich hatte schon eine Million verstümmelte Leichen zu Gesicht bekommen und selten hatte das etwas mit mir gemacht, aber *sie* so zu sehen ... Grimmig nahm ich einen Stapel Kisten vor einem Lagerraum ins Visier. Das würde etwas mit mir machen. Und es ärgerte mich selbst. Aufmerksam tastete ich mich zu dem Container vor. Die Kisten wirkten leer, es gab kein Fenster zur Plattform hin, nur eine schmale Tür. Behutsam drückte ich die Klinke. Abgeschlossen. Ich musste auf der Hut sein. Man konnte nie wissen, wo diese kleinen Scheißer den Sprengstoff auftürmten. Dieser verdammte Raum hatte nichts, an dem ich festmachen konnte, was darin aufbewahrt wurde. Eine Art Scharte an der Seite war verrammelt und als ich hindurchspähte, erkannte ich einen Tisch und etwas wie eine Liege, aber keine weiteren Kisten oder gar ein Labor. Was sollte das hier sein? Ein Kerker? *Fuck!*

Hier musste es sein! Hier versteckte er sie!

Ich machte einen Schritt zurück und trat krachend die Tür ein, die unter meinem Stiefel aus den Angeln flog wie ein Blatt Papier. Ein staubiger Mief schlug mir entgegen und ich sah mich ungehalten um. *Ein Bett, ein Regal, Dreck und sonst nichts. Ein leerer Raum.*

Scheiße, wo war sie?

Wo zur Hölle war sie?

Eine Gruppe Aktenschränke stand rechts von mir an der Wand aufgereiht und über den Abdrücken von Kartons im Staub, die da offenbar vor Kurzem noch gestanden hatten, hingen lose Kabel aus der Wand. Sah aus, als hätten sie hier gerade einiges abtransportiert. Aber ein Bett … Was zum Teufel … Hatten Sunnyboy und Zwerg Nase hier gepennt? Ein bisschen Ringelpiez mit Anfassen veranstaltet?

Ich ballte die Fäuste und straffte die Schultern. *Wo bist du, Sumpfprinzessin?*

Eine weitere Tür führte in einen zweiten Lagerraum rechts von mir. Die war nicht verschlossen und der Stauraum riesig wie die Packlager eines Möbelhauses. Verdammt, ich hatte keine Zeit mehr!

»Shona«, brüllte ich in das Halbdunkel hinein, in dem sich bis zur Decke die Kisten voller illegaler Hehlerware stapelten. »Fuck!« Ich blickte hinter Berge aus Kartons, durchwühlte Schränke und warf ungehalten ein paar Tische um. Scheiße, hier war sie auch nicht! Aber wo konnte sie sonst sein? Wo zur Hölle konnte sie sonst sein? Etwas hinter meiner Brust bäumte sich auf wie ein wütendes Pferd und ich musste für ein paar Augenblicke tief atmen. *Beherrsch dich, Mann! Es bringt keinem etwas, wenn du mit dieser Bude hier in die Luft fliegst.*

Etwas gedämpfter tastete ich mich zu unserem alten Labor vor. Es war intakt, aber ganz eindeutig nicht in Betrieb. Trotzdem stapelten sich Kisten mit sehr eindeutigen Warnsymbolen an den Wänden und ich sog tief die Luft in meine Lungen.

Hölle, ich hasste es, wenn die Dinge nicht nach Plan liefen. Hier hatte ich jeden Zentimeter durchgesiebt.

Wo sollte ich als Nächstes suchen? Wo ...

Ich stockte, als mein Blick ein wohlbekanntes Symbol auf einem der Behälter streifte. Zwei gekreuzte Pistolen mit Stacheldraht ringsherum. Das Emblem von Lennox' alter Gang. Er hatte es an einer Stelle tätowiert, die ich nie hatte sehen wollen, aber der kleine Scheißer war genauso gern nackt und hemmungslos wie ich. Fast schon bedächtig wischte ich mir mit der Hand übers Gesicht. Meine Finger rochen nach Metall, Salz und Tod. Auf mehr und mehr der Kisten erkannte ich das vertraute Zeichen und zog mein Telefon aus der Tasche, um es zu fotografieren. »Ihr verfluchten kleinen Hundesöhne.«

Draußen schwappte das Meer gegen die Füße der Insel und ich hörte Motoren aus weiter Ferne näher kommen. Die Verstärkung. Zeit, mich aus dem Staub zu machen. Shona war nicht hier, nur ein Berg voll Ware aus sehr fragwürdigen Quellen.

Mit langen Schritten ging ich über das Außendock zurück zu der Metallleiter. Fünf Boote näherten sich schnell und ich sprang auf meine *Stardust* und drehte den Schlüssel im

Schloss. Die große Maschine grollte tief unter mir und mein Baby setzte sich in Bewegung.

»Eliot McTavish, wir fordern Sie auf, sich uns zu stellen. Sie haben unerlaubt den Grund und Boden der Craigs betreten, das ist Hausfriedensbruch. Stoppen Sie den Motor und verlassen Sie das Schiff!« Die Ansage klang merkwürdig hohl durch die Lautsprecher und ich musste fast ein wenig schmunzeln. Sie machten so sehr auf Good Cops, dabei waren sie das Räudigste, was Prayer's Well und Umland je gesehen hatte.

Ich drückte den Hebel auf Anschlag und das Heck meiner Schönheit wurde durch den Antrieb in die Wellen gedrückt. Die Maschine heulte und ich schoss los wie der Blitz.

»Anhalten! Wir fordern Sie auf, unverzüglich anzuhalten«, folgten mir ihre verwaschenen Durchsagen und ich riss das Steuer meiner *Stardust* herum, damit ich die Bohrinsel noch einmal frontal vor mir hatte.

Mein Finger schob wie von allein die Schutzkappe von einem der roten Knöpfe unter der Steuereinheit. »Fahr zur Hölle, Andrew Craig!«

Ein leichter Druck genügte und eine der *Exocets* raste aus ihrem Rohr, um zischend direkt auf die Insel zuzuhalten. Glut wirbelte in meiner Seele auf, während ich ihr nachblickte, und die kleinen Polizeiboote stoben panisch auseinander, als ihre Fahrer die Rakete kommen sahen. Sie waren flink und traten den Rückzug in alle Himmelsrichtungen an, bevor das schwere Geschoss einschlug.

Es krachte so heftig, dass ich die Detonation über der Wasseroberfläche bis in mein Boot spürte. Eine massive Feuerwalze waberte hinauf in den Himmel, während schwarze Asche über das Meer regnete. Und dann krachte es wieder und noch einmal weiter rechts. Überall platzten Blumen aus Feuer auf, als das Dynamit explodierte, und Hölle, das befriedigte mich. Dabei zuzusehen, wie seine ganze Ware nach und nach in die Luft flog, war wie ein irrer, unnachgiebiger Fick. Ich klammerte mich tief seufzend an mein Steuer und genoss die vibrierende Erregung in meinen Adern.

Genau so fühlt es sich an, Andrew Craig, wenn dich das Leben in den Arsch fickt.

KAPITEL 10
NORTH

»Eliot, wo warst du?« Elijah kam mir schon entgegen, als ich von meinem Schiff stieg. Wie eine überfürsorgliche Mutter, die sich besser zum Teufel scheren sollte, wenn ihr ihr Leben lieb war. Wortlos schob ich ihn zur Seite und stürmte durch die Höhle hinauf in die Burg. *Am Meer ... Lager ... Wellen ... Sturm ...* All das tobte durch meinen Kopf wie eine Meute tollwütiger Höllenhunde. Wo zum Geier versteckte er sie?

Grollend raste ich die Stufen hinauf und trat die Tür zu meinem Bereich halb ein.

Wo zum Teufel versteckte er *sich*?

»Wo bist du, du stinkende Ratte? Wo?« Brüllend packte ich meinen Tisch und warf ihn um. Alles darauf ging krachend zu Boden und ich lief haareraufend im Raum auf und ab wie ein eingesperrter Tiger.

Es pisste mich so sehr an, wie er sich verkroch und mir jede Handhabe gegen ihn nahm. Es pisste mich an, dass Lennox' Banner auf diesen Kisten gewesen war. Es pisste mich an, dass ich Shona nicht hier hatte, um mich an ihrem herrlichen Körper abzureagieren. Es pisste mich an, dass mein Bruder meine tote Mutter spielte und mich vor meiner Bande lächerlich machte. Und am meisten, am allermeisten pisste es mich an, dass mein engster Vertrauter mich heimtückisch verraten hatte, dieser widerliche Abschaum einer Wanze.

»Das Meer.« Kopfschüttelnd wischte ich mir mit den schmutzigen Händen über das Gesicht. »Ein Lager am Meer. Es gibt so verdammt viele davon. Wir müssen sie alle durchforsten, alle. Aber wo fangen wir an, verflucht? Wo?«

Ich konnte fühlen, dass mein Bruder mir gefolgt war, noch bevor ich ihn sah. »Was meinst du?« Zerstreut drehte ich mich zu ihm um. »Meinst du, er versteckt sie zentral oder an der Grenze? Ich kann nicht denken.« Wütend hämmerte ich mir mit der Faust gegen die Stirn. »Verdammt, ich kann nicht denken.«

»Du ziehst also los, um sie aus den Fängen ihres Verlobten zu befreien?« Elijahs Hand legte sich auf meine Schulter und mein Körper versteifte sich unter seinem Griff. »Sie hat sich diesen Mann ausgesucht, Eliot. *Du* bist hier der Böse, vergiss das nicht! Noch dazu hat er sich wieder verkrochen und wir haben nicht die leiseste Ahnung, wo.«

»Was schlägst du also vor?«, knurrte ich und wünschte inständig, er würde diese Hand von mir nehmen, damit ich ihm nicht doch noch eine verpassen musste.

»Ich schlage vor, wir warten hier auf ihn. Er wird kommen. Früher oder später. Und noch dazu schlage ich vor, du vergisst diese Frau endlich, du liebeskranker Bastard. Das ist für keinen von uns gut. Am allerwenigsten für dich selbst.«

»Früher oder später ist etwas für feige Pisser«, ignorierte ich sein restliches Gefasel, das aus nichts als Bullshit bestand. »Ich will ihn jetzt. Und ich werde nicht hier sitzen und mir die Eier schaukeln, während er dort draußen sein Netz spinnt.« In einer Bewegung drehte ich mich um und bohrte unnachgiebig meinen Blick in seinen. »Eliot McTavish wartet nicht, er jagt!«

Elijahs Brust hob sich unter einem unendlich tiefen Atemzug.

»Ich weiß. Aber du bist müde, Bruder. Wir alle sind es. Das macht einem den Geist wirr. Du brauchst Schlaf, sonst drehst du durch.« Er nickte mir fürsorglich zu und meine Raserei verebbte, um einer bleiernen Zerschlagenheit Platz zu machen, die ich so nicht erwartet hatte und noch weniger dulden konnte.

»Spül dir den Dreck vom Körper und hau dich eine Runde in die Falle, bevor wir nachher unsere Brüder da draußen gehen lassen.« Er deutete mit einer Geste in Richtung Bucht und scharfkantiger Schmerz gesellte sich zu meiner Erschöpfung. »Sie haben deine ganze Seele verdient, Mann.« Brüderlich tätschelte er mir die Brust.

Mein Telefon vibrierte in der Tasche meiner Jeans. Ich zog es hervor und nahm den Anruf an.

»Zac, ist Lennox schon zurück?«

»Nein, aber Glenn ist wach und ich muss hier unten wirklich alles geben, damit Pollock ihm nicht den Schädel mit seiner Axt spaltet.«

»Ich komme.«

Für ein paar Sekunden atmete ich, straffte die Schultern und sah meinem Bruder direkt in die Augen.

»Sie werden meine Seele bekommen, Elijah. Aber durchdrehen kann ich nicht mehr. Das bin ich bereits vor viel zu langer Zeit.«

Dann ging ich an ihm vorbei in Richtung Kerker.

NORTH

Glenn lag im Dreck und sah aus wie ein matschiger Haufen Abschaum. Seine Augen waren zugeschwollen und seine Nase befand sich in auffälliger Schieflage. Noch dazu machte sich Pollock an seinem lumpigen Körper zu schaffen und trat ihm in der Zelle abwechselnd in Magen und Rippen.

Glenn ächzte, ertrug die Prügel aber wie ein Mann.

Zac trat zur Seite, als er mich kommen sah, und die rote Sonne schickte ihr sterbendes Licht zu uns in die Zelle.

Für einen Moment lehnte ich mich in den Zelleneingang und sah Pollock dabei zu, wie er seinen Frust an Glenn ausließ. »Wie konntest du es wagen?« Geifernd spuckte er auf ihn hinunter. »Blut um Blut, Glenn! Blut um Blut!«

»Raus mit euch!« Die pure Beherrschung sprach aus mir. »Jetzt!«

Pollock blickte auf und stoppte seine Schimpftirade. Keuchend wischte er sich den Schweiß von der Stirn und trat noch ein letztes Mal nach, bevor er auf mich zukam und mir gegen den Oberarm schlug. »Zeig es diesem Wichser, North!«

Die beiden verschwanden und ich verschränkte die Arme vor der Brust, während ich auf meinen alten Freund hinuntersah.

»Eli ...« Glenn drückte sich ächzend ein Stück hoch und spuckte blutigen Schleim neben sich. »Ich ... ich kann dir nur ...«

»Wo wolltet ihr hin?«, unterbrach ich ihn.

»Was?« Er hatte Mühe, den Kopf zu heben und mich einigermaßen anzuvisieren. Scheiße, er hatte so viel mehr verdient als diese Breifratze und er würde es bekommen. Aber immer schön einen Schritt nach dem anderen.

»Deine kleine Hure hatte gepackt. Wo wollte sie mit dir hin, hm? Zu Andrew?« Alles in mir zog sich zusammen, wenn ich daran dachte, wie diese Fotzen sich bei Nacht und Nebel davonmachten, um sich schmierig dem Feind anzuschließen. »Wo ist er?«

Wieder ergriff Kälte Besitz von mir, denn mein Instinkt wollte jeden kurz und klein schlagen, der meinen besten Mann so böse zurichtete, wie er gerade aussah. Dass ich es jetzt selbst tun musste, sickerte viel zu langsam in meine trägen Sinne. Zu viel Loyalität in der Brust machte offenbar blind und dumm.

»Ich ...« Glenn spuckte einen Zahn aus. »Ich weiß es nicht, Mann. Wirklich nicht.«

Und das glaubte ich ihm sogar.

»Andrew selbst hat mir verraten, dass du eine Ratte bist«, stellte ich klar. »Und deine kleine Schlampe wird gerade von Lennox in der Wildnis ausgesetzt. Auge um Auge, Glenn.«

Würgend drückte mein Freund sich hoch in den Sitz und lehnte den zermalmten Kopf gegen die Steinwand. Etwas Erbärmliches quoll kratzig aus seiner Kehle hervor, das sich wie ein Lachen anhörte. Er hatte Spaß an dieser kranken Show, ja, das stand ihm gut.

»Auge um Auge.« Angestrengt visierte er mich an. »Ich hatte dir gesagt, du ... sollst dich vor dieser Craig-Schlampe in Acht nehmen, weil sie dich verhext, wie sie jeden in ihrem Dunstkreis verhext, und jetzt sieh, wo wir gelandet sind.«

Ein zorniges Beben durchfuhr mich. »Die einzige Craig-Schlampe, die ich hier sehe, bist du, Glenn. Du hast uns hierhergebracht und du weißt sehr genau, was dir jetzt blüht.«

»Ja, das weiß ich, Eli.« Geschlagen fuhr er sich über die rauen Lippen.

»Wie lange schon?« Gedankenschwer blickte ich hinaus

in den blutigen Sonnenuntergang. Ich wollte die Antwort nicht wissen, aber scheiße, sie war wichtig für mich.

»Lange«, erwiderte Glenn rau. »Als du im Bau saßt, dachten wir, wir könnten gemeinsam das Steuer herumreißen und Prayer's Well wieder zu dem machen, was es vor einigen Jahren war.« Seine Stimme sackte ab und er musste wieder spucken. »Ich als König des Nordens mit Andrew an meiner Seite. Die Supermacht.«

Meine Finger klammerten sich an das kalte Metall der Gitterstäbe, damit sie ihm nicht endgültig die Visage zermalmten. Elender Trottel! Andrew hätte ihn nie an seiner Seite geduldet. Selbst jetzt lieferte er ihn mir aus wie einen räudigen Hund. Nach allem, was er für ihn getan hatte.

»Und meinen Bruder wolltet ihr einfach beiseiteschaffen? Mit all seinen Männern und unseren Verbündeten?«

Glenn gurgelte und hustete, dann fing er sich wieder. »Wir hatten Pläne für South. Genau wie für dich. Wollten dich im Knast im Schlaf von ein paar Wärtern kaltmachen lassen. Andrew hatte schon den Auftrag gegeben. Hätte mir in der Seele wehgetan, aber ein Mann muss tun, was ein Mann tun muss, Eli.«

Atme, Eliot! Einfach weiteratmen.

»Nenn mich noch einmal Eli und ich trete dir die Fresse so lange zu Brei, bis du nicht mehr röcheln kannst, Hurensohn!«

Ich stand so verflucht kurz davor, ihn einfach in Fetzen zu reißen und Andrew seine matschige Fratze in einem Paket mit rotem Geschenkband zu schicken.

»Siehst du, das meine ich«, presste Glenn würgend hervor und betastete sein geschwollenes Gesicht. »Du bist nicht mehr du selbst, seit sie in dein Leben kam.« Seine Gedankensprünge waren absurd. Genau wie sein blau geschecktes Antlitz.

»Ich verstehe, was du jetzt tun musst, North. Und ich trage es mit Fassung. Aber lass mich dich noch einmal eindringlich vor dieser Schlange warnen, als letzten Freundschaftsdienst sozusagen. Wenn sie in dein Leben tritt, kommt Elend über dich. Wie über mich, nachdem mein Schwanz in ihr gesteckt hat.«

Sein – was zum Hades und allen Höllen?

Ich musste ihn verdammt verdattert anstarren, denn er aalte sich für einen viel zu langen Moment in der Situation und ich hatte meine Fäuste nur noch sehr schwer unter Kontrolle. Hatte dieser Wichser sich etwa an ihr vergriffen, damals in der Höhle? Obwohl ich es ihm unmissverständlich untersagt hatte?

»Sie war zart und unbefleckt da draußen in den Felsen vor vielen Jahren und ich hatte ein, zwei Bier zu viel. Du weißt, wie ich werde, wenn ich zu viel hatte, und dann noch beim Anblick einer Jungfrau, die sich verirrt hat«, kam er beinahe ins Schwärmen und mir stieg nahtlos die Galle hoch. Was hatte dieser widerliche Schwanzlutscher mit ihr angestellt? Meine Fäuste pumpten und mein Atem sackte schwer wie Ziegelsteine hinunter in meine Lunge.

»Früher war es alles für mich, in den Felsen zu klettern. Vor allem bei Unwetter. Seesterne sammeln, Fische fangen, Sturm im Haar und Salzkristalle im Blut. Es war alles, bis …«, erinnerte ich mich an ihre traurigen Worte. Bei allen Teufeln, in mir kämpfte ein Rudel dämonischer Wölfe miteinander, damit ich nicht einfach meine Knarre zog und ihm den dreckigen Schwanz wegballerte. Wie arm und traurig musste ein Mann sein, sich ein wehrloses Mädchen mit Gewalt nehmen zu müssen? Oh, ich hatte ihn so scheißlange falsch eingeschätzt, es strapazierte jeden einzelnen Nerv in mir.

»Was in den Felsen passiert, bleibt auch in den Felsen, das hatten wir immer gesagt, erinnerst du dich?«, grunzte Glenn und wischte sich das Blut vom Kinn. »Oh, sie hat sich herrlich angefühlt. Ein Jammer, dass du sie damals noch nicht kanntest. Und als ich Andrew deine Burg gezeigt habe, da hat sie sich an mich erinnert. Hatte endlich den Respekt vor mir, den sie schon lange hätte haben sollen. Auge um Auge ... *Eli.*«

Sie war ganz aufgelöst, hat geheult und ständig nach dir gefragt, Boss ...

Mit wenigen Schritten war ich bei Glenn, riss ihn hoch und presste sein Gesicht gegen den Stein neben der schmalen Schießscharte, damit er hinab auf die Bucht blicken konnte.

»Siehst du das, Glenn, hm? Siehst du das?« Ich drückte ihn so fest gegen die Wand, dass er ächzte, und blickte mit ihm gemeinsam hinab auf die Holzstapel, die meine Jungs im Sand auftürmten.

Sein feiger, ehrloser Körper bebte unter meinem Griff, bäumte sich auf und wünschte sich nichts sehnlicher, als mich überwältigen und einfach türmen zu können. Aber das war mehr als absurd. Ich würde ihn jagen und zur Strecke bringen und wenn es mich selbst den Arsch kostete. Und er wusste das, denn er war lange mein Seelenverwandter gewesen.

»Dort unten werden wir Piet, Dylan, Mortimer, Gregory und Tick dem ewigen Feuer übergeben. Du hast sie alle verraten, Glenn, genau wie mich.« Meine Finger bohrten sich in seinen Nacken und ich drückte so fest nach, dass er schrie. Scheiße, ich wollte ihm den Schädel an dieser Wand zermalmen, ich wollte es mehr als alles andere.

»Sie sind tot, weil du sie beschissen hast. Du hast sie geopfert wie räudige Köter, also *sieh hin!*«

Er jaulte und ich packte ihn noch fester, biss hart die Zähne aufeinander und brüllte das Gewitter hinter meiner Brust direkt in sein Gesicht: »Sieh es dir an! Sie waren deine Scheißfreunde, sie haben dir vertraut.«

Aus seinem Jaulen wurde ein dröhnendes Wimmern, das nicht mehr abebbte, und sein Körper gab unter meinem Griff nach. Er fiel in sich zusammen. Jetzt tat es endlich weh und das war gut, es sollte weh tun. Es sollte ihn zerreißen.

»Das war nicht der Plan.« Sein Geheul war jämmerlich.

»Piet hat dich geliebt wie einen Bruder! Er wäre geradewegs für dich durch die Hölle gegangen.« *Genau wie ich. Scheiße, genau wie ich!* Meine Hand zwang sein Gesicht beinahe, mit der Felswand zu verschmelzen, und ich spürte, wie er zuckte und zitterte.

»Ich weiß«, brüllte er schließlich und Speichel flog über seine Lippen. »Ich weiß, North.«

Mit einem Ruck ließ ich ihn los und er stürzte zu Boden und rollte sich heulend zusammen. Ich wusste, wie sehr er Piet geliebt hatte. Dass er bei dem Überfall draufging, hatte er mit Sicherheit nicht gewollt, aber es war geschehen. Genau wie er mich im Schlaf hätte abstechen lassen und wie er Shona geschändet hatte, als sie noch ein halbes Kind war.

»Ich weiß es«, wimmerte er wie ein hilfloses Baby. »Es tut mir leid, North. Es tut mir leid.« Trotz all der Bösartigkeit hauste auch noch ein Gewissen in ihm, und genau das hatte ich hervorlocken wollen, denn ich wusste, wo ich danach suchen musste.

»Es tut mir leid!« Er wälzte sich vor mir im Dreck, obwohl er mir gerade noch die ekelhaftesten Abscheulichkeiten vor die Füße gespien hatte. Wenn der Tod sich näherte, ließ der Geist einen noch einmal alle Emotionen durchleben, und es war gut, dass er bereute. Auch wenn ich nicht glaubte, dass er damit vor dem letzten Gericht noch etwas ausrichten konnte. Ich empfand Ekel und Hass, als ich auf seine jämmerliche Gestalt hinabsah, und ich hatte soeben beschlossen, Shona über sein Schicksal entscheiden zu lassen. Sobald ich sie wieder auf meiner Burg hatte. Und scheiße, das wurde höchste Zeit!

Das Schloss rastete ein und es knarrte, als ich den Schlüssel darin drehte.

»Und jetzt sieh hin und büße, Glenn!«

Kapitel 11
North

Der Abend war windstill und in meiner Brust glühte ein hässlicher Mix aus Abscheu und Zorn, als ich zu der Kapelle schritt und mich zwischen meine Männer stellte. Mit gesenkten Köpfen hatten sie sich vor den aufgetürmten Holzbetten platziert, auf denen unsere blassen Brüder ihre letzte Ruhe fanden. Keiner sagte ein Wort, während wir stumm Abschied nahmen, jeder auf seine Art. Ich zwang meinen Blick, Piets toten Körper zu bedecken, der auf dem Grab direkt vor mir lag, die Augen geschlossen, die Hände gekreuzt, die Lippen verstummt. Für immer.

Es wurde ruhig in mir. Auf eine unheimliche und kalte Art. Bevor ich hinuntergekommen war, hatte ich heiß geduscht und mir ein schwarzes Shirt und eine dunkle Jeans übergezogen. Meine Jungs sollten mich sauber und ansehnlich bekommen, wenn sie gingen. Und Glenn sollte in seiner Zelle leiden, bis es ihn zerriss.

Die Kerzen bei unserer Mutter und meiner toten Verlobten schienen heute etwas heller zu flackern als sonst, aber Elijah war auch bei ihnen. Er quälte sich in Momenten wie diesen stumm für sich allein, damit seine Männer nicht mitbekamen, wie seine Fassade für einen Moment bröckelte.

Zacs zerschlagenes Gesicht wirkte noch übler als zuvor in dem Schein der Fackel, die er an den anderen Jungs vorbei auf mich zutrug. Unterwegs entzündete er eine weitere, die Kearon in der Hand hielt, der so übel zusammengeschlagen war, dass ich ihn um ein Haar nicht erkannt hätte.

Elijah trat aus der Kapelle und tauschte einen langen Blick mit mir. Er wirkte verdammt müde, ich fühlte es ihm nach. Mit fester Miene nahm er sein Feuer entgegen und Zac übergab mir meines.

»Lass sie gut ankommen, North.«

Ernst nickte ich und trat langsam auf Piets Aufbahrung zu, um ihm in das leblose Gesicht blicken zu können.

»Es tut mir leid, mein Freund. Komm gut auf die andere Seite!« Die Flamme meiner Fackel küsste das Holz, das unter ihm aufgetürmt und mit Spiritus getränkt war. Das Feuer umschmiegte ihn fast schon liebevoll, versengte seine Kleidung, sein Haar und schlug über ihm zusammen. Ein schweres Schlucken verstopfte mir die Kehle. Ein viel zu guter Mann, um ihn gehen zu lassen. In jeder verfluchten Hinsicht, die mir einfiel.

Zac stimmte ein gälisches Klagelied an, während ich auf Mortimers Leichnam zuging und mein Bruder seinen toten Männern die letzte Ehre erwies.

Als alle Stapel brannten, gesellte ich mich wieder zu meinen Jungs. Stellte mich zwischen sie und wappnete mich. Pollock klopfte mir auf den Rücken und ein kleines trauriges Lächeln schwappte über sein graues Gesicht. Er war vielleicht alt und vernarbt wie ein Pitbull, der seit zu vielen Jahren in einer Arena kämpfen musste, aber er war auch zäh und loyal bis in den letzten Schlund der Hölle hinunter. Er war mein Freund und Mentor, seit ich ein kleiner Hosenscheißer gewesen war, und ich schätzte ihn mehr als meinen eigenen Vater.

Brummend stimmte er in Zacs Gesänge ein und ein paar andere Jungs taten es ihm gleich. Die toten Leiber unserer Brüder erhellten die junge Nacht. Glut regnete über den träge schwappenden Ozean und Asche rieselte in unser Haar.

Wortlos starrten wir gemeinsam in die Flammen, als würden wir nur darauf warten, dass ihre Seelen zum Himmel fuhren und uns dabei noch ein letztes Mal ihre nackten Ärsche präsentierten. Immerhin hatten sie jetzt Ruhe, und scheiße, das war einiges wert.

Lennox kam durch den Sand auf uns zu und meine Augen wurden schmal, während ich ihm entgegensah. Er wischte sich durch das wirre blonde Haar, danach durch den Bart und sein Blick flackerte schwer im Schein der Feuer.

Ich ließ ihm einen Moment, stand meinen Männern und den Geistern der treuen Kämpfer bei, dann tastete mein Blick sich langsam zu seinem.

Er spürte es sofort, sah mich über die Flammen hinweg an und wartete. Seine Miene war kühl wie das Fleisch unserer Freunde, bevor ich sie angesteckt hatte, und seine blauen Augen leuchteten fast schon übersinnlich in dem gelben Licht. Dieser sehnige kleine Scheißer war einfach nicht totzukriegen. Man konnte ihn in zehn Kriege schicken, er würde einem danach trotzdem noch blutig entgegengrinsen, als steckte das kräftige Herz einer wahnsinnigen Bestie in ihm.

Eine winzige Geste reichte und er begleitete mich ein Stück von den anderen weg, in Richtung der Felsen. Elijahs Blick folgte uns wachsam.

»Bist du sie losgeworden?«, fragte ich ruhig, während ich die tiefen Narben taxierte, die unter seinem Shirt hervorkrochen und sich über die Seite seines Halses zogen. Er war nicht nur ein zäher Kämpfer, er hatte auch noch komplett den Scheißverstand verloren. Damals, als es ihm nicht mehr genug gewesen war, gegen ebenbürtige Männer anzutreten. Ein Wahnsinniger wie er brauchte Herausforderung. Wieder und immer wieder. Mehr und mehr davon. Ein Grizzly, so erzählte man sich, hätte ihn so zugerichtet, als er im Ring gegen ihn angetreten war. Das Vieh hatte ihm neben ein paar Fleischbrocken wahrscheinlich auch gleich noch die Seele aus dem sehnigen Körper gezerrt.

»Aye, Boss.« Seine hellen Augen blitzten, als er mich ansah. »Alles erledigt. Und hier? Läuft alles nach Plan? Hab ich die Party mit Glenn verpasst, diesem heuchelnden, verräterischen Abschaum?« Angeekelt spuckte er neben sich in den Sand.

»Nein.« Düster betrachtete ich die Feuer unten am Wasser. »Ich war auf der Bohrinsel. Hatte gehofft, mir dort Andrew holen zu können.«

»Er war nicht da«, kombinierte er sehr geistreich und eine steile Falte bildete sich auf seiner Stirn.

»Aye, war er nicht«, brummte ich. »Aber ich hab dort draußen etwas anderes gefunden.«

»Die kleine Craig?« Er sah mich direkt an und sein Blick gefiel mir nicht. Vielleicht ging mir auch einfach nur die Tatsache gegen den Strich, dass ich sie dort eben nicht gefunden hatte, und dass alles, was er mir in der Richtung an den Kopf warf, deshalb wie der blanke Hohn klang.

»Kisten mit Sprengstoff«, überging ich seine Frage und betrachtete ihn sehr akribisch. »Unter dem Banner deiner Gang. Etliche von ihnen.«

Lennox' Brauen wanderten in die Höhe und seine Augen wurden groß. *Doch so überrascht, du kleiner Hund ...*

Seine Muskeln wurden fest, ich konnte es quasi spüren und ich konnte sehen, wie er überlegte, ob er davonlaufen sollte, um aus meiner Schussbahn zu gelangen.

Ich war fast schon berühmt für meinen unkontrollierten Jähzorn. Selbst meine Brüder fürchteten ihn und das war gut so.

Meine Hand packte Lennox' Genick in einer so unmittelbaren Bewegung, dass er völlig überrumpelt war.

»Verrätst du mich, Lennox?«, raunte ich ihm böse in sein

erschrockenes Gesicht und presste ihn ausweglos gegen den Stein unter meiner Burg. Allein der Gedanke, er könnte sich auch noch gegen mich stellen, machte mich rasend. Scheiße, ich würde nicht zögern, wenn es darum ginge, jetzt und hier dem nächsten meiner besten Männer den Garaus zu machen. Das Messer in meinem Gürtel schrie fast schon nach seinem vernarbten Fleisch.

Lennox befreite sich wendig aus meinem Griff, schlüpfte hinter mich und ging in Abwehrhaltung. »Wenn du mich angreifst, wehre ich mich, North.«

Niedlich, wie er versuchte, mir zu drohen. Atemlos starrten wir einander an, die Zeit kroch zäh dahin und der Gesang unserer Brüder verhallte mit der Glut der ewigen Feuer.

Blitzschnell packte ich wieder zu, erwischte ihn unterm Kinn und er mich an der Schläfe. Hart. Guter Schlag. Hatte ja auch beim Besten gelernt.

Erneut bekam ich ihn zu greifen, schloss meine Hand um seinen Hals und drückte zu. »Machst du gemeinsame Sache mit diesen Wichsern, Bärenklaue? Raus damit, los!«

Energisch brüllend stieß er mich von sich und bohrte voll glühender Leidenschaft seinen Blick in meinen. »Einen Scheiß tue ich, *Iolair dubhar*!« Ruppig zerrte er sich das Shirt von seinem zerfurchten Oberkörper und präsentierte mir den großen Greifvogel auf seiner linken Brust, der sich in Runen und zwei keltischen Äxten verlor. »Ich trage den Stacheldraht nicht mehr, schon vergessen? Ich habe mich den Adlern verschrieben. Mit allem, was mir heilig ist. Und jeden, der die McTavishs verrät, werde ich eigenhändig häuten. Selbst wenn es die verschissene große Liebe sein sollte, die ich nie haben werde. Also nenn mich noch einmal einen Verräter, North McTavish, und ich kann für nichts mehr garantieren!«

Er zog sich sein Shirt wieder über den blonden Schopf und blitzte mich vernichtend an. »Scheiße, verfluchte!«

Misstrauisch registrierte ich jede seiner Bewegungen,

jedes Zucken in seinem zornverzerrten Gesicht, jeden wütenden Fluch, der über seine Lippen stolperte. Er vermischte reichlich kreativ gälische mit schottischen Beschimpfungen, und ich hatte große Lust, mich mit ihm durch die gesamte Bucht zu prügeln, um das auszutragen, was in uns beiden tobte, aber es wäre respektlos unseren Brüdern gegenüber, also starrten wir einander einfach nur weiter tatenlos an.

»Bailey, dieser dreckige Wendehals.« Zähnebleckend wischte Lennox sich übers Gesicht.

»Mit Wendehälsen kenne ich mich aus. Nur weiter!«

»Payton Bailey, unser Sprengmeister. Dürrer Hänfling. Immer ein bisschen zu still, wenn du mich fragst. Offenbar ist er auch zu Craig übergelaufen, dieser kriecherische Feigling. Hatte wohl die Hosen voll. Wer sich mit dem Feind verbrüdert, hat im seltensten Fall sein Messer im Rücken.«

Payton Bailey. Interessant.

»Könnte er uns von Nutzen sein?«

»Könnte er.« Lennox' Augen wurden schmal. »Wenn er so eng mit Andrew ist, wie ich ihm zutraue.«

»Gut.« Meine Stimme war nicht viel mehr als ein Grollen, während ich zu den verglühenden Feuern hinabblickte. »Dann hol ihn mir!«

Kapitel 12
Shona

Die Sonne kroch müde über die Kante des Meeres und hüllte das Innere meines Gefängnisses in ein glühendes Licht.

Der Schlund der Hölle … Genau das spukte zu diesem Szenario in meinem Kopf herum. Ein neuer Tag begann. Ein grässlicher Tag. Der Tag, an dem Andrew Taten sehen wollte.

Ich konnte die ganze Nacht nicht schlafen, hatte stattdessen einfach nur an diesem Tisch gesessen und auf den Ehevertrag gestarrt. Jede einzelne Zeile kannte ich in- und auswendig. Meine Augen fühlten sich trocken und rau an. Verfluchter Mist, was sollte ich tun? War er schon auf dem Weg, um sich meine Schwester zu holen und sie ebenfalls hier rauf zu zerren?

Gestern hatte es draußen auf dem Meer eine Explosion gegeben. Ein immenses schepperndes Krachen, danach war eine riesige glühende Rose über den Wellen aufgestiegen. Ian und Douglas hatten weiter unten im Gebäude geschimpft und geflucht. Dann hatte Ian mit Andrew telefoniert, und ich wusste, dass er eskalierte, ohne ihn zu hören. Was war da draußen passiert? War eines seiner Boote in die Luft geflogen?

Tja, wer Wind säht, wird Sturm ernten, Andrew!

Die Tür flog auf und ich wäre um ein Haar vor Schreck aufgesprungen, weil man mich derart schlagartig aus meinen wirren Gedanken riss.

Ian kam herein, mit einer dieser Kisten auf dem Arm. Sein Blick streifte mich flüchtig, ich konnte fühlen, wie er mich mied.

»Du kannst mir nicht mal mehr in die Augen sehen, Ian.« Meine Stimme klang belegt und der Schlafmangel saß mir in den Knochen. »Du machst dich mitschuldig. Ihr könnt mich nicht hier oben einsperren.«

Er räusperte sich unbehaglich. Das hier gefiel ihm nicht. Aber er war Andrews Untergebener. Wahrscheinlich saß er in einer Zwickmühle. Baumelte da ein Seil von seinem Arm?

Ein kalter Stich zuckte durch meinen Magen. Was hatten sie mit mir vor? Mein aufflackernder Fluchtinstinkt nützte mir nichts. Die Tür war zu, der Raum eine Himmelszelle, aus der ich nicht ohne Weiteres entkommen würde. Meine Finger versteiften sich um den Stift, den ich bereits die ganze Nacht umklammert hielt.

»Ich hatte uns für Verbündete gehalten, Ian.« Meine Stimme brach, ich kämpfte nicht dagegen an. »Für Freunde.«

Er stockte. Seine Brust hob und senkte sich schwer. Dann sah er mich mit mattem Blick an. »Tu einfach, was er verlangt, Shona!«

»Er will meine Schwester da mit reinziehen. Und ihren kleinen Sohn. Er hat vollkommen den Verstand verloren.«

»Er fühlt sich hintergangen.« Sein Erst? Damit rechtfertigte Ian all diesen kranken Wahnsinn? Durfte man einen anderen bedrohen, weil man sich hintergangen fühlte? Durfte man wüten und toben und alles in Brand stecken, weil man sich hintergangen fühlte? Frauen opfern, die unschuldig waren? Und Kinder?

»Er hat mich so hart geschlagen, dass ich das Bewusstsein verlor«, zischte ich bitter. »Ich brauche dich, Ian, bitte!«

Schmerz flackerte durch seine Züge, aber nur für den Bruchteil einer Sekunde, dann zwang er sich, wieder zu erkalten.

»Wenn du tust, was er sagt, wird dir nichts weiter passieren. Und Ruth auch nicht.« Okay, Andrew besaß ihn wirklich mit Haut und Haar. Ich kam nicht mehr an ihn heran, hatte ihn verloren.

»Gott, Ian! Sag mir wenigstens, wo wir sind.« Verzweifelt vergrub ich das Gesicht in den Händen und spürte sein Zögern. Der hörige Scherge in ihm bröckelte für einen Moment.

»In einem verlassenen Leuchtturm«, erwiderte er gedämpft, als könnte Andrew ihn sonst hören. »Spring nicht aus dem Fenster. Du würdest in den Felsen unter uns zerschellen. Bitte unterschreib einfach, dann ist alles wie vorher.«

Alles wie vorher …

Ein freudloses Lachen zwängte sich über meine Lippen. Er hatte ja keine Ahnung. Es würde nie mehr wie vorher sein. Nie wieder!

Er stand da und starrte mich an, ich konnte es spüren. Dann hörte ich ihn den Raum verlassen und direkt davor durch die Tür gedämpft Andrews Stimme: »Hat sie unterschrieben?«

»Noch nicht, Sir. Aber sie wird.«

Einen Scheiß wird sie!

»Wir haben keine Zeit mehr für ihre Spielchen. Er sucht bereits nach ihr. Mir wurde gerade bestätigt, dass er hinter dem Anschlag auf die Bohrinsel steckt.«

Eine Bohrinsel … Also doch kein Boot. Und wer war „Er“? Sprachen sie etwa von Eliot?

Ein absurder Hoffnungsschimmer loderte hinter meiner erkalteten Brust hoch.

»Das war leider zu erwarten, Sir. Er hat viele Männer verloren bei der Attacke auf sein Quartier. Und ich denke, er sucht eher nach Ihnen als nach ihr. Sie war seine Geisel und ihren Blessuren nach zu urteilen, hat er sie nicht unbedingt sanft angefasst.«

Attacke auf sein Quartier? Was hatte Andrew getan? Seine Burg angegriffen? Nein, das würde er niemals wagen. Oder doch? O Gott, Eliot war sicher außer sich.

»Kommt auf dasselbe raus«, hörte ich Andrew knurren. »Wo sie ist, bin auch ich. Das weiß er. Und wir machen uns seine impulsive Art jetzt zunutze. Hat dieser Bailey alles überprüft? Ist alles so weit platziert?«

Platziert? Was ist platziert?

»Ist es«, bestätigte Ian.

»Gut, dann kümmere ich mich jetzt um mein kleines Schneewittchen.«

Die Gedanken drehten wilde Kreise in meinem Kopf, als sich die Tür öffnete und Andrew hereinkam, knapp gefolgt von Pater Madour. Die Nase meines Zukünftigen wirkte in dem intensiven Licht der aufgehenden Sonne noch übler zugerichtet, als sie ohnehin war, und er zog in einer fließenden Bewegung seine Waffe, um sie mir an den Kopf zu halten.

»Unterschreib jetzt endlich, du starrköpfiges Weib!« Der kühle Lauf strich mir das Haar zur Seite und Andrew gab ein angewidertes Geräusch von sich, bestimmt beim Anblick meines Tattoos. Eliot hatte es geküsst, dort draußen in der Kapelle ...

Ich erstarrte, als ich die Waffe an meiner Schläfe spürte.

»Wenn du mich erschießt, kann ich nicht unterschreiben«, presste ich eilig hervor und hob erschrocken die Hände. Ihm war alles zuzutrauen in seiner Raserei. Einfach alles. Und genau deshalb flatterte mir auch das Herz hinter der Brust wie ein Kanarienvogel in Todesangst.

Beruhige dich, Shona! Er braucht dich! Er würde nicht abdrücken.

»Deine Brut ist unten im Wagen«, spie er mir hasserfüllt entgegen. »Douglas ist bei ihnen und hat den Befehl, zu schießen, wenn du nicht sofort unterschreibst.«

Panik wallte in mir hoch und verteilte sich rasend schnell in jede Vene meines Körpers. Bilder blitzten vor meinem inneren Auge auf, die ich nicht sehen wollte. Ruth mit einer Kugel im Kopf neben dem schreienden Calan, Calan, wie Andrew ihn grob aus dem Wagen zerrte und …

Meine Finger handelten wie von allein. Ich konnte nichts tun, nur zusehen. Hektischer Atem machte mir die Brust eng und das Blut kochte mir in den Schläfen, genau an der Stelle, wo er seine Waffe platziert hatte, bereit mir diesen Puls zu nehmen.

Der Stift zog einen Schnörkel und noch einen. Fast wie in Zeitlupe. Hart presste ich die Zähne aufeinander, es tat weh. Genau wie meine Brust, weil ich das hier tatsächlich tat.

Als meine Unterschrift saß, stand die Welt für eine Sekunde still.

Der Pater brabbelte etwas in seinen nicht vorhandenen Bart, legte Ian als unseren Zeugen fest und wartete nicht auf mein *Ja,* sondern setzte seine Unterschrift stattdessen direkt. »Kraft des Gesetzes mir verliehenen Amtes, erkläre ich Sie nun zu rechtmäßigen Eheleuten. Wollen Sie den Kuss vollziehen?« Sein verunsicherter Blick streifte mich.

Eher will ich sterben!

»Lass sie gehen, Andrew!« Meine Stimme klang, als würde jemand anders diese Worte sagen. Ein verräterischer Parasit, der Andrew gerade alles zugesprochen hatte, das ihm nicht zustand.

»Aber gern.« Die Waffe wurde von mir genommen. Zufrieden zog er die Papiere unter meinen Armen hervor, rollte sie zusammen und ließ sie in der Innentasche seines

Anzuges verschwinden. »Gut gemacht. War doch gar nicht so schwer, Schneewittchen.«

Fahr! Zur! Hölle!

Sein hirngewaschener Geistlicher machte sich eilig davon.

»Gut, also jetzt, wo alle haben, was sie wollen …« Auch Ian klang erleichtert. »Komm, Shona.« Er griff nach meinem Arm, um mir hochzuhelfen. Okay, dann würde ich jetzt wenigstens …

»Ah, ah, ah.« Andrew schob sich zwischen uns und taxierte ihn drohend. »Was glaubst du, wofür du die Seile hier raufgebracht hast, Ian, hm?«

Ian versteinerte. »Wie bitte? Aber …«

»Sie wird natürlich nicht mit uns kommen, du Dummkopf.«

Was … Entsetzt starrte ich von Andrew zu Ian, der genauso aus der Bahn geworfen wirkte wie ich.

»Aber … Sir …«

»Stammel hier nicht herum! Der Plan steht. Jetzt fessle sie und wir sehen uns die Show später vom Boot aus an.« Er zog einen Fernzünder aus der Tasche, zerrte die Antenne heraus und betrachtete ihn dankbar und gierig. »Das wird das beste Feuerwerk meines Lebens.«

Mir wurde schlecht und Panik wallte in mir auf. Er wollte Eliot in die Luft sprengen. Hier in diesem Turm, wenn er ihn stürmte, um mich zu holen. Diese Kisten … Sicher war bereits alles voller Sprengstoff. *Scheiße, nein!* Und ich konnte nicht weg … Er würde ihn umbringen. Und mich. Uns beide. *Nein! Nicht!*

Die Furcht trieb mich auf die Füße, aber Andrew richtete sofort wieder die Waffe auf mich. »Ich brauche dich jetzt nicht mehr, Shona. Und ich habe kein Problem damit, dich ihn hier als abgeknallte Leiche empfangen zu lassen, also setz dich wieder hin!«

Die Sonne stand bereits höher am Himmel und legte tiefe

Schatten in sein diabolisches Gesicht. Passierte das hier gerade wirklich?

Keuchend fiel ich zurück auf den Stuhl.

Passierte das tatsächlich?

»Er hat sie nicht«, flüsterte Ian mir von hinten ins Ohr, während er mich an das Holz fesselte. »Ruth ist mit Calan entkommen.«

Eine überspannte Erleichterung fiel tief auf den Grund meines Magens. Überspannt in Anbetracht der Tatsache, dass ich selbst im Begriff war, draufzugehen. Aber meine Schwester war frei, das war wichtiger. Sie sollte laufen und sich verstecken, ich wusste, wie gut sie das konnte. Bisher war sie noch all ihren Dealern entkommen, wenn sie sie jagten, um müßige Zahlungen einzutreiben.

Andrew war so in seinen Wahn versunken, dass er gar nicht merkte, wie Ian mir etwas so Wichtiges gesteckt hatte. Da kam doch noch ein wenig der Freund in Ian durch. Zumindest wollte er, dass ich in Frieden starb.

Und ich Idiotin hatte unterschrieben, ohne dass Andrew etwas gegen mich in der Hand gehabt hatte. Ich hätte gleich wissen können, dass Douglas keiner war, der eine Frau und ein Kind ermordete, nur weil Andrew es aus reiner Habgier anwies.

»Sehr gut.« Andrew betrachtete von Weitem die Fesseln, die sich kratzig um meine Handgelenke wanden. »Und jetzt … warten wir auf ihn, meine Freunde.«

Und du bist nicht gefesselt … Das war ihm doch so wichtig gewesen.

So schnell konnten sich die Dinge ändern. Meine Seele stand in Flammen, während ich mich mit aller Kraft bemühte, meinen rasenden Herzschlag unter Kontrolle zu bekommen.

Komm nicht, Eliot!

Bei Gott und allen Himmeln, bitte komm nicht!

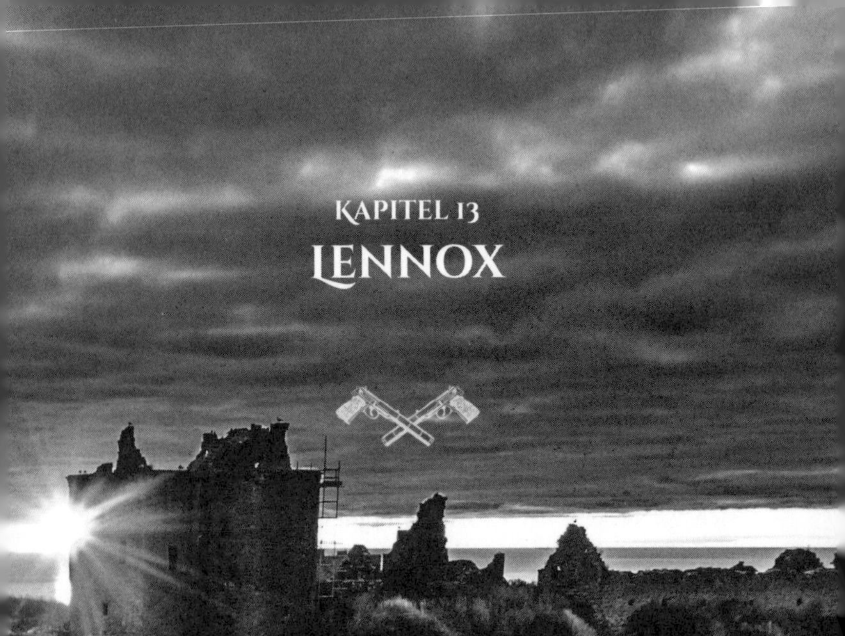

KAPITEL 13
LENNOX

Langsam lenkte ich den schwarzen Van durch die Straßen und genoss die ehrfürchtigen Blicke, die mir hinter den Fenstern folgten. Hier draußen wusste jeder, wem diese Karre gehörte und dass nur ein echter Adler in ihr herumfahren durfte. Spöttisch blickte ich mich zwischen den akkuraten Einfahrten um. Es gab diesen heuchlerischen, piekfeinen Teil von Prayer's Well, der so tat, als würden ehrbare, nette Leute mit ihren Golden Retrievern und einer Kinderschar in mit Marken bestickten Polohemden darin leben. Norths fette Kiste raunte unter mir. Aber diese Stadt war nicht wie andere Städte. In Norths Teil, dem rauen Norden, lebten die Menschen an der Küste und in den ersten Ausläufern des Waldes. Ein bunt durcheinandergewürfelter Haufen von Häusern aus Bäderarchitektur, dunklem Stein und Holz. Und jeder der Verrückten hatte irgendeinen anderen Dreck am Stecken oder war zumindest bester Kunde der schmutzigen Geschäfte der McTavish-Brüder. Bedächtig fuhr ich an Berties Fleischerei vorbei. Der feiste Mistkerl stand vor dem Schaufenster und rauchte. Ja, fast keiner hier draußen besaß eine saubere Weste und er am allerwenigsten.

Grüßend hob ich die Hand und er nickte der Höflichkeit halber zurück. Er zerlegte alles in winzige Häppchen, was Eliot und Elijah ihm brachten, und ließ es ohne jede Rückfrage verschwinden. Ausnahmslos alles. Ich hatte mehr mit ihm zu tun, als mir lieb war, trotzdem würde ich nie und damit meinte ich wirklich nie und nimmer und nur über meine eiskalte Leiche bei ihm essen. Das Meer rauschte unten gegen die Klippen und ich zog das Steuer herum und lenkte den Wagen hinter die Waldkante. Die alte Rowan sah mir misstrauisch von ihrem Schaukelstuhl aus dabei zu. Sie mochte mich nicht, aber das taten die wenigsten. *Der kleine Bastard, der zu den McTavishs übergelaufen ist ... Jaja, du alte Schreckschraube, tu nur weiter, als wärst du eine angesehene Bürgerin. Seht bloß alle weiterhin zu, dass ihr hinter North steht! Das ist das Einzige, was er von euch verlangt. Loyalität, und wenn ihr ihm die nicht bieten könnt, verschwindet oder sterbt!* Auch hier zwischen den ersten Ausläufern der Bäume wirkte noch alles wie eine ganz normale Stadt, aber die Dunkelheit breitete sich weiter aus, wurde dreister und allgegenwärtiger. An manchen der Häuser, die hier unten fast nur noch aus Holz bestanden, baumelten fragwürdige Symbole, die provozieren oder abschrecken sollten, oder beides, weil ihre Bewohner einiges auf dem Kerbholz hatten. Die krummen Murraykiefern, die wie Ungeziefer auf jedem Boden gediehen, auf den man sie setzte, beugten sich krumm in Richtung des Festlandes. Ich passierte das Haus des alten Navy-Veterans Shortleg, an dessen windschiefer Fassade sich etliche Tierschädel türmten. Wollte nicht wissen, wo er die alle herhatte. Seine bösartigen Rottweiler geiferten, als ich vorbeifuhr.

Der zahnlose Butcher öffnete mir das Tor zum Schwarzmarkt, der vollkommen geduldet den Norden vom Süden der Stadt trennte. Hier draußen wurde aller möglicher Scheiß verkauft, seit die Craigs endlich in den Sumpf abgedrängt worden waren. Gepimpte Waffen ohne Registrierung, zusammengebastelte Motorräder ohne Kennzeichen für schnelle

Fluchten, scharf getrimmte Hunde und Drogen für jeden Geschmack. Zauberpilze, Koks, Ice, Gras, Crystal, bunte Pillen, alles und natürlich auch Mädchen für jegliche perverse Vorlieben. Nur kein gestörter Scheiß wie Minderjährige; wenn North so etwas spitzbekam, brannte die Hütte. Dieser Ort gehörte den McTavish-Brüdern, genau wie alles andere in der Gegend. Jedes Bordell, jeder Pub, jeder Souvenirshop mit seinen vergilbten Postkarten von der Küste vor North Castle, der nur zum Geldwaschen existierte, weil sich ohnehin kein normaler Mensch hier raus verirrte, wenn er nicht vollkommen lebensmüde war. Auf diesem Markt hier bekamen North und South einen netten Teil ihrer eingekauften Waren weitervertickt und der Rest ging direkt an größere Kunden. Der hässliche Jack zeigte mir den Finger, als ich an seinem Gerümpelstand mit der schweren Munition und den löchrigen Patronengürteln vorbeikam.

Tief seufzend verdrehte ich die Augen. Ich hasste diesen lächerlichen Sack. Und seit ich ihm bei einem unserer Kämpfe draußen im Revier von South so richtig den Hintern versohlt hatte, tat er es mir inbrünstig gleich.

Ich verließ den Markt durch das offene Tor auf der anderen Seite und fuhr noch ein Stück tiefer in den Wald hinein. Hier begann das Revier von South. Den Kerl hasste ich auch, aber auf eine ganz andere Art. Es machte mir einfach viel zu viel Spaß, diesen eiskalten Scheißer zu provozieren. O Gott, ich liebte den Kick. Wahrscheinlich hatte North mich deshalb so bereitwillig in der Runde seiner Jungs willkommen geheißen. Weil ich nicht mehr ganz normal in der Birne war und ihn das reizte. Er hatte sich eine schöne Sammlung zäher, unberechenbarer Freaks zusammengesammelt und gerade dieser Haufen machte ihn aus und stärkte ihm den Rücken. Er war der König der Irren. Und der einzige Mensch, der mir wirklich etwas bedeutete auf dieser trostlosen Welt.

Mann, wie ich diesen Scheißkerl doch liebte!

Mit festem Kiefer kam ich vor der abgewrackten Bar meiner alten Gang zum Stehen. Sie befand sich auf Grenzland zwischen Swamp Head und Prayer's Well, das gab den Wahnsinnigen ein wenig Sicherheit. Sie waren eine Grauzone. Verkörperten sie. Lebten in ihr. Und ich hatte lange zu ihnen gehört. Das ganze Dach des flachen Gebäudes war mit Stacheldraht ausgekleidet und die Wände mit krummen Graffitis von nackten Frauen und Waffen zugesprayt.

South duldete sie nur so nah an seinem Revier, weil sie gute Kunden waren. Meine Aktion mit den illegalen Straßenkämpfen hatte sie beinahe ins Aus geschossen, aber niemand konnte ihnen wirklich etwas, weil sie sich niemandem verschrieben hatten und auch niemandes Ehre verletzten, wenn sie sich hier autark auf Grenzgebiet herumtrieben. Trotzdem standen sie aus allen Richtungen unter akribischer Beobachtung. Allzu lange würde ich unsere ranzige Bar hier draußen wahrscheinlich nicht mehr finden können.

Denn die Stacheldrähte, wie unsere Freaks sich gern nannten, hielten nie lange aus, ohne sich ein Ding zu leisten. Und wenn Bailey tatsächlich mit Craig paktierte, würde ich diese windschiefe Bude höchstpersönlich dem Erdboden gleichmachen müssen, autark hin oder her.

Die Tür mit dem silberfarbenen Logo, den beiden Waffen mit dem Kranz aus Stacheldraht, hatten sie mit langen Quasten aus Leder überhangen. Gegen die Midges, die sich hier draußen beinahe überschlugen in ihrem Blutdurst? Oder um abtrünnige Bastarde wie mich fernzuhalten? Da mussten sie sich schon etwas Besseres einfallen lassen.

Die Tür knarrte und der altbekannte Mief nach Zigaretten und Gras schlug mir entgegen. Für einen Moment blieb ich im Rahmen stehen und nahm einen tiefen Zug der alten Zeiten. *Buzz Lightfear* kam mir schwanzwedelnd entgegengestürmt und ich bückte mich, um ihn angemessen zu begrüßen.

»Eeeey, Buzzie, wer ist da zurück, hm? Wer ist da

zurück?« Sein Fell fühlte sich noch löchriger an als zuvor und seine Schnauze wurde grau. Langsam, aber sicher wurde ein Dobermann-Opi aus ihm. Das tat mir in der Seele weh. Großartige Geschöpfe wie er durften nicht gehen. Am liebsten würde ich es ihm einfach verbieten. Seine Zunge schleckte mir hysterisch über die bärtige Wange. War das ein blindes Auge? Shit, ich hasste es, mit ansehen zu müssen, wie er alt wurde.

»Los, raus mit dir! Gassi!« Ich schob ihn durch die Tür und er stürmte schwanzwedelnd in den Wald hinaus.

Bedächtig sah ich mich im Raum um. Noch war er leer, aber in Kürze würden sie hier hereinströmen und ihre Pläne schmieden. Ich kannte den Tagesablauf dieser Bande in- und auswendig. Bei den Stacheldrähten gab es keinen Ehrenkodex oder so einen Scheiß, wir konnten gehen, wohin oder zu wem wir wollten. Meine alte Gang war einfach nur eine Truppe Jungs, die gern spielte. Mit den Frauen und der Geduld anderer und auch ab und an mit Sprengstoff, dieses Business hatten die Stacheldrähte fast schon perfektioniert. Trotzdem hieß das nicht automatisch, dass diese Pimmel sich nicht auf den Schlips getreten fühlten, weil ich zu den McTavishs gewechselt war. Ich musste auf der Hut sein.

»Lennox McMory, ich glaube, ich träume …« Diese süße Stimme kannte ich und sie prickelte angenehm in meinem Unterleib.

»Wie er leibt und lebt.« Ich erhob mich, und fuck, Shelly sah noch schärfer aus, als ich sie in Erinnerung hatte. In ihren frechen Hotpants und der über dem Bauch verknoteten Bluse. Und geflochtene Zöpfe? Ernsthaft? Machte sie jetzt auf unartiges Schulmädchen? Unartig war sie in jedem Fall, aber ihre Augen leuchteten verräterisch, als sie die Hände in die Hüften stemmte und mich betrachtete. Sie war in mich verschossen, das wusste ich seit vielen Jahren, aber ich konnte damit nichts anfangen, also ignorierte ich es einfach, wenn ich meinen Schwanz in sie steckte.

»Scheiße, komm her, du Abtrünniger! Wie ist es da draußen im Norden? Behandelt er dich gut, der große Schattenadler?«

»Mehr als das.« Verschmitzt grinsend ging ich auf sie zu und trat nah hinter sie, um an ihrem duftenden Hals zu schnuppern. Hmm, sie roch nach Heimat. Die Bar war noch nicht geöffnet und sie lehnte sich sofort bereitwillig schnurrend gegen mich. »Ich hab dich echt vermisst, McMory. Kommst du meinetwegen?«

»Ganz sicher nicht, Süße.«

Meine Hände erkundeten die weiche Haut um ihre Taille und sie erschauerte. Genau wie mein Schwanz in meiner Jeans.

»Todesehrlich wie immer, was?«

In einer flüssigen Bewegung drehte sie sich in meinem Arm um und betrachtete forschend mein Gesicht. Ihre dunklen Augen und die kleine Nase waren fast puppenhaft. Ich mochte das. »Dein Haar ist länger. Machst du jetzt auf echten Nordling, ja?« Ihre Finger spielten mit dem Lederband um meinem Hals.

»Ich *bin* ein echter Nordling«, raunte ich gegen ihre Lippen.

Sie griff mir ohne Umschweife ins Haar und verschlang mich mit ihren vollen Lippen. Wohlig seufzend zog ich sie enger an mich und eroberte sie ohne jede Zurückhaltung mit meiner Zunge. Sie zu knutschen war immer wieder wie eine Offenbarung, denn verdammt noch mal, ich stand auf Knutschen. Und sie konnte es perfekt. Ihre vollen Lippen bebten an meinen und sie unterbrach den Kuss, um verführerisch zu mir aufzublicken.

»Was willst du, hm? Außer mir noch die letzten Sinne zu vernebeln.«

Mein Blick verhakte sich mit ihrem wie unter schweren Ketten. »Wo steckt Bailey?«

Ein kleines Lächeln zupfte an ihren feuchten Lippen. »Weiß nicht.«

»Doch, tust du.« Ich zog sie so ruckartig an mich, dass kein Millimeter mehr zwischen uns war, und sie quiekte angetan. »Nein, Nordling, weiß ich nicht.« Ihre Stimme klang heiser und ich hätte glatt ins Schwärmen geraten können, wenn ich nicht von Haus aus so beherrscht wäre.

»Ganz sicher, ja?« Meine Lippen berührten ihre, ich fuhr mit der Zunge ihre vollen Konturen nach, und als sie wieder in mein Haar greifen wollte, drehte ich sie in Richtung Theke, zog mein Messer aus dem Gürtel und hielt es ihr an den zarten Hals.

»Lennox«, ächzte sie, und ich stand unter Strom, aber ich hatte gelernt, ihn zu kontrollieren.

Jeder andere hätte ihr jetzt einfach den lächerlich knappen Fetzen heruntergerissen und sich bis zum Anschlag in ihr versenkt, aber ich war nicht jeder andere.

»Du bist scharf auf mich«, gurrte die Kleine gegen meine Klinge und rieb ihren Hintern an meinem pochenden Schwanz. Sie wusste meine Neigungen zu schätzen. »*Er* ist vielleicht scharf auf dich«, flüsterte ich ihr ins Ohr. »*Ich* kann mich beherrschen. Also, wo ist Bailey?«

Wieder rieb sie ihren kleinen Knackarsch auf sehr eindeutige Art an meiner Jeans und ich wollte sie ausziehen und quälen, aber ich tat es nicht, denn fuck, ich hatte keine Zeit dafür.

Shelly fuhr mit den Fingern über die Klinge an ihrer Kehle und erzitterte. Manchmal schnitt ich sie, manchmal nicht. Es ging mir dabei nicht um die Optik oder den Geschmack oder so einen kranken Blödsinn, ich war kein verkappter Vampir. Es ging mir um den Nervenkitzel, um ihre Furcht. Es gefiel mir, wenn sie zitterten. Aus Lust, aus Angst, das vermischte sich in meinen gierigen Synapsen zu ein und demselben.

Wie gesagt, ich war gestört und stand dazu.

»Im Hinterzimmer«, keuchte sie in einer Mischung aus

Laszivität und Vorwürfen. »Badet wahrscheinlich gerade in den Scheinen, die er Craig abgeknöpft hat für das letzte Geschäft.«

»Gut.« Ich nahm mein Messer von ihr, steckte es weg und drehte sie wieder zu mir.

»Was jetzt?« Ihr Blick flackerte noch immer voll so viel Zuneigung, dass sich mir der Magen umdrehte. »Du kommst aber nicht als Norths Henker, oder? Ich will da nicht mit reingezogen werden, hab ich keinen Bock drau…«

Meine Hand griff unsanft in ihren Nacken und ich zerrte sie zu mir heran, um sie noch einmal so lange tief und fordernd zu küssen, bis die Enge in meiner Hose schmerzhaft wurde.

Dann ließ ich sie los und gab ihr einen Klaps auf den herrlichen vollen Hintern.

»Danke, schmackhafteste Zuckerpuppe des Südens.«

Das Hinterzimmer war lumpig und verqualmt, wie ich es in Erinnerung hatte. Und Payton Bailey lungerte hinter dem Schreibtisch und tat genau, was Shelly prophezeit hatte. Er sortierte einen fetten Haufen Bargeld.

Sacht zog ich die Klinge meines Messers am Türrahmen entlang, das kratzende Geräusch brachte ihn zum Aufblicken.

»Sieh an.« Er grinste mir mit seiner Mundwüste entgegen. »Der Schlitzer des Nordens kommt persönlich zurück in den Schoß seiner Mami gekrochen.«

Mein Ruf eilte mir wohl inzwischen voraus. Aber ich stand auf meine beiden schwarzen Titanmesser mit dem Vegvisir auf den Klingen. Sie standen für meinen Weg, meine Bestimmung. Ein Runenkompass leitete einen durch den Nebel und die Dunkelheit, man musste nur offene Sinne und ein leidenschaftliches Herz besitzen, dann konnte einem nichts mehr zustoßen, für das man nicht bestimmt war. Noch dazu fand ich die Arbeit mit einem Messer so viel persönlicher als mit einer Knarre. Ich hatte meine beiden Klingen *Oidhche* und *Latha* genannt, Nacht und Tag, und ich teilte alles mit ihnen. Ich tötete, vögelte und schnitt mein Brot mit diesen Klingen. Ein Wunder, dass sie noch nicht mit mir verwachsen waren.

»Siehst langsam aus wie ein waschechter McTavish, du kleiner Verräter.« Ja, er hatte es nie gutgeheißen, dass ich dieses Loch hier hinter mir gelassen hatte.

»Und du hängst wohl ein bisschen zu oft im Solarium herum, was?« Zynisch zog ich eine Braue nach oben. Er sah aus wie ein Brathähnchen.

Bailey grunzte abschätzig und verschränkte die Arme vor der dürren Brust. »Kommst du, um mich auch aufzuschlitzen, Kleiner?« Dieser wahnsinnige Dürrländer traute sich was. Er war ein verfluchter Nerd, der mit all seinem Sprengstoff-Irrsinn fern jeder Realität lebte.

»Noch nicht.« Schief grinsend schob ich mein Messer wieder hinter den Gürtel. »Fürs Erste wirst du mich zu meinem Boss begleiten.«

Eine kleine Ewigkeit lang starrte er mich verblüfft an, dann lachte er prustend los. Gott, sein Gebiss hatte dringend eine Generalüberholung nötig. Genau wie seine lichte Kopfbedeckung.

»Solltest dir von der Kohle ein Haarteil zulegen, Mann«, gab ich ihm einen guten Rat.

Sein Blick wurde irre. »Ganz bestimmt bin ich so wahnsinnig, North McTavish direkt ins Messer zu laufen. Auf seiner eigenen Burg. Woher soll ich wissen, ob er meine Unabhängigkeit respektiert, huh?« Jetzt wirkte er doch etwas alarmiert.

»Weil ich für dich bürge.« Ich machte einen Schritt auf ihn zu und er umarmte panisch sein Geld, als hätte ich vor, es ihm wegzunehmen. Traurig. Kohle ging ihm über alles. Über Ehre und sogar über sein eigenes Leben, jede Wette.

»Es schmeckt mir nicht, dass du die McTavishs hintergehst.« Das war maßlos untertrieben. Ich war Fährtenleser, und wenn das hier vorbei war und er davonrannte wie ein heulendes Kind, würde ich ihn überall finden. »Aber er braucht Informationen von dir. Und ich versichere dir, dass du heil wieder aus seiner Burg herauskommst, noch um einiges reicher als jetzt.« Mit dem Kopf deutete ich auf sein läppisches Häufchen Spielgeld.

Etwas blitzte gierig auf in seinen Augen. *Reich* war sein Stichwort.

»Ich hintergehe niemanden, Schlitzer. Die Stacheldrähte dienen immer dem, der am besten zahlt. Wir scheißen auf jeden Ehrenkodex, du solltest das am besten wissen.«

»North wird derjenige sein, der am besten zahlt, Payton. Vertrau mir!«

Prustend stieß er erneut ein Lachen hervor. »Vertrauen ... *Dir* ... Hatte ganz vergessen, was für ein echter Brüller du sein kannst.«

»Zeit, zu gehen«, sagte ich diplomatisch.

Er musterte mich kopfschüttelnd, aber er war viel zu geil auf die Kohle, das konnte ich riechen. Ich las Menschen wie Bücher und ihn kannte ich so gut, dass ich mich dabei nicht einmal anstrengen musste.

»Und wenn nicht?« Seine langen Finger vergruben sich wieder in dem stinkenden Craig-Geld.

Völlig entspannt lehnte ich mich in den Türrahmen und

beobachtete ihn ein paar Atemzüge lang. »Wenn nicht, schneide ich dich in schöne lange Fetzen und hänge die Troddeln aus deinem lederigen Leib an die Fenster, um die fetten Fliegen und Kakerlaken fernzuhalten.«

Seine Augen wurden schmal und bockig.

»Was ist?«, fragte ich amüsiert. »Meinst du, Shelly würde mich davon abhalten? Gerade hat sie da draußen noch darum gebettelt, dass ich sie dreckig gegen die Bar ficke.«

Seine Schultern sackten geschlagen nach unten. Er wusste sehr genau, dass ich ihn nicht gebeten hatte, mich zu begleiten. Ein Adler bat nicht, er nahm sich, was er wollte.

»Und du versicherst mir, dass er mich in einem Stück wieder gehen lässt?«

»Du hast mein Wort.«

»Gut. Dann bringen wir's hinter uns.« Seufzend richtete er sich auf. »Und danach erzähle ich dir von dem fetten Deal mit den Craigs. Du wirst dir die Finger danach lecken, Junge. Und dann wollen wir doch mal sehen, wie sehr du noch einer von den McTavishs sein willst, was?«

»Bin ganz Ohr, Bailey. Bin ganz Ohr.«

Glück für mich, dass ein Stacheldraht wirklich gar kein Fünkchen Ehre im Leib trug. Vielleicht hatte ich doch noch mehr von ihnen, als ich dachte.

KAPITEL 14
NORTH

Zuerst hatte ich überlegt, diesen kleinen Abschaum direkt in die Grotte bringen zu lassen, aber wahrscheinlich hätte die Flachpfeife bei all dem blutigen Gesudel dort unten einen hysterischen Anfall erlitten und das konnte ich nicht gebrauchen. So etwas kostete mich Zeit, die ich nicht hatte. Am liebsten hätte ich Lennox gleich noch letzte Nacht losgeschickt, aber er hatte angemerkt, dass es diesen ehrlosen Bailey mit Sicherheit misstrauisch gemacht hätte, wenn er ihn mitten in der Nacht aus dem Bett zerrte, und da musste ich ihm Recht geben. Ich brauchte diesen Hosenscheißer kooperativ. Die halbe Nacht hatte ich hier im Saal zugebracht und alte Lagerpläne studiert, ohne wirklich zu einem Ergebnis gekommen zu sein. Es würde mir nichts anderes übrigbleiben, als mir eines nach dem anderen vorzunehmen, wenn dieses Stelldichein jetzt keine andere Lösung zutage brachte. Ich hatte für jedes einzelne Lager den perfekten Angriffspunkt ausgeklügelt und Zac hatte mir zwischendurch Kaffee mit Whisky gebracht. In einem Scheißpyjama wie eine fürsorgliche Ehefrau. Tief atmend ballte ich die Hände auf dem Tisch zu

Fäusten. Ich würde alle Craig-Lager ausnehmen wie Weihnachtsgänse, eines nach dem anderen. Und ich würde es direkt im Anschluss tun. Würde jeden meiner Männer in einen anderen seiner stinkenden Unterschlüpfe schicken, bis ich ihn und Shona gefunden und hierhergebracht hatte. Diese hilflose Situation machte mich krank, und wenn einen eine Situation in den Wahnsinn trieb, musste man sie ändern. So einfach war das.

Tatsächlich verspürte ich so etwas wie Nervosität, während ich im Thronsaal auf Lennox und Anhang wartete, aber ich rang sie nieder.

»Wenn der Kerl frech wird, geb ich ihm eine«, brummte Pollock, der zwei Plätze weiter an der Tafel saß.

»Ruhig Blut, Männer.« Ich sah besonnen den Staubkörnern zu, die in dem breiten Sonnenstrahl tanzten, der durch das Fenster zum Meer fiel. »Dieser Knilch ist uns nichts schuldig. Er hat seinen schmutzigen Kaninchenbau auf Grenzland errichtet.« Dass er uns nichts schuldig war, stimmte so nicht ganz. Auch auf der stinkenden Grenze verlangte ich ein Mindestmaß an Loyalität, und jeder, der sich mit Craig verbrüderte, war ein Feind für mich, egal wo er hauste oder herkam. Aber das musste ich meinen Männern jetzt nicht auf die Nase binden. Sonst machten sie ihn noch kalt, bevor er zum Reden kam.

»Er paktiert mit Craig«, sprach Olec meine Gedanken aus und spuckte unter sich. »Das macht ihn nicht zu einem Freund, wenn du mich fragst.«

Zac grummelte unzufrieden hinter mir. Er stand an meiner Seite wie ein stummer Diener.

»Ein Freund ist jeder, der uns brauchbare Informationen liefert«, brummte ich. »Für den Moment, in dem er redet. Danach soll Lennox entscheiden, was mit ihm geschieht.«

Oder ich warf ihn zu Glenn in die Zelle, gab jedem ein Faustmesser und versprach demjenigen, der den anderen abstach, dass er sich aus dem Staub machen durfte ... bis ich ihm meine gefiederten Seelenverwandten nachschickte. Oh, der Gedanke gefiel mir.

»Da kommen sie.« Wieder spuckte Olec aus und wieder grunzte Zac warnend. Unsere bärtige Nanny hasste es, ständig den Dreck dieser Banausen wegzufeudeln. Aber jeder hier hatte seine Aufgabe. Das war eben seine.

Als sich die Tür öffnete, straffte ich die Brust und richtete mich in meinem Thron auf. Scheiße, meine Augen brannten, als hätte mir jemand händeweise Sägespäne in die Visage geschmissen, aber verdammt, ich musste jetzt präsent sein.

Lennox schob einen riesigen Kerl vor sich her, dürr wie ein Stangensellerie und mit einem hektischen Ausdruck in der Fratze, als würde er gerade an eine Tafel mit kopflosen Mönchen geführt werden.

Mein zäher kleiner Nachwuchs-Aufständler hatte es also tatsächlich getan. Er war einer von uns. Aber er würde sich weiter beweisen müssen, bis auch der letzte Funke in mir davon überzeugt war.

Seine Hände griffen nach den Schultern des spacken Riesen und er setzte ihn auf den Stuhl zwischen Olec und mich.

Für eine Weile starrte er mich nur an wie seinen Henker, dabei war mir im Moment gar nicht so sehr nach einem Blutbad. Ich musste meine verdammten Kräfte beisammenhalten.

»Also.« Ruhig faltete ich die Hände und beugte mich ein Stück in seine Richtung. »Erzähl mir doch ein wenig von deinen Geschäften mit Craig, Payton Bailey.« War Payton nicht eigentlich ein Mädchenname? Mir war, als hätte ich mal eine dehnbare Kleine gevögelt, die so hieß. Er hier fiel jetzt eher weniger in mein Beuteschema.

Schwer schluckend wich er zurück und prallte fast gegen Olec, der sich ihm grollend entgegenlehnte.

»McMory hat versprochen, dass ich hier heil rauskomme«, stammelte er schlappschwänzig und warf dem brummenden Olec einen flüchtigen Blick zu. »Er meint, er bürgt für mich.«

Ich besiegelte eine stumme Übereinkunft mit Lennox und wandte mich aufmunternd wieder meinem neuen Freund zu.

»Das geht in Ordnung, Kumpel.« Meine Hand schlug etwas zu heftig auf seinen knochigen Rücken und ich hatte Angst, er könnte sich gleich den Feinripp nass machen. Das würde Zac endgültig auf die Palme bringen. »Wenn du uns etwas Brauchbares zu sagen hast, kannst du gleich wieder deiner Wege spazieren, als wäre nichts gewesen.«

»Gut.« Zitterte er etwa? »In Ordnung. Also, ja, ich arbeite mit Craig zusammen.«

»Na wunderbar!« Ich krachte meine Hand auf die Tischplatte und goss ihm einen Humpen Met voll, bis er überschwappte. War heute in Geberlaune, denn ich hatte ein verfickt gutes Gefühl, dass bei dieser bibbernden Bohnenstange so einiges zu holen sein würde.

»Der Kleine hat von Geld gesprochen.« Bailey starrte mich an, als erwartete er eine Kopfnuss für seine Bemerkung. Jetzt wurde er offenbar etwas geschmeidiger. *Geld* ... Wenn es weiter nichts war.

»Aye.« Aufmunternd nickte ich ihm zu. »Lennox wird dir im Anschluss eine hübsche Summe in bar servieren. Sagen wir Zwanzigtausend? Danach kannst du dir eine Karre aus meinem Fuhrpark aussuchen. Nur der Shelby ist tabu, den Rest kann ich schnell ersetzen. Ist das in deinem Interesse?«

Seine Augen wurden groß. Wusste ich es doch. Mit einem ordentlichen Batzen Geld und einer geilen Karre konnte man noch jeden Hosenschisser zu einem Herkules machen.

»O ja. Ja, North. Danke! Sehr großzügig.« Er nickte unaufhörlich wie eines dieser verschissenen Dackel-Spielzeuge, die sich ein paar traurige Loser so gern hinter die Frontscheiben ihrer Klapperkisten montierten.

»Also dann«, fuhr ich fort. »Was will Craig mit einem wie dir? Einen Tresor aufsprengen?«

»Ich habe ihm Sprengstoff vertickt, ja«, antwortete der Knilch bereitwillig. »Viel davon. Hab ihn bei der Lagerung beraten, damit er sich nicht aus Versehen selbst den Sumpf unter dem Hintern wegsprengt. Hat es sicherheitshalber raus aufs Meer bringen lassen. Aber was er dort damit anstellen will, kann ich euch nicht sagen. Darüber hielt er dicht.« Zurückhaltend nippte er an seinem Becher. Ja, Met zu so früher Stunde war nicht jedermanns Sache.

Nachdenklich tauschte ich einen Blick mit Lennox. Er dachte, was ich dachte. Seine Aussage deckte sich mit dem, was ich gesehen hatte. Dieser Mistsack wollte uns die Burg unter dem Arsch wegsprengen. Er stopfte seine Lager mit Dynamit voll und plante in aller Seelenruhe ein schönes kleines Feuerwerk. Das konnte er sich abschminken.

»Nitroglycerin?«, fragte ich nachdenklich.

»Ja, hohe Durchschlagkraft. Er hat mir alles abgekauft und raus auf seine Bohrinsel bringen lassen. Die Geschäfte haben wir an einem sehr merkwürdigen Ort abgewickelt. Offenbar besitzt er ein paar seltsame Vorlieben.«

»Seltsame Vorlieben?« Etwas tief in mir bäumte sich alarmiert auf.

»Ja, er lungert in dem alten Leuchtturm bei Captain's Head herum. Versteckt sich wohl da vor dir. Und hält dort ein Mädchen fest wie diese Kleine mit den ewig langen Haaren aus dem Märchen.«

»Ein Mädchen?« Ich hatte gar nicht mitbekommen, wie ich nach seiner Schulter gegriffen hatte. »Was für ein Mädchen?«

Für eine Sekunde wirkte Bailey irritiert, dann zuckte er nervös die Achseln. »Weiß nicht. Hübsche Kleine. Dunkles Haar, trauriger Blick, lässiger Look. Hieß diese Frau mit den Haaren Schneewittchen? Die Kleine sieht jedenfalls aus wie Schneewittchen. Haar so schwarz wie ... Kohle? Und Lippen so rot wie ... was war das doch gleich?«

»Schwarz wie Ebenholz«, korrigierte Zac ihn und alles in

mir zog sich mit einem Schlag so fest zusammen, dass mir fast die Scheißluft wegblieb. *Shona!*

»Captain's Head? Bist du sicher?«

»Ganz sicher.«

»Dieser Pisser! Das ist unser Gebiet«, grunzte Olec empört und er hatte recht. Andrew hielt sie nicht in Swamp Head gefangen. Nein, er hatte sie in die alte Turmruine an der Nordküste verschleppt. Im Herzen meines Revieres. Er verhöhnte mich. Und das ließ das Fegefeuer in mir wieder erwachen. Gerissener kleiner Abschaum!

»Hast du Sprengstoff in diesen Turm gebracht?« Meine andere Hand gesellte sich zu der ersten und ich schüttelte ein bisschen an diesem Payton Bailey herum. Meine gebleckten Zähne und meine wilde Visage schienen ihm wieder Angst zu machen, denn er schluckte nur und starrte mich an wie gelähmt.

»Konzentrier dich, Mann! Gibt es Nitro in diesem Turm?« Lennox verpasste seinem Kumpanen von hinten einen Klaps auf den Kopf, um ihn etwas anzuspornen.

»Äh, nein«, stammelte Bailey. »Nein, nur auf der Bohrinsel.«

»Und die ist hinüber«, fügte Zac stolz hinzu und tätschelte mir brüderlich den Rücken. Ja, das war sie. Dieser große Knall war das Beste gewesen, was ich seit Langem mit ansehen durfte. Neben der nackten Shona Blythe in dem heiligen Wasser meiner Grotte. Der Verlust würde ihn Zeit kosten. Viel Zeit.

»In welche Lager hast du das Zeug noch geschleppt, Payton?«, bohrte Lennox noch einmal nach. Bei dem Material musste man vorsichtig sein und unter Umständen lieber Messer mitnehmen anstelle von Handfeuerwaffen.

»Nirgendshin, ich schwöre, McMory«, beteuerte Bailey, während Lennox ihn mit seinem eisigen Blick aufspießte.

Der Strahl der Sonne versiegte und dunkle Wolken türmten sich am Himmel auf. Es würde Unwetter geben. Ich fühlte es in jeder Faser meines Seins, wurde eins mit dem, was sich da oben zusammenbraute, nahm es tief in mir auf und labte mich an seiner Kraft.

»Du bringst deinen Freund nach draußen, Lennox.« Scheiße, ich stand bereits unter Starkstrom, als ich mich nach oben drückte.

Ein tiefer Donner fiel auf unsere Burg herab, während ich die Treppen hinunterstürmte und meine schwere Lederjacke vom Haken grabschte. Zac folgte mir mit ein paar anderen Jungs, und als wir den Hof erreichten, hielt gerade die schwarze Mafia-Karre meines Bruders auf dem Kies.

Kearon und er sprangen heraus und es begann zu regnen. »Du willst weg? Wo fahren wir hin, Bruder?« Elijahs Hand griff nach meinem Arm und ich drehte ein Stück den Kopf, um ihn eisig zu fixieren. »Captain's Head. Er verkriecht sich dort draußen mit Shona.«

Elijah stieß einen scharfen Pfiff durch die Zähne, und seine restlichen Männer, die sich gerade aus dem Wagen schälen wollten, schlossen die Türen eilig wieder. Kearon machte auf der Ferse kehrt und sprang zurück hinters Steuer. Besser für ihn. Ich hatte noch immer Prass auf diesen Scheißer.

»Fahr vor, ich folge.« Mein kleiner Bruder nickte mir knapp zu und wollte im nächsten Moment ebenfalls wieder zu seinem Wagen, aber ich hielt ihn auf. »Bleibt draußen im Wald und wartet auf mich. Ich nehme den Shelby.«

»Geht klar. Feuer frei, Männer!«

»Ihr habt ihn gehört«, richtete ich mich an meine Jungs. »Alle rein in den Van! Holen wir uns den Hurensohn!«

Ich komme, Shona! Ich komme und hole dich! Und ich gebe einen Scheiß darauf, was du davon hältst!

Kapitel 15
Shona

Dunkler, schwerer Donner umhüllte den Leuchtturm, und ich verharrte reglos auf diesem vermaledeiten Stuhl, während das aufkommende Unwetter eine unwirkliche Nacht über uns brachte.

Ian wartete vor der Tür, konnte offenbar nicht mit einer Silbe ertragen, was ihm hier aufgetragen wurde, trotzdem duldete er es – und Andrew saß direkt neben mir, das Telefon gut sichtbar auf dem Tisch vor uns platziert.

»Es hätte nicht so kommen müssen«, sagte er gedämpft, während draußen die ersten Regentropfen auf dem Wasser aufschlugen.

»Doch«, erwiderte ich mit belegter Stimme. »Es musste so kommen. Genau so. Ich war nur zu blind, es zu erkennen.«

Andrew wirkte fast verdutzt oder amüsiert, ich konnte und wollte es nicht näher deuten, dann vibrierte sein Smartphone und er freute sich wie ein kleiner Junge, während er den Anruf annahm.

»Er hat angebissen, sagst du? Perfekt. Dann dauert es nicht mehr lange. Wir machen uns bereit. Ah, eins noch ...« Sein Blick streifte mich verschlagen. »Kommt er meinetwegen oder meiner zauberhaften Ehefrau wegen, welchen Eindruck hattest du? Mhm … ja … dachte ich mir. Gut. Dann ist unser Geschäft hiermit abgeschlossen.«

Kalte Taubheit breitete sich in meiner Brust aus, während steter Regen draußen in ein paar Baumkronen an der Felsenkante rauschte. Andrew richtete sich auf und sah mir direkt in die Augen, aber ich wich verbissen seinem Blick aus. Meine Zähne mahlten und mein Körper verkrampfte sich, denn er war mir so viel näher, als ich in diesem Moment ertragen konnte.

Seine Hand legte sich an meine Wange und ein heftiger Schauder raste mir über den Rücken. »Leb wohl, Schneewittchen«, flüsterte er und drückte mir einen Kuss auf den Mund, der meinen Magen rebellieren ließ. »Dein Vater wusste es wohl auch.« Andrews grüne Augen blitzten hinterlistig.

»Was?« Meine Kehle wurde trocken, während ich ihn anstarrte.

»Dass es eines Tages so kommen würde. Er war immer gegen unsere Hochzeit gewesen. Hat mir nachspioniert, bis ich irgendwann genug davon hatte.«

Ein Gletscher biss sich an der Stelle fest, an der eigentlich mein Herz schlug. »Was willst du damit sagen?«, zischte ich und fühlte eine Art von Wahnsinn in mir hochkommen, die ich so noch nie gespürt hatte. »Sag nicht, du hast ihm etwas angetan, Andrew!«

»Das habe ich nicht gesagt.« Ein eisiges kleines Schmunzeln zupfte an seinem Mundwinkel, fast nicht merklich. »So ein Autounfall ist schnell passiert, Shona. Oder nicht?«

Fassungslos stierte ich ihn an. Mein Körper bebte. Meine Lippen zitterten. Ich war so wütend, so unsagbar rasend, während ich ihn mit meinen Augen aushöhlte. Und er ließ es für ein paar Augenblicke überheblich lächelnd geschehen.

Dann verschwand er durch die Tür und ließ sie sacht im Schloss einrasten, ohne abzuschließen. Musste er ja auch nicht. Ich war verflucht noch mal gefesselt. Meine Lippen fühlten sich taub an und heiße Tränen brannten mir hinter den Lidern, als ich sie schloss. Ich hatte verloren. Andrew hatte meine Unterschrift, sein Land, mein Leben, seinen Sieg über Eliot und meine Seele. Er hatte gesiegt und ich hatte verloren. Es war vorbei. Ich würde Eliot mit mir in den Tod reißen, den einzigen Mann, der meinem Scheusal von frisch angeheiratetem Gatten die Stirn bieten konnte. Ich würde als eine Craig sterben. Und ich hoffte inbrünstig, dass ich vorher noch einmal meine Arme um diesen herrlichen Wikinger von Mann legen durfte, der sich North nannte, um ihm zu sagen, dass alles gut werden würde, wenn wir uns erst gemeinsam in den ewigen Jagdgründen befanden.

Weit entfernt im Regen hörte ich Andrews Stimme brüllen: »Starte das Boot, ich warte an Land, bis er reingegangen ist. Das will ich um keinen Preis verpassen.«

»Scher dich zum Teufel!« Ruckartig riss ich an den Fesseln und sie gruben sich in meine Handgelenke. »Fahr zur Hölle! Ich werde dich heimsuchen, Andrew!« Tränen liefen mir übers Gesicht, während ich versuchte, die modrige Lehne von dem Stuhl zu lösen, aber sie war leider um einiges stabiler, als sie aussah.

»Scheiße! Scheiße! Scheiße!« Beim nächsten Ruck spürte ich ein leichtes Nachgeben des Seiles und stockte. Mein Puls überschlug sich beinahe vor Schreck. War das gerade wirklich passiert?

Was zum ... Der Knoten hatte sich ein Stück gelöst, ich konnte es schwören. Oder halluzinierte ich inzwischen bereits? Der Regen prasselte gleichmäßig auf das Dach des Leuchtturmes und Adrenalin durchwirbelte mich in ganzen Strudeln. Wieder zerrte ich an dem Seil und noch einmal. Dieser Knoten saß nicht, wie er hätte sitzen sollen, um jemanden vernünftig zu fesseln.

Ian! Ächzend zog ich die Arme weiter zurück. Der grobe Strick kratzte über meine Handgelenke und die Fesseln öffneten sich. Einfach so! Ich war frei! *Ian, du weichherziger Teufelskerl!* Neue Energie flutete meine Adern.

»Fahr zur Hölle, Andrew«, wiederholte ich, diesmal flüsternd, und das Herz schlug dabei Salti in meiner Brust. Im nächsten Moment sprang ich auf und setzte auf die Tür zu.

Das Treppenhaus war rund und ich stürmte die metallenen Stufen hinunter. Durch ein paar Fenster weiter unten erkannte ich, dass der Leuchtturm sich genau am Rand der Küste auf einer kleinen vorgelagerten Felsnase befand. Er schmiegte sich an die Kiefern, die sich durch das Unwetter bedrohlich in die Böen lehnten. Graues Zwielicht lag über der Küste und der komplette Turm war verkabelt. Sie hingen aus jeder Ecke, leuchteten in sämtlichen Farben. Ich hatte keine Ahnung von Sprengstoff, aber ich war mir sicher, dass jeder Schritt, den ich hier tat, hochexplosiv sein konnte. Der Wind peitschte die steinerne Außenwand, und als ich den löchrigen Ausgang erreichte, presste ich den Rücken gegen die kühle Mauer, um durch den Türspalt nach draußen zu spähen.

Der Wind heulte durch undichte Ritzen. Aufgebrachte Wellen drängten sich gegen den Fuß des Steinwalles und ich sah Ian in einem kleinen Boot im Wasser schaukeln. Er hatte im Innenraum mit dem Steuer zu kämpfen, wahrscheinlich wollte er verhindern, dass der Bug gegen die Felsen gedrückt und ihnen ihre Möglichkeit zur Flucht genommen wurde, sobald Eliot und seine Männer hier eintrafen.

Aufgeregt scannte ich die Waldkante auf der anderen Seite. *Eliot. Bleib hier weg!*

Ich konnte niemanden sehen oder hören, aber dieser Regen würde auch jedes Aufheulen eines Motors direkt verschlucken.

Bleib weg hier!

Keuchend suchte ich durch die Tür hindurch nach Andrew, der Puls hämmerte mir so hart in den Ohren, dass ich meine eigenen Gedanken nicht mehr hören konnte.

Wo steckt dieser Gestörte? Kühler Regen sprühte mir gegen

das Gesicht. Und dann entdeckte ich ihn. Er stand an der Kante des Gesteins bei einem flachen Gestrüpp, telefonierte und stierte in die Bäume hinein wie ein Irrer.

Lauf, Shona! Lauf in den Wald! Er wird niemals schnell genug sein, um dich zu fangen.

Meine Hände ballten sich zu Fäusten. Mein Hals fühlte sich an, als zöge jemand ein Seil darum fester und fester.

Aus dem Inneren seiner Anzugjacke blitzte hell das Papier, das mich zu seiner Frau machte. Alles an mir war zum Zerreißen gespannt. Ich hasste diesen Mann! Und ich war verdammt noch mal keine Craig!

Ich schob die Tür auf und rannte im nächsten Moment los, so schnell ich konnte, ohne dass mein Verstand mich noch daran hindern konnte. Auch wenn alles in mir schrie und mich beschimpfte, denn der Wald lag in der anderen Richtung.

Der Regen peitschte in mein Gesicht und ich hielt schreiend auf Andrew zu.

Fahr! Zur! Hölle!

Viel zu träge fuhr er herum und seine Augen wurden riesig, als er registrierte, wie ich nach der Waffe in seinem Holster griff. Meine Finger streiften den Griff seiner Glock, rutschten aber wieder ab, als er mir einen harten Stoß verpasste. Die Welt fiel aus ihren Angeln und ich landete seitlich in dem flachen Wasser, an dem er gestanden hatte.

»Du Gestörte!«, brüllte er und wollte nach seiner Pistole greifen, aber das Holster war leer. *Leer!*

Ich musste sie bei dem Versuch, sie zu greifen, herausgezogen haben, und jetzt war sie weg.

Sein Gesicht verzerrte sich vor Hass, während ich hektisch den Kies unter den flachen Wellen abtastete, der uns umgab.

Wo bist du? Wo bist du?

Im nächsten Moment packte eine Hand mein Haar und

zerrte mich so hart zurück, dass ich schrie. »Dann stirbst du eben schon jetzt«, fauchte Andrew in mein Ohr, und ich trat und schlug um mich, während er mich ein Stück weiter in die Wellen schleifte, um meinen Kopf unter Wasser zu drücken. Der Sog war heftig, vor und zurück, Salz brannte in meiner Nase und ich hustete, versuchte, diesen erbarmungslosen Ozean wieder aus meiner Lunge zu bekommen, der sie eisig vereinnahmte.

Schreiend stemmte ich mich gegen Andrews Griff, Blasen umwirbelten mein Gesicht, der Regen klang so viel gedämpfter unter der Oberfläche.

Im nächsten Moment zog er mich nach oben und die Welt wurde wieder laut. »Na, wie ist das?«, schrie er wie ein Psychopath in mein nasses Gesicht und ich würgte und hustete wie verrückt.

Nein, Shona! Du wirst hier draußen nicht sterben!

Kreischend langte ich nach hinten und meine Nägel zogen sich tief durch sein Gesicht. Er brüllte wie ein wütendes Tier und drückte mich wieder unter Wasser. Ich trat, wütete, brachte ihn einmal fast zu Fall, aber er griff unerbittlich nach und drückte mich noch tiefer.

Die Welt wurde leiser und leiser, ich schluckte nasses Salz und meine Gegenwehr wurde schwächer. Von hier unten fehlte mir der Hebel. Sein Knie drückte meinen Rücken nach unten, die Hände meinen Kopf.

Scheiße, Shona! Nicht sterben! Komm schon!

Dieser Sog ... Vor, zurück, vor, zurück ... Und dann plötzlich wurde etwas gegen meine Hand gespült.

Ich riss die Augen auf und starrte in die trübe, aufgewühlte Brühe. *Die Waffe!* Die Welle spülte sie direkt an meinen Fingern vorbei und ich griff mit letzter Kraft danach, setzte sie an seinem Bein an, das direkt neben mir stand – *Jesus, Maria und Josef, bitte lasst sie noch funktionieren* – und drückte ab.

Der Knall wurde gedämpft, war fast schon nicht mehr

existent. Die Gischt vor meinem Blick färbte sich rot und Andrews blökte wie ein sterbender Hulk. *Ja! Ja! Jaaaa!*

Der schraubstockartige Griff verschwand von mir, ich rollte mich im Wasser herum, drückte mich keuchend und würgend nach oben und zielte atemlos erneut mit der Pistole auf ihn.

Gott, ohne das Adrenalin wäre ich jetzt wahrscheinlich schon ein lebloses Bündel in seinen Klauen.

»Gib mir den Vertrag«, schrie ich kratzig gegen den Regen an und fixierte ihn eisern.

Shit, er sah so unfassbar gruselig aus. Das Haar hing ihm nass in die Stirn, er war klatschnass, die Hose durchtränkt von Blut und sein Gesicht nur noch eine verzerrte Fratze aus purem Wahnsinn.

»Das Ding dürfte überhaupt nicht mehr schießen«, tobte er wie ein tollwütiger Tintenfisch. »Du hast auf mich geschossen! Du irre Schlampe hast auf mich geschossen!«

»Und den Zünder!« Ich machte einen Schritt von ihm weg, versuchte, dem Sog der Wellen standzuhalten, die mich bis zu den Oberschenkeln bedeckten. Es war schwer, aber irgendeine höhere Macht hatte mir diese letzte Chance zwischen meinen Fingern geschenkt und ich wäre eine Närrin, wenn ich das nicht nutzen würde.

»Iaaaaaaan«, schrie Andrew, aber das Boot war zu weit von uns entfernt und das Unwetter zu laut.

»Den Zünder und den Vertrag«, forderte ich ihn erneut auf und legte auch noch die andere Hand an die Waffe, zielte direkt auf sein heimtückisches Gesicht. »Jetzt!«

Andrew starrte mich an, hielt ächzend sein blutendes Bein umklammert. Hatte ich da vielleicht eine Arterie erwischt?

»Du würdest nicht noch mal auf mich schießen«, presste er hervor, und Speichelfetzen, die von seinen Lippen flogen, mischten sich mit dem Regen.

»Lass es uns ausprobieren!« Gott, ich würde ihm ohne zu

zögern die feiste Grimasse vom Hals ballern, ich schwor bei Gott! Da war so viel Energie in mir, so viel Wut ... Ich war nicht mehr ich selbst.

Mein Puls vibrierte in den Adern, als er geschlagen fluchte und langsam die Arme nach oben nahm.

Ohne zu zögern trat ich an ihn heran, zog den Vertrag aus seiner Innentasche, klemmte ihn mir unter den Arm und suchte nach dem Fernzünder. So klein war das Teil doch gar nicht gewesen, wo zur Hölle steckte es nur?

»Der Zünder ist bei Ian«, fauchte er mich böse an. »Ich bin kein Trottel.«

Verdammt!

Fluchend machte ich wieder einen Schritt zurück, balancierte in einer Welle und zerriss den Ehevertrag samt Eheversprechen in winzige Fetzen. Selten hatte ich eine solche Genugtuung verspürt. Andrew bleckte die Zähne, seine Brust hob und senkte sich schwer, Blut sprudelte aus seinem Oberschenkel, wenn die Wellen das Loch darin freigaben. Er taxierte seine Waffe in meiner Hand und dann schlug er plötzlich hart nach meinem Arm und sie wurde tiefer ins Meer geschleudert.

»Jetzt bist du dran.«

Scheiße! Er hatte mich völlig überrumpelt.

Scheiße! Shona, du Idiotin!

»Sir, sie kommen. Los, rauf auf das Boot. Wir müssen weg vom Turm.« Ian hielt mit dem schwankenden Boot auf uns zu und griff nach Andrews Arm, um ihm hochzuhelfen.

»Nicht ohne sie!«, brüllte Andrew wie vom Teufel besessen und rammte seine Klaue in meine Schulter. »Ich brauche ihre Unterschrift!«

»Kommen Sie! Jetzt!« Ian zog an ihm und er zerrte an mir.

Zornig bleckte ich die Zähne, holte aus und verpasste Andrew einen solchen Schlag auf die ohnehin schon von Eliot lädierte Nase, dass er zurücksackte und von Ian aufs Boot gehievt werden konnte.

Ians Blick traf für eine Sekunde auf meinen und er sagte sehr eindeutig: *Pass auf, dass du dich nicht zu meiner Feindin machst!*

Aber das war ich schon lange. Er hatte gewollt, dass ich entkam, damit er nicht selbst zum Mörder wurde, schön und gut, aber einen solchen Angriff auf seinen Chef würde er nicht dulden, da kannte ich ihn zu gut. Er hatte sein Leben den Craigs verschrieben.

»Der Teufel wartet auf euch. Auf euch beide«, schrie ich über den Regen hinweg, während Ian den Motor aufheulen ließ und das Boot von mir weglenkte.

Sie kommen ... Das hatte er gesagt. *Sie kommen.*

Eliot!

Mein Herz stand in Flammen, während ich mich hustend in Richtung Ufer kämpfte.

Meine Lunge fühlte sich an, als würden sich Glassplitter hindurchwühlen, als ich die Waldkante durchquerte und mich panisch umsah. Nach Autoscheinwerfern, nach einem von Eliots Männern, einem Adler ... was auch immer.

Gott, warum waren meine Beine nur so schwach?

Keuchend kämpfte ich mich durch zähes Gestrüpp, musste schon ein ganzes Stück vom Turm entfernt sein, da prallte ich auf einmal gegen etwas großes Hartes und mein Puls setzte beinahe aus vor Schreck.

»Hier steckst du also, kleine Craig.«

»Elijah?« Entsetzt blickte ich an dem dunkelhaarigen Mann hoch und ein greller Blitz ließ seine Augen aufflammen. »Wo ist Eliot?«

Der nette Rotbärtige erschien hinter Eliots Bruder und verschränkte erleichtert die breiten Arme vor der Brust. »Na, ein Glück. Jetzt haben wir dich.«

»Was? Nein«, stieß ich kopflos hervor und sah mich suchend um. »Ihr versteht nicht ... Wo ist Eliot?«

»Der alte Schwerenöter ist wie ein Berserker vorausgefahren. Stürmt wahrscheinlich gerade den Turm, in dem du gar nicht mehr steckst, Rapunzel.« Zac lachte glucksend, aber Elijahs Miene wurde zunehmend ernster, als er meine rasende Anspannung registrierte.

»Nicht«, keuchte ich und wirbelte herum. »Nein, nicht. Wir müssen da hin. Wir müssen …«

In dem Moment zerfetzte ein alles vernichtender Knall die Luft, ein Feuersturm erhob sich in den Himmel und Äste und Geröll flogen uns so hart um die Ohren, dass ich zu Boden stürzte und mir die Welt um uns herum aus den Händen gerissen wurde.

Kapitel 16
Shona

Das Erste, was ich spürte, war eine angenehme Wärme. Ich hörte ein knisterndes Feuer und ... *was war das?* Sang da jemand? Eine tiefe männliche Stimme. War das gälisch? Gott, warum dröhnte mein Schädel so?

Stöhnend richtete ich mich ein Stück auf und versuchte, mich umzusehen. Erst war alles verschwommen und milchig vor meiner Sicht, dann wurde das Bild schärfer und auch die Kopfschmerzen ebbten ab.

Irritiert stellte ich fest, dass ich auf einem der dunkelroten Samtsofas in Eliots Thronsaal lag. Mir gegenüber saß der jüngere Typ mit der geflochtenen Wikingerfrisur und der filigranen Tätowierung über dem Auge, der damals unten in der Bucht mit zwei Frauen gleichzeitig herumgemacht hatte. Er sah unsagbar niedergeschlagen aus, hatte kaum mehr als einen knappen Blick für mich übrig.

»Was ... was ist passiert?«

Ich brauchte einen Moment, um in der Situation anzukommen.

Dann durchfuhr es mich plötzlich wie ein Blitz. *Ruth!*

Calan! »Ich brauche ein Telefon.« Auffordernd streckte ich meinem Gegenüber die Hand entgegen. Gott, er verschwamm vor meiner Sicht wie ein Gemälde unter Wasser. »Bitte! Es ist wichtig!«

Er machte keinen Hehl aus seinem Misstrauen, neigte den Kopf und musterte mich wie eine Schlange, die überlegte, ob sie direkt zustoßen oder noch einen Moment beobachten sollte. »Wozu?«

»Meine Schwester ... Ich muss wissen, ob sie ... okay ist.« *Mein Kopf ... Argh!*

Es dauerte noch ein gefühltes Jahrhundert, bis er sein Handy entsperrte und es mir zuwarf, und meine Finger zitterten, während ich die Nummer eintippte, die ich auswendig kannte, seit ich ein Knirps war. Egal in welchem Delirium ich mich befand. Diese Nummer war alles, was mir von meiner Familie geblieben war.

Das Rufsignal ertönte. Andrew ... Er hatte ihr gedroht. Und sie dann doch nicht gehabt. Aber konnte ich darauf vertrauen? Und was, wenn er sie sich jetzt ...

»Ja?« Ihre Stimme klang argwöhnisch wie immer, wenn eine Nummer anrief, die sie nicht kannte.

»Ruth«, haspelte ich. »Bist du in Ordnung?«

»Shona! Was für eine schöne Überraschung. Ähm ... ja ... und du?«

Gott sei Dank! Erleichtert sank ich tiefer in die Kissen unter mir.

»Und Calan?« Warum fragte ich das? Und warum zum Teufel war ich überhaupt so benommen? Ich hatte Andrew verfolgt. Ich hatte auf ihn geschossen und dann ...

Ruth sagte so lange nichts, dass ich dachte, sie hätte aufgelegt, dann nahm sie aber doch verunsichert das Gespräch wieder auf: »Der auch. Willst du ihn etwa sprechen?«

Etwas in mir rannte schreiend davon und meine Finger umklammerten das Telefon fester. »Nein! Hör zu ... Ihr müsst

weg. Verlasst am besten eine Weile das Land. Andrew ist …«
Ja, was war er? Die Erinnerungen kamen nur sehr langsam zurück, aber sie kamen. Der Turm. Die Möwen. Das Boot.

»Ist okay«, erwiderte Ruth gedämpft. Sie kannte es sehr gut, auf der Flucht zu sein. Und sie wusste, wann die Lage ernst war. Zu viel Scheiße hatte uns zu fest zusammengeschweißt und gleichzeitig zu weit entzweit. »Ich mache einen Urlaub draus. Er wird sich freuen. Ist es sehr schlimm?«

»Nicht, wenn ihr euch beeilt«, flüsterte ich.

»Gut«, bestätigte sie gehorsam. »Und du? Sehen wir uns bald? Wo bist du?«

Meine Augen blickten sich in dem Thronsaal um, aus dem ich schon einmal geflohen war. Und jetzt … jetzt war ich wieder hier.

»Weiter weg als je zuvor«, antwortete ich mit belegter Stimme und meinte meine Seele, meinen Geist und vor allem mein Herz. *Mein Herz …*

Eine klamme Angst schnürte mir die Brust zusammen.

Was trieben die Männer da? Sie saßen um die Tafel herum und starrten allesamt matt in ihre Becher, während der Rotbärtige gegen die Wand blickte und ein Klagelied sang.

Die blauen Augen meines Gegenübers blitzten kurz auf, dann widmete er sich wieder dem schwarzen Messer, an dem er die ganze Zeit schon herumkratzte.

»Wir sehen uns bald.« Meine Stimme versagte auf halbem Weg und ich ließ das Handy langsam neben mir auf das Sofa sinken.

Der Gesang dieses Mannes war beinahe hypnotisch und nach und nach setzten sich die letzten Puzzlestücke in meinem Kopf wieder zusammen, die offenbar irgendetwas ordentlich durcheinandergewirbelt hatte.

Der Turm. Andrew. Der Vertrag. Meine Flucht. Ein schwerer Felsbrocken rollte über meine Innereien. *Die Explosion und …*

»Eliot … Wo ist Eliot?« Ein paar der Männer blickten auf,

der Messerstecher vor mir starrte mich einfach nur schweigend an und es legte sich etwas ... Zorniges in seine Miene.

»Wo ist er?«, wiederholte ich beinahe flüsternd, weil mir die Kehle so eng wurde, dass ich Mühe hatte, zu sprechen oder zu atmen. Was war mit Eliot passiert? Ich erinnerte mich nur noch an diesen ohrenbetäubenden Knall. Wieder und wieder suchte ich ihn in der Menge der Männer an der Tafel, aber ich konnte ihn nicht finden.

Mein Puls flatterte und ich drückte mich nach oben, um hinüberzugehen, aber meine Beine versagten mir den Dienst und ich wäre beinahe gestürzt.

»Vorsichtig, Prinzessin.« Jemand griff nach meinem Arm und ich sah hilflos auf. Elijahs helle Augen blickten direkt in meine. Diese Augen, die Eliots so ähnlich waren. Der Ausdruck in ihnen verhieß nichts Gutes. Etwas knüllte sich zusammen in meinem Bauch und reißende Hitze explodierte hinter meiner Brust. Er war nicht bei uns im Wald gewesen.

»Komm, gesell dich zu uns und trink einen Schluck.« Elijah manövrierte mich hinüber zum Tisch und setzte mich auf einen der Stühle neben einem Riesen mit böse zerschlagenen Händen.

Er selbst ließ sich direkt neben mir nieder, während die Emotionen mich überrollten wie ein Tsunami. Alles brach auf einmal über mir zusammen und ich wusste gar nicht, wie mir geschah. Eliot North McTavish war ein Gangster, ein Rebell und ein Bastard. Er hatte mich verschleppt und ... *Das zieht nicht mehr, Shona. Lass es einfach zu!*

Das Atmen fiel mir schwer, ich wollte so viel fragen, aber ich fürchtete die Antworten zu sehr. Dieser Mann war meinetwegen in den Turm gegangen. *Meinetwegen!*

Hitze sammelte sich in meinen Augen und ich schaffte es nur mit viel Macht, die Tränen zurückzudrängen. Elijah schob mir seinen Humpen herüber und meine Stimme versagte, als ich dankend ablehnen wollte.

»Du warst ihm wichtig.« Eliots Bruder sah aus wie ein

Geist. Vollkommen bleich, fast schon grau wie totes Fleisch. »Vielleicht möchtest du nachher ein paar Worte sprechen.«

Warst ... Wie benommen lauschte ich den Klageliedern des Rotbärtigen, und als ich an ihm hochsah, erkannte ich Tränen in seinen Augen. Meine Hände suchten einen Halt und fanden die hölzernen Lehnen des Stuhls.

»Ich weiß gar nicht, warum ich ...« Kopfschüttelnd wandte ich mich Elijah zu und er lächelte nur mild.

»Musst du auch nicht. Gefühle folgen nicht den weltlichen Regeln.«

Gefühle? Hatte ich etwa Gefühle für diesen wundervollen Barbaren? Verdammt, jetzt rollte mir doch eine Träne über die Wange und ich wischte sie eilig weg. Aber es kamen zu schnell neue nach und meine Brust brannte und zerrte, als befänden sich tausend offene Wunden darin.

Das war nicht richtig. Ich konnte doch nichts fühlen für einen wie ihn ... Einen wie ... Noch einmal spürte ich seine alles verschlingenden Küsse auf meinen Lippen, seine fordernden Hände an meinem nackten Körper, diesen Feuersturm, der in mir getobt hatte, wenn er sich grob mit mir verband. Seine Augen, als seine Adler mich umtanzt hatten wie mörderische dunkle Feen aus einem anderen Universum, sein unvergleichliches Charisma, als er dort unten einfach so splitternackt in den Ozean gesprungen war, während alle ihn sehen konnten. Eliot McTavish war nicht wie andere Männer gewesen. Keiner war je zuvor so für mich eingestanden wie er. Hinter seiner Brust hatte ein Feuer gelodert, das meinetwegen erloschen war. Ich war schuld daran, dass dieser herrliche Hüne jetzt nicht mehr unter uns weilte, und das zerriss mich auf eine barbarische, alles verschlingende Weise.

»Er hat selbst entschieden, in diesen Turm zu gehen«, versuchte Elijah mir die Schuld zu nehmen, die kiloschwer auf meinen Schultern lastete. Das war nett, aber es brachte meine Tränen nicht zum Versiegen. Mit geschlossenen Augen klammerte ich mich an diesen verflixten Stuhl und fühlte mich dabei, als hätte mich jemand in einem Achterbahnwaggon festgeschnallt, der auf direktem Wege in den Abgrund raste.

»Er wollte, dass du lebst.«

»Aber nicht zu diesem Preis«, zischte ich, und eine allumfassende Traurigkeit löste den Emotionswahnsinn in meinem Körper ab. »Das da draußen war mein Krieg, nicht seiner.«

»Ich sagte ja.« Elijah klang so unglaublich müde und ich konnte es ihm so nachfühlen. »Du warst meinem Bruder wichtig, auch wenn er es ständig und immer abstritt. Er ist nicht gut in dieser Art Gefühle.«

»Ich auch nicht.« Ein langer Atemzug hob meine Schultern und ich starrte mich an dem wundervoll kratzig singenden Rotbart fest, damit ich nicht noch einmal in Elijahs Augen sehen musste, die seinen so ähnlich waren. Das riss zu tiefe Wunden in meine Seele.

Warum zum Teufel war ich nicht eher gegangen? Einfach aus der Burg geflohen, als Eliot es so vehement verlangt hatte? Warum hatte ich nicht dieses verdammte Boot gestürmt, Ian niedergestreckt und ihm den Zünder abgenommen? Warum hatte ich die Fesseln nicht schon eher gelöst, Andrew den Garaus gemacht und ihm den Zünder abgenommen, als er noch neben mir saß? Hätte Ian mich aufgehalten?

Mir war klamm und übel zumute, während der Rotbärtige seinen Gesang ausklingen ließ und zu sprechen begann.

»Eliot war nicht nur der König über den Klippen.« Alle anderen hielten die Blicke gesenkt und brummten zustimmend. »Er war ein Freund. Unser aller Freund. Und bei all seiner Härte und seinen Dämonen schlug auch noch ein gutes Herz in seiner Brust, jeder Einzelne von euch kann das bestätigen.« Die Männer hoben ihre Humpen und nickten matt vor sich hin. »Ein starkes, freies Herz, dessen Wahnsinn mir unsagbar fehlen wird. Aber wir werden seine Burg auch ohne ihn verteidigen. Wir werden auch ohne ihn weiter gegen die Craigs aufbegehren. Werden auch ohne ihn …« Ihm versagte die Stimme und eine Träne sickerte in seinen üppigen Bart hinein. Der Anblick, wie dieser grobe Kerl mit sich kämpfte, zerriss noch den letzten Rest Beherrschung in mir. *Gott, Eliot … Ich kann das nicht tragen! Kann all das nicht tragen ohne dich!* Tränen fluteten meine Augen und meine Hände zitterten heftig, als ich mein Gesicht darin vergrub. »Ich kann das nicht … Ich kann nicht …« Ich bekam keine Luft. Eine scharfe Klinge weidete mich aus, schnitt mich in zwei Teile. Ich musste weg! Weg hier! Weg von alledem! Das war nicht real! Es durfte nicht real sein!

Gerade wollte ich mich nach oben drücken, da flog krachend die Tür zum Saal auf und Eliot stand darin.

Klatschnass, zornig und zerschrammt.

Ein paar der Jungs ließen vor Schreck ihre Becher fallen, ein paar andere stießen entsetzte Rufe aus, und ich konnte spüren, wie Elijah neben mir versteinerte.

Ich selbst fühlte gar nichts mehr, war wie gelähmt, als hätte jemand das Leben auf Pause gedrückt.

Das durfte doch nicht … Das konnte doch nicht …

»Ihr Hunde dachtet, ihr seid mich los, was?« Seine Stimme entriss mich auch noch dem letzten Funken Realität, und als sein wilder Blick in meinen rasselte, lebendiger denn je, versiegte mir endgültig der Atem in der Kehle.

KAPITEL 17

NORTH

FÜNF STUNDEN ZUVOR

Konzentriert suchte ich die Straße nach diesem hinterlistigen Herumtreiber ab und trieb dabei meinen Shelby an seine Grenzen. Oh, ich hasste es wie die Pest, wenn man mir einen Bären aufbinden wollte. Und er … er hatte es versucht und mich dabei gnadenlos unterschätzt.

Meinen Jungs hatte ich aufgetragen, dass sie fern des Turmes im Wald bei meinem Brüderchen warten sollten, bis ich das Zeichen gab. Zu diesem Zeitpunkt wusste ich selbst noch nicht, wie es ausgehen würde, aber eines stand fest wie in den Felsen unter meiner Burg gemeißelt: Ich würde nicht akzeptieren, dass noch einer unserer Männer zu Schaden kam. Nicht heute! Und schon gar nicht mein Bruder.

Mit schmalen Augen scannte ich den Horizont.

Wo trieb dieser kleine Mistkäfer sich herum?

In dem Moment kam ein Auto vor mir auf der Klippenstraße in Sicht. Es war mein mattgrauer *911 GT3*. So klar, dass er sich gerade dieses arschteure Schmuckstück unter den Nagel gerissen hatte. Knurrend trat ich das Gaspedal durch und auch er beschleunigte.

Ein dunkles Lachen grollte hinter meiner Brust wie der Donner am Himmel. Dieser lustige Knilch wollte vor mir flüchten.

Keiner entkommt North McTavish, du Wurm!

Bailey trieb den Porsche an, aber gegen meinen Shelby konnte er nicht anstinken, ganz offensichtlich hatte er noch dazu wenig Erfahrung mit schnellen Autos. Ich schob mich neben ihn und seine panische Grimasse hinter dem Steuer hätte mich glatt amüsieren können, wenn sie mich nicht so auf die Palme gebracht hätte.

Hektisch riss er das Steuer herum und versuchte, mir auf der Wiese auszuweichen, aber ich klebte an ihm wie eine zähe Lache Öl. Der *GT3* kam ins Straucheln und ich schob ihn weg von der Klippe, sonst beging dieser Gestörte am Ende noch Suizid. In *meiner* verdammten Karre! *Ein Kratzer auf meinem GT, dann gnade dir Gott!*

Der Porsche holperte über ein paar lose Erdhaufen. Ich hing ihm direkt am Arsch und sah Bailey auf dem Fahrersitz abzappeln wie eine unkontrollierte Kasperpuppe. Was in drei Teufels Namen trieb er da nur? Hatte dieser Kerl jemals in einem Auto gesessen?

Mein *Shelby* heulte laut unter mir, als ich noch einmal hart beschleunigte und Bailey so abrupt den Weg abschnitt, dass er voll in die Eisen gehen musste. Wir beide kamen zum Stehen.

Dann war für einen kurzen Moment alles ruhig und Regen begann, auf meine Windschutzscheibe zu tropfen. Es würde ein Unwetter geben, aber das war nur ein Fliegenschiss gegen das, was in mir wütete.

Bailey wirkte hinter seinem Steuer vollkommen erstarrt. Glotzte geradeaus, als würde er noch immer fahren und in seinen Gedanken tat er das wahrscheinlich auch. Lenkte seine neue Nobelkarre geradewegs nach Disneyland und kaufte sich glückselig eine saure Gurke am Stiel.

Ich stieg aus dem Wagen, ging einmal herum und riss die

Tür des *GT* auf. Gott, dieser Kerl rührte sich noch immer nicht.

»Raus aus der Karre«, brummte ich.

»Du hast ... sie mir geschenkt«, stammelte er und bibberte dabei wie ein kleines Mädchen.

»Raus da! Wir machen einen Ausflug.« Ungeduldig bückte ich mich zu ihm hinunter, dann schob er sich endlich aus dem Wagen und kam mit schlotterten Knien vor mir zum Stehen.

Ohne weiter zu warten, tastete ich ihn ab, packte seinen Arm und schob ihn unsanft auf den Beifahrersitz meines *Shelby*.

Er hatte wirklich keine Knarre bei sich. Und noch dazu wirkte er nicht unbedingt, als könnte er sich mit Händen und Füßen wehren. Was für ein trauriger Gangster war er nur?

Er ist kein Gangster, Eliot. Er ist ein Sprengstoff-Nerd. Diese Kerle sind merkwürdig.

»Hast ihm direkt unser Treffen gesteckt, du kleiner Widerling, was?« Ohne den Scheißer anzuvisieren, startete ich den Motor und trieb meinen Mustang wieder auf die Straße. Die Zeit lief uns davon.

Er schwieg lange und begann kurz darauf so heftig zu schlottern, dass ich dachte, er bekäme einen Anfall oder so etwas. »North ... ich ... Es ist so ... Ich ...«

»Wehe, du pisst meinen *Shelby* voll!« Wahnsinn! Es war nur eine Mutmaßung gewesen und doch hatte ich auch damit recht. Er steckte Andrew in Windseile jeden meiner Schritte. Also musste ich noch schlimmer auf der Hut sein bei allem, was ich da draußen tun würde.

Ich hatte genau zwei Prioritäten. Sobald Shona aus diesem Turm raus war, würde ich Andrew jagen. Deshalb hatte ich auch mein schnellstes Auto unter dem Allerwertesten. Ich würde ihn jagen, bis ich ihn hatte. Und wenn es den ganzen Scheißtag dauerte.

»Er... er... erschießt du mich jetzt?« Gott, er konnte einem ja glatt leidtun mit seinem Gestammel. Wenn ich noch ein Gewissen hätte, würde ich ihn vielleicht sogar laufen lassen. Obwohl ... Nein!

»Kann passieren, wenn du nicht tust, was ich sage.« Der Turm kam am grauen Horizont in Sicht. Seine rot-weißen Streifen waren in all den Jahren Vernachlässigung verblichen und die runde Terrasse um das Lampenhaus löchrig.

»Aussteigen!« Ich entriegelte den Wagen von innen und zog meine Knarre aus dem Handschuhfach, um sie durchzuladen.

Bailey starrte mich an, als hätte ich soeben den Leibhaftigen in den Arsch gefickt.

»Meine Fresse, steig aus, du Waschlappen!« Angespannt schob ich an ihm. Ich hatte jetzt keine Zeit für seine albernen Nervenzusammenbrüche. Hoffentlich lastete ich mir mit dieser Flachpfeife nicht zu viel auf.

Angestrengt blickte ich mich in dem Zwielicht um, drückte Bailey meine Waffe gegen den Schädel und schob ihn in der Deckung von ein paar Büschen näher an den Turm heran.

»Was machen wir hier?«, fragte er hysterisch und ich verdrehte ihm grob den Arm.

»Schnauze halten, bis ich etwas anderes sage!«

Hinter dem Stamm einer dicken alten Eiche ging ich in Deckung und schob Bailey hinter mich. Geschult scannte ich die Gegend und erkannte recht schnell ein kleines Boot in den Wellen, das an der Küste entlangfuhr. Scheiße, hoffentlich war das nicht der türmende Andrew. Ich hatte mich auf eine Verfolgungsjagd über Land vorbereitet. Hätte ich das gewusst, wäre ich in meiner Stardust gekommen. Die hätte seine Schaluppe direkt über den Jordan gesprengt. »Verdammt!«

Wenigstens hatten meine Jungs und mein Bruder sich an meine Anweisungen gehalten und trieben sich nicht in der Nähe des Turmes herum. Denn das wäre scheißgefährlich.

Nur weil ich die Gefahr liebte, mussten sie sich nicht allesamt mit mir gemeinsam ins Jenseits befördern lassen. Fuck, wenn die Gefahr eine Frau wäre, wäre ich so süchtig nach ihr, dass ich gar nicht wieder aufhören könnte, sie zu vögeln, aber selbst ich rannte nicht einfach blindlings dort hinein. Denn Andrew war nicht dumm, dachte aber, *ich* wäre es. Und so konnte ich seinen Gedanken folgen wie Figuren auf einem Schachbrett.

Bailey zitterte unter meinem Griff. Er war mein Bauer.

Fluchend zog ich mein Wärmebildgerät aus der Tasche der Lederjacke und nahm den Turm ins Visier.

Keine Rot- oder Orangetöne, die auf Körperwärme schließen ließen, nichts, nur blau und violett. Dort oben war keiner.

Shona war nicht mehr da drin, ich konnte nichts erkennen und mir fiel ein so massiver Stein von meinem abgestumpften Herzen, dass ich tief aufatmete.

Danke, ihr verfluchten Götter!

Noch einmal fixierte ich dieses Boot. Es kreiste quasi vor Captain's Head, und mein Gerät bestätigte mir, dass sich zwei Personen an Bord befanden, die den Turm im Blick behielten. Im ersten Moment hatte ich Angst, die zweite Silhouette könnte Shona sein, aber das war nicht ihre Größe und Statur. Eher ein zweiter Mann.

Meine Züge verfestigten sich und ich steckte den nützlichen kleinen Scheißer von einer Apparatur zurück in meine Tasche, um mich wieder Bailey zuzuwenden: »Wie viel von deinem Dreck ist da drin, hm?«

Er reagierte nicht, starrte nur auf das Moos, als hätte seine Seele gerade seinen schlaksigen Leib verlassen, weil sie genug von all diesem Bullshit hatte. War glatt zu beneiden.

»Du wirst jetzt da rübergehen«, begann ich schneidend, »und ...«

»Bitte nicht!« Selten jemanden erlebt, der so die Hosen voll hatte. »Der Turm ist bis ... bis zum Dach voller C4 ...«

Verfluchte Scheiße, eigentlich hätte ich ihn hier und jetzt dafür abknallen müssen.

»Lauf da rein und entschärf den Scheiß!« Nur ein Vorwand für die Hinrichtung, die ich für ihn wollte. Er war mein Bauer und er würde Andrew ablenken, während ich mich auf die Jagd nach ihm machte. Zu Land, zu Wasser, aus der Luft, mir scheißegal, ich würde ihn mir holen.

»Ich kann nicht«, heulte Bailey. »Sobald sie sehen, dass da jemand reingeht und sie denken, du wärst es ...« Er traute sich nicht, weiterzusprechen, und das war besser für ihn, denn ich spürte schon wieder diese Wut in mir hochkochen.

»Du wirst nicht gehen, du wirst rennen«, presste ich durch die gebleckten Zähne. »Und du wirst die hier dabei tragen!« Ruppig zerrte ich mir die Jacke vom Körper, warf sie ihm über und zog ihm die Kapuze über den Kopf, damit er nach außen hin wenigstens eine Ahnung meiner muskulösen Statur abgab.

»Bitte«, stotterte er. »Bitte nicht, North!«

Ich drückte ihm den Lauf meiner Pistole fester gegen die Visage. »Lauf oder friss meine Kugel, deine Wahl.«

Bailey heulte und bibberte und ich gab ihm den letzten Schubs aus dem Dickicht heraus. »Ich zähle bis drei. Eins ...«

Wie ein Hase lief er auf wackeligen Beinen in Richtung Turm und verschwand überraschend schnell durch die schmale Tür.

Ich wartete noch einen Moment, dann brachte ich rückwärts Abstand zwischen das Gebäude und mich, behielt es aber trotzdem angespannt weiter im Blick.

Es war fast schon eine Beleidigung, dass sie diesen hässlichen Vogel mit einem nordischen Prachtkerl wie mir verwechselten, aber sie taten es.

Ein tiefes Rumpeln aus dem Inneren des Turmes vermischte sich mit dem Donner am Himmel und der untere Teil explodierte in einer hohen Feuersbrunst, während der

Rest in sich zusammenstürzte und Asche und Geröll über den Wald regnen ließ.

Ich ging hinter einem bemoosten Felsen in Deckung und wartete kurz, den Blick weiter auf das Ufer gerichtet.

Sicher starrten Andrew und sein Freund gerade hypnotisch von ihrer Nussschale aus auf den Glutregen und ergötzten sich an der Tatsache, dass sie mich gekillt hatten. Scheiße, das gab mir den Kick meines Lebens! Ich hauchte einen flüchtigen Kuss auf das Kreuz an meinem Lederband und stieß mich lautlos von dem Gestein ab, das mir als Schutz gedient hatte.

Zweige und Regen peitschten mein Gesicht, als ich der Waldkante entlang dem Boot nachsetzte.

Schach, Andrew Craig!

So werden deine Bauern zu meinen.

Oh, wie ich unser Spiel doch liebe, du verfluchter Hurensohn!

KAPITEL 18

NORTH

ZURÜCK IM JETZT

»Ihr Hunde dachtet, ihr seid mich los, was?« Angeschlagen blickte ich mich in der Runde um, in der alle glotzten wie die Ölgötzen. Einige hatten sogar den Met von sich geworfen, das hieß ich nicht gut. Aber sie waren lebendig und nur das zählte. Genau deshalb hatte ich das allein getan.

»Bailey, dieser heuchlerische Hurensohn! Ich werde ihn ausweiden!« Lennox wollte an mir vorbei durch die Tür, schäumte wie ein zu hastig eingelassenes Bier, aber ich hielt ihn zurück.

»Ruhig, Kleiner. Ist nicht mehr viel von ihm übrig, das du ausweiden könntest.«

Aufgebracht starrte er mich an, aber mir war jetzt nicht nach Erklärungen.

Mein Bruder war auf seinem Stuhl festgewachsen wie eine besonders hässliche Galionsfigur, und neben ihm ... Es überraschte mich selbst, wie hart es mir in den Magen boxte, sie zu sehen. Sie lebte. Und sie war stolzer und schöner denn je. Ob ihr bewusst war, was für einen Anblick sie hier abgab? Voller Zorn, als wollte sie jedem meiner

Jungs einzeln den Hintern versohlen. Und mit mir beginnen ...

Während ich langsam auf sie zuschritt, sprang sie so heftig auf, dass der Stuhl hinter ihr zu Boden ging.

Ich baute mich direkt vor ihr auf und sie wich nicht zurück. Jede andere hätte es getan. Jede fürchtete mich. Jede außer diese bösartige kleine Walküre, die mich anfunkelte wie eine Wildkatze kurz vor der Eskalation. Wir waren einander so nah, dass ich ihre Hitze spüren konnte. Scheiße, war sie wütend, und ich wollte diese Wut! Wollte sie tief in mich hineinzerren und dort eine Weile auskosten, um sie schließlich zum Verstummen zu bringen.

In einer fließenden Bewegung holte sie aus und schlug mir so hart ins Gesicht, dass ich beinahe schmunzeln musste. O Hölle ja, ich wollte das! *Komm schon, lass es an mir aus!*

Atemlos starrte sie mich an, ihr Blick brodelte, ihre Brust hob und senkte sich aufgebracht unter dem Shirt, das ich ihr gegeben hatte. Diese grauen Zauberaugen funkelten so herrlich streitlustig, dass ich nicht anders konnte, als sie einfach zu packen und mir über die Schulter zu werfen. Ein empörtes Geräusch ächzte über ihre vollen Lippen und sie versuchte, sich zu wehren, aber dass sie gegen mich keine Chance hatte, sollte sie inzwischen gelernt haben.

Meine Jungs erwachten aus ihrer Starre. Einige wirkten maßlos überfordert, andere raunten anzüglich und Shona schimpfte und zappelte auf meiner Schulter wie eine kratzbürstige Pantherin. Knurrend gab ich ihr einen Klaps auf den Hintern und sie fluchte noch lauter. Wie dieser herrliche Körper sich unter meinem Arm wand. So lebendig. So aufgebracht. So sexy.

Meine Lenden erwachten unter ihrem Zorn, und ich hielt sie eisern fest, während ich sie hinauf zu meinem Bereich trug.

Hinter der Tür setzte ich sie ab und sie blitzte mich an, als sei sie nicht sicher, ob sie davonlaufen oder mich angreifen wollte. Ich sehnte mich beinahe danach, dass sie noch einmal zuschlug, stattdessen machte sie einen Satz an mir vorbei und rannte in Richtung Balkon.

Knapp hinter der Tür nach draußen bekam ich sie zu fassen, drückte sie gegen die Wand und küsste sie tief und hungrig. Sie bog sich mir seufzend entgegen, streifte dabei meinen zuckenden Schwanz, der sich viel zu lange nach ihr sehnen musste, und vergrub ihre Nägel in meinem nassen Shirt.

Scheiße, ich wollte sie verschlingen, küsste sie so heftig, dass mir ganz komisch wurde, bis sie mich von sich stieß und mich für ein paar Atemzüge keuchend betrachtete, als sähe sie mich zum ersten Mal. Ihre Lippen glänzten, ihre Wut schlug in Gier um, dann griff sie mein Shirt und riss es mir vom Leib, während sie mich unsanft gegen die Balustrade drängte.

O ja, zur Hölle, ja!

Grob griff sie in mein Haar und küsste mich erneut, hart und abgehackt, als wollte sie sich an mir satt trinken, einen Durst stillen, der ihr selbst bisher noch gar nicht bewusst gewesen war.

Ihre Nägel kratzten über mein Gesicht und ich erbebte heftig, als sie zwischen uns griff und derb meinen steinharten Schwanz unter der Jeans rieb.

Fuck, ja!

Ich drehte uns so, dass sie diejenige war, die zwischen der Balustrade und mir eingezwängt wurde, und betrachtete sie eingehend. O Scheiße, sie verhexte mich schon wieder, diese Dämonin. Meine Finger rissen an dem Knopf ihrer Hose, er löste sich brav und geschmeidig. Grollend zerrte ich den Stoff von ihren Beinen und ignorierte die blauen Flecken darauf vorerst. Als meine Hand sich fest in das Fleisch ihres Hinterns grub, stöhnte sie tief, und scheiße, ich tat es auch. Es war der pure Himmel, sie wieder zu spüren. Ich wollte sie ficken, bis ihre Wut so unerträglich wurde, dass sie von allein lockerließ.

Wenn etwas nicht mehr zu ertragen war, ließ man los, das war reine Physik. Nichts hielt unendlich viel Druck aus, ohne dass es riss.

Ungeduldig streifte ich den Slip von ihr und griff nach ihrer Brust unter dem Shirt. Ihr harter Nippel reckte sich mir entgegen und ich rieb ihn grob zwischen den Fingern, während ich an dem anderen zog. Sie bebte und wimmerte und ich senkte mein Gesicht über den Stoff und saugte drängend durch das Shirt hindurch an ihrer kleinen Knospe.

Gott, Scheiße! Bei allen Göttern!

Mein Schwanz wuchs bis ins Unermessliche, ich bebte und zitterte wie ein Vorschüler, der kurz vor seiner ersten Ziellandung stand. Fuck, ich fühlte mich, als müsste ich jeden Moment platzen. Die Vorstellung, ihr ohne Vorwarnung auf die vollen, empört geöffneten Lippen zu spritzen, machte mich nur noch geiler. Grollend entriss ich ihr das Shirt und genoss für eine Sekunde atemlos den Anblick ihrer gierig aufgestellten Nippel und der herrlichen runden Möpse, die verflucht noch mal mir gehörten.

»Scheiße, ja!« Meine Hand packte herrisch ihre rechte Brust, während meine andere meinen schweren Schwanz aus seinem Gefängnis befreite, um ihn gegen Shonas nasse Mitte zu drängen. Sie wimmerte, bettelte und schimpfte, alles in einem, es war wie Musik in meinen Ohren. Grollend packte ich so fest ihr Haar, dass es sicher wehtat, aber ich brauchte sie jetzt in genau dieser Position!

Ihre glänzenden Augen schossen Blitze auf mich ab und immer wieder entglitt ihr verzückt der Blick, während ich quälend langsam meine warme Eichel gegen ihre Klit kreiste. Tief grollte ich in ihr Ohr, zuckte immer wieder unkontrolliert, trank von ihrer Lust und musste mich beherrschen, nicht gleich selbst zu kommen, während ich sie mit meiner sensibelsten Stelle dem Himmel entgegenrieb.

»O Gott, Eliot, du Mistkerl …« Ihre Mitte pochte, war heiß und feucht, lud mich dazu ein, mich tief in sich aufzunehmen, stattdessen wurden meine Bewegungen schneller. Ich drängte mich fester gegen sie, bewegte meinen Schaft schneller auf und ab. Fuck, mir schwanden die Sinne. Das war unbeschreiblich. Ihr Atem wurde tiefer, sie warf den Kopf zurück und stöhnte. Ich packte ihren Hintern und zog sie noch enger an meinen großen, harten Schwanz, rieb meine Eichel an ihr und biss ihr fest in den Hals, als sie unter mir zuckte und schließlich explodierte.

Sie bebte, verdrehte die Augen und schrie heiser. Ich gab ihr einen kurzen Moment. Oder eher mir, damit ich ihr nicht doch noch eine Ladung in ihr glühendes zartes Gesicht gab. O Mann, ich wollte sie von oben bis unten besudeln. Dieses zerbrechliche, erotische, bösartige Wesen.

Als sie verklärt die Augen öffnete und mich küssen wollte, griff ich ihren Nacken, drehte sie mit dem Gesicht zum Meer, drückte sie über die Steinbegrenzung und rammte mich mit einem langen harten Stoß bis zum Anschlag in sie.

Fuck, ja! Ja! Jaaa!

Sie war eng, nass und heiß, umschloss meinen enormen Schwanz in purer Perfektion, und dieser Winkel ... Scheiße ...

Ich zog mich ein Stück zurück und stieß erneut in sie, während ich sie ruppig am Nacken festhielt wie eine unartige Katze.

Sie bebte und ich keuchte abgehackt, während ich mich hart in sie trieb. Wieder und wieder. Gott, ich wollte sie ficken, bis sie schrie. Sie war wütend auf mich? Scheiße, sie hatte sich von ihm mitnehmen lassen. War ihm in die Arme gerannt und hatte mich dazu getrieben, ihr zu diesem Turm zu folgen. Ich hatte sie gesucht wie ein Wahnsinniger, verdammt!

Wieder zog ich mich aus ihr zurück, drängte mich erneut mit einem langen Stoß in sie und verharrte für einen Moment in diesem höllischen Paradies. Ich zog sie an den Haaren an mich heran und stieß dabei in kleinen abgehackten Bewegungen so tief nach, dass es sich anfühlte, als würde ihre

Pussy mich melken. Tief und heiser stöhnte ich gegen ihre Wange und biss ihr in die zarte Stelle unter dem Ohr, während sie unter mir zitterte und wimmerte. Hölle, meine Lenden spien Feuer, lange würde ich das nicht mehr aushalten.

»Du entkommst mir nicht noch mal«, grollte ich gegen ihr Ohr und küsste grob ihre Wange.

»Das werden wir sehen«, hauchte sie und jammerte lustvoll, als ich sie so hart gegen die Balustrade fickte, dass ihre herrlichen Möpse wippten.

Keuchend zog ich mich langsam aus ihr zurück und atmete, versuchte, meinen dröhnenden Herzschlag zu zügeln und die Wellen abzuflachen, die durch meine Mitte wogten.

Shona entzog sich mir, drehte sich wendig in meinem Griff um und blickte mir herausfordernd in die Augen. Dann sank sie vor mir auf die Knie, und scheiße, ich war der glücklichste Teufel der Welt, als sie zu mir aufblickte und mit der Hand meinen adrigen, harten Schaft umgriff.

»Ich komme und gehe, wann ich will, Eliot McTavish«, summte sie und ließ meine Eichel zwischen ihre vollen Lippen gleiten.

Stöhnend legte ich den Kopf zurück und ließ sie ihren Zauber vollbringen. *Verdammt! O Scheiße, verflucht!*

Sie blickte fast schon devot zu mir auf, was sich mit ihren Worten biss, und nahm meine Spitze tiefer in ihrem warmen Mund auf. Was auch immer sie da mit ihrer Zunge anstellte, es ließ meinen ganzen Körper in Ausnahmezustand geraten.

»O Hölle, das tust du«, brummte ich und ließ mich von den Wogen davontragen, die mich in immer kürzeren Abständen überrollten.

Und dann hörte sie einfach auf. *Was zum ...*

Empört blickte ich auf sie hinab und sie lächelte verschmitzt, meine feuchte Härte noch immer in der Hand. »Und ich gehöre dir nicht.«

Knurrend griff ich in ihren Nacken. »Und wie du mir

gehörst!« Provokant schob ich ihr meinen Schwanz ein Stück tiefer in ihre Kehle. Ich zog mich zurück und drängte mich noch einmal in sie. Ein ungehaltenes Stöhnen rollte mir über die Lippen.

O ja, genau so!

Scheiße, und wie du mir gehörst, du kleine Sumpf-Dirne!

Es wäre ihr ein Leichtes gewesen, mir einfach die Eier abzureißen, aber sie tat es nicht. Stattdessen funkelte ihr Blick herausfordernd, als sie mich von sich aus noch tiefer in sich aufnahm. Ich bebte und ließ mich von ihr der Sturmflut entgegentreiben. Hölle, diese Frau war perfekt. Ein makelloses kleines Biest, das alles an mir so sehr strapazierte, dass ich mich fühlte wie ein hoffnungsloser Junkie.

Noch einmal schob ich ein Stück weiter nach und konnte mir ein hartes Keuchen nicht verkneifen. Scheiße, ich wollte meinen Saft in ihrem Gesicht sehen, auf ihren Möpsen, ihrem Bauch, überall.

Du gehörst mir!

Als ich sie losließ, sprang sie auf und wollte wieder nach mir schlagen, ich fing ihre Hand ab und starrte sie atemlos an. Lust funkelte in ihrem Blick.

»Du bist so ein …«, begann sie, aber im nächsten Moment packte ich sie, trug sie nach drinnen und warf sie auf mein Bett, um wieder in sie einzudringen. Diesmal langsam und tief, in fließenden, langen Stößen. O ja, es war, als würde ich in ihrem Meer aus Wärme ertrinken. Meine Stöße wurden schneller, ich packte ihren Oberschenkel und drängte mich noch tiefer in sie. Meine Zähne zupften an ihren Nippeln, als sie sich unter mir aufbäumte. Und dann, mit einer letzten langen Bewegung war es plötzlich, als würde die ganze Welt über mir zusammenbrechen. Ein tiefes Stöhnen explodierte hinter meiner Brust, ich drückte mich so fest wie möglich in sie, um mich zu entladen, und blickte ihr keuchend in die Augen, während mein Sperma in sie pumpte. Die Umgebung verlor sich im Nichts, nur ihre warme Mitte hielt mich noch auf dieser Erde. O verflucht, eine solche Befriedigung hatte ich seit gefühlten Jahrhunderten nicht mehr empfunden. Meine Lippen berührten ihre, während mein Schwanz sich nach und nach pochend entspannte. Und nicht nur er ... Diese duftende Schönheit unter mir, ihr fester Hintern in meiner Hand, mein Schwanz tief in ihrer Pussy ... Was konnte ich mir bitte mehr wünschen? Shona seufzte und schloss die Augen, warf die Arme um meinen Hals und verunsicherte mich damit für einen Moment. Ratlos blickte ich auf sie herab und registrierte, wie die Lust in ihren Zügen von Qual abgelöst wurde.

»Wie konntest du, Eliot ...« Tränen sickerten vor ihre grauen Iriden, und im ersten Moment dachte ich, sie meinte meine Übergriffigkeit gerade da draußen, aber ich sollte sie inzwischen besser kennen.

»Wie konntest du ...« Sie nahm mein Gesicht in beide Hände und küsste mich erneut. Diesmal traurig und sehnsüchtig. So intensiv, dass es mir in der Brust brannte.

Sie unterbrach den Kuss und sah mich mit einem Blick an, so schwer wie die Burg unter unserem Hintern. »Ich dachte, du wärst tot.« Es war nicht mehr als ein Flüstern und trotzdem verbreitete es seine siedende Wirkung rasend schnell durch all meine Venen. Sie hatte Angst gehabt, ich könnte draufgehen? Und sie weinte ... Ich konnte damit nicht umgehen. Wunderschön und zutiefst zerbrochen blickte sie zu mir auf und das ließ verfluchte Risse durch mein Fundament rasen. *Du bist keiner, der tröstet, Eliot. Für so etwas bist du nicht gemacht.*

Strom zuckte durch mich hindurch, keine Ahnung, ob sich das gut oder schlecht anfühlte. Es war mir zu viel auf so vielen Ebenen.

»Ich werde dann mal ...« Eilig drückte ich mich nach oben und deutete in Richtung Badezimmer.

Viel lieber hätte ich weiter hier mit ihr gelegen wie ein verweichlichter Schwachkopf, wäre sicher auch um einiges besser gekommen, als sich stammelnd aus dem Staub zu machen. Eilig schlüpfte ich unter die Dusche. Meine Fresse, ich vögelte manchmal vier Frauen auf einmal und benahm mich danach nicht wie ein pubertierender Vierzehnjähriger nach seinem ersten Besuch bei einer Hure. Ich blieb einfach bei ihnen liegen und ließ mir von ihnen die Brust und die Eier kraulen, bis mein Schwanz bereit war, sie der Reihe nach noch einmal zu vögeln. Und wenn eine von ihnen heulte, leckte ich sie in den Himmel und meist war dann alles wieder gut. Aber das mit Shona bekam ich nicht auf die Reihe. Sie war anders. War sie anders oder hatte ich mich verändert? Wann zum Henker sollte das bitte passiert sein?

Shona gehörte mir, das war nicht diskutabel. Ihre herrlichen Brüste gehörten mir, ihre Wut gehörte mir, ihre perfekte Pussy gehörte mir, genau wie ihr Körper, der nur so vor Sexappeal strotzte mit dieser kleinen verruchten Schlange, unter ihrem Haar versteckt, die nur eine Ahnung von den Schatten darstellte, die sich tief in diese Frau verkrochen hatten. Aber ihre Tränen ... Ihr Herz, ihre Seele ... Dass ich daran ebenso interessiert sein könnte, hatte ich bisher noch nicht bedacht.

Was ist los mit dir, du Dämlack? Was?

Gott, Scheiße, jetzt, wo die Lust nachließ, tat mir wieder jeder Knochen weh von meiner Aktion da draußen im Meer. Ich war geschwommen wie der verfluchte Teufel und trotzdem war er mir entwischt. Schon wieder. Tief atmend drehte ich das Wasser, das auf meinen Rücken prasselte, auf eiskalt und schloss die Augen.

Hölle, ich dachte auch für einen Moment, du seist tot, Shona, und dieser Gedanke hat mich schlimmer ausgeweidet, als jeder Verrat es je könnte.

Kapitel 19
Shona

Mein ganzer Körper glühte, so sehr hatte er sich nach diesem Mann gesehnt. Ich fürchtete mich schon fast vor dem, was bei der Vorstellung, er könnte tot sein, in mir passiert war.

Es hatte alles zerstört mit einem restlos vernichtenden Schlag. Und jetzt, wo er mich wieder hielt, fühlte es sich an wie sterben und leben zugleich. Gott, ich hatte ihn schlagen wollen, ihn zerkratzen und beißen wollen dafür, dass er einfach in seiner überheblichen Art vor uns gestanden hatte. *Vor seiner eigenen Trauergesellschaft.* Dafür, dass er mit Sicherheit einen Plan gehabt hatte und es nicht für nötig hielt, irgendwen einzuweihen. Nicht einmal seinen eigenen Bruder. Mit aufeinandergepressten Zähnen setzte ich mich im Bett auf und blickte auf das Meer vor dem Fenster. Die Sonne wurde müde, der Tag war vorbei, genau wie das Unwetter, und ich fühlte mich haltlos und verwirrt.

Mit Andrew war mir die einzige Konstante im Leben entrissen worden, und die Dinge, die er mir an den Kopf geworfen hatte, rissen tiefe Wunden in mich wie Klauen.

Mein Vater ... Mein bester Freund, mein Seelenverwandter. Hatte Andrew ihn tatsächlich … Wieder krampfte mein Herz und ich unterdrückte ein Schluchzen.

Wie von allein tappte ich auf nackten Füßen hinüber ins Badezimmer. Eliot stand unter dem Wasser mit dem Rücken zu mir, den Kopf gesenkt. Wie schön und zerbrochen konnte ein Mann sein? Er hatte mich gesucht und gefunden.

Du warst meinem Bruder wichtig …

Stimmte das? Denn falls ja, war das vielleicht mein Untergang.

Leise öffnete ich die Tür zur Dusche und betrachtete seinen breiten vernarbten Rücken mit dem Kompass und den Höllenhunden, um die mit ihren ausgestreckten Schwingen Adler wirbelten.

Das Wasser war eiskalt. Er kasteite sich für etwas, und er konnte mir noch so oft erzählen, er sei der glücklichste Bastard auf Erden, es blieb trotzdem eine Lüge. Langsam griff ich an ihm vorbei und drehte den Temperaturregler nach oben. Sein ganzer Körper erstarrte. Ja, er konnte eine Frau nach allen Regeln der Kunst durchnehmen, aber ihr wirklich nah zu sein, davor fürchtete er sich, der große North McTavish.

Alles wirbelte plötzlich in meinem Kopf durcheinander, während die warmen Tropfen sich mit meinen Tränen vermischten. Andrew hatte versucht, mich mit diesem verfluchten Turm in die Luft zu sprengen, und was er mit Eliots Verlobter angestellt hatte … Mir schnürte sich hart die Kehle zusammen, als Eliot sich zu mir umdrehte und fragend auf mich herabblickte.

Einfach alles stand in seinen blauen Augen geschrieben. Alles und nichts. Endlose Müdigkeit, Wut, Angst, Erleichterung, zornige Getriebenheit, die ihm nie die Ruhe lassen würde, die er brauchte.

Sacht griff ich nach seiner großen Hand, betrachtete die tiefen Narben an seinem Unterarm, die Bilder von den Klippen und der Burg, und hauchte einen Kuss auf seine zerschlagenen Fingerknöchel, während er mich anstarrte wie ein außerirdisches Wesen.

Vorsichtig sah ich zu ihm auf und erschrak, wie viel Zuneigung dabei meine Brust flutete. »Ich brauche dich, Eliot.« Meine Stimme versagte, weil zu schnell neue Tränen nachkamen. »Nur für einen kurzen Moment, okay?«

Sein Blick flackerte, und als ich meine Arme um ihn schloss, rührte er sich für eine Weile gar nicht mehr. Dann griff seine große Hand in mein Haar und zog mich zurückhaltend näher. Unsere nackten Körper, einander so nah unter dem warmen Wasser, sein stark schlagendes Herz unter meiner Wange und das Leben in seiner Brust ... Für einen Moment ließ ich zu, dass meine Dämme brachen. Ließ zu, dass ich mich vor ihm verletzlich machte. Vor dem Mann, der mich erst verschleppt und dann gerettet hatte. Auf jede erdenkliche Art.

Schwäche und Kraft fluteten die Leere in mir zu fast gleichen Teilen, während wir einfach nur so dastanden und die Nähe des anderen atmeten. Sein nackter Körper entspannte sich unter meinem Griff und am liebsten hätte ich mich ewig so an ihm festgeklammert, ihn gehalten, mich festgehalten, bis alles da draußen einfach verschwand und es nur noch uns unter dieser Dusche gab. Seine Finger bewegten sich in meinem Nacken und diese Ahnung von Sanftheit ließ eine heftige Gänsehaut über meinen Rücken rasen. Er brauchte das hier genauso wie ich. Kein Mensch konnte nur von bedeutungslosem Sex und Brutalität leben. Er meinte, er sei ein herzloser Bastard? Ich sah das anders.

Meine Hände zogen ihn noch näher an mich, ich wollte keinen Millimeter mehr zwischen uns, und als ich begann, mit den Fingern die Narben auf seinem Rücken nachzuzeichnen, nahm er einen so tiefen Atemzug, dass ich um ein Haar darin verging.

Zurückhaltend blickte ich wieder zu ihm auf, alles in mir schrie mich an, dass ich es ihm sagen musste. Ich musste ihm sagen, dass mein Ex-Verlobter seine Verlobte geschändet und ermordet hatte, das war ich ihm schuldig. Aber Gott, ich konnte es nicht. Konnte diesem wundervollen Mann das nicht antun. Nicht, nachdem er alles riskiert hatte, um mich aus diesem Turm zu holen.

»Du brauchst mich nicht«, flüsterte er nah bei meinem Gesicht. »Jemand wie du braucht niemanden, Shona Blythe.«

Meine Lippen trafen auf seine, zu dem Hauch einer Berührung. Ich atmete die Luft, die er atmete, mein Herz schlug mit seinem und brach dabei.

Sag es ihm! Los! Sag es ihm!

Ich intensivierte den Kuss, wollte alles von ihm spüren. In mir, an mir, über mir. Wollte ihm meinen Körper schenken und meine Seele. »Ich entscheide selbst, wen ich brauche, North McTavish. Oder wen ich will.«

Ein tiefes Brummen entstand hinter seiner Brust, als meine Zunge sich vorsichtig zu seiner tastete, und ich spürte, wie er nah bei meinem Bauch langsam wieder hart wurde.

»Lass das lieber sein, Moor-Prinzessin«, summte er gegen meine Lippen. »Mich solltest du nicht wollen.«

»Ich weiß.« Mein Blick glitt geschmeidig in seinen, als müsste es so sein. Als müsste all das hier einfach so sein. »Und trotzdem tue ich es.«

In einer fließenden Bewegung hob er mich hoch und trug mich, nass wie wir waren, auf sein Bett. Seine große Härte schob sich wie von allein wieder in mich und er umhüllte mich mit seinem ganzen Körper, während er sich keuchend aus mir zog und fast sanft wieder in mich glitt. Seine Bewegungen vereinten sich mit meinen, ich roch den Duft seines Halses, ließ mich von ihm halten, von ihm besitzen und vereinnahmen. Es fühlte sich einmalig an, wie er mich dehnte, mich ausfüllte und nah an meinem Körper vor Lust bebte.

Ich umschloss ihn mit meinen Armen, als könnte ihn das

vor all dem schützen, was ihn noch erwartete, und er hielt mich, als hätte er das gleiche vor.

Seine Stöße wurden länger, tiefer und sein Atem schwerer. Und dann entlud er sich mit einem innigen Stöhnen in mich, verteilte seinen warmen Samen, der in meinem Körper nicht seinem eigentlichen Zweck nachgehen konnte und sich trotzdem nach nicht weniger als vollkommener Vereinigung anfühlte.

Für eine fast schon endlose Weile sah er mir in die Augen. Intensiv und beinahe liebevoll. Er hatte wohl für einen Moment vergessen, dass ein North McTavish nicht liebevoll war. Wenn er mich so fasziniert betrachtete, war es, als würde er kleine Flammen überall in meinem Körper entfachen, und verdammt, ich genoss das viel zu sehr. Das hier war nicht gesund. Nicht akzeptabel. Er hatte mich entführt, sein bester Freund hatte mich vergewaltigt und nur Gott wusste, was Eliot mit diesem Verräter angestellt hatte. Der Mann, der hier gerade auf mir lag und seine Zuneigung in mich trieb, war ein Mörder, ein Gangster und ein Barbar. Was wir hier taten, fußte auf keiner vorstellbaren Realität.

Und trotzdem hat dich niemand jemals so sehr berührt. So vollständig gemacht.

Ich hatte Geheimnisse vor ihm, die mir nicht zustanden, und so wie er mich ansah, war es andersherum genauso.

Plötzlich verfestigten sich seine Züge, als hätte er mit einem Mal gemerkt, dass ihm all das hier zu innig wurde.

»Ich hab dich gesucht«, brummte er und ich spürte die Vibration seiner Worte in seinem Körper.

»Ich weiß«, erwiderte ich.

»Und ich hab ihn nicht gekriegt.« Er ließ sich aus mir gleiten und löste damit unsere Verbindung, um sich auf den Rücken sinken zu lassen. »Hatte gehofft, er wäre auf dem Land unterwegs, dieser gerissene Scheißer.« Sein Atem wurde ungehaltener und er starrte zornig an die Decke. »Aber er hatte ein Boot. Ich hab auf ihn geschossen. Mehrmals. Hab den Tank erwischt und bin geschwommen, aber selbst mit dem angeschlagenen Kahn war er noch schneller als ich.«

Er war ihm wirklich nachgeschwommen? Was zum Geier hatte er dann tun wollen? Das Boot umwerfen und ihn und Ian einfach so in der Luft zerreißen? Gott, das Schlimmste war, ich traute ihm das sogar zu.

»Er war das, stimmt's?« Sein Kiefer mahlte und er blickte weiter fest an die Decke, trotzdem wusste ich sofort, dass er die Hämatome an meinem Körper und in meinem Gesicht meinte.

»Ja«, erwiderte ich gedämpft, und er knurrte so böse, dass mir ein eisiger Schauder über den Rücken raste.

»Und du wurdest missbraucht. Das war es, was du mir da draußen in den Felsen sagen wolltest.«

Was? Glühender Stacheldraht rollte sich am Grund meines Magens zusammen. Woher wusste er das?

»Nein, ich wollte es dir nicht sagen.« Meine Stimme klang heiser. »Aber ich hätte es fast getan.«

Eliot sagte nichts. Sein Kiefer mahlte hart.

»Es ist lange her«, versuchte ich, diese Gräueltat für mich selbst abzuschwächen. »Aber ich habe mich deshalb sterilisieren lassen. Es war Glenn, Eliot.«

Seine Augen wurden schmal und böse. »Ich weiß.«

Der Stacheldraht rollte sich auf und riss schmerzhaft an meinen Innereien. »Andrew hat damals zugesehen. Er hat zugesehen und meinte, mit unserer Ehe sein schlechtes Gewissen bereinigen zu können. Glenn hat dich schon so lange verraten, Eliot. Und ich ...« Ich schluckte schwer und unterdrückte weitere Tränen. »Ich kann dir wirklich gefährlich werden.« Gequält drehte ich den Kopf in seine Richtung und kämpfte gegen meinen zugeschnürten Hals an. »Wenn er mich dazu bringt, den Ehevertrag zu unterschreiben, gehört ihm ein Stück von Prayer's Well.«

In Eliots Miene war nichts mehr zu erkennen außer

siedendem Hass. Und ich wollte ihm all das so gern ersparen, aber so einfach war das nicht. Das war es nie.

»Er wird büßen«, grollte er wild wie ein Tier. »Sie beide werden es. Die Zeit ist reif und ich bin es auch. Ich kann spüren, wie der Kompass sich auf Sturm dreht.« Gott, wie erschlagen er wirkte. Er war das Stärkste und Zähste, was mir je untergekommen war, aber er konnte nicht pausenlos nur um sich hauen. Auf diese Art würde Andrew ihn besiegen. Ein bitterer Geschmack breitete sich in meiner Kehle aus. Eliot war stark, aber Andrew war heimtückisch. Ich wollte mir das Ende dieser Schlacht nicht ausmalen, denn ich hatte keine Ahnung, wie etwas ausgehen sollte, das so dreckig und mit allen Mitteln geführt wurde.

»Hörst du das?« Sacht legte ich meine Hand an seine bärtige Wange und etwas in seinem Blick rebellierte widerwillig. »Nicht einmal der Sturm kann immer nur wütend sein.«

Der Regen hatte nachgelassen. Die Wolken gaben die rote Sonne frei, die uns im Bett bedeckte, als wäre sie im Begriff, uns auf direktem Wege durch das Tor der Unterwelt zu ziehen.

Seine Züge wurden für einen Moment weicher und er drehte den Kopf in meine Richtung. Gott, welcher Teufel hatte ihm diese wundervollen blauen Augen geschenkt? Ob ihm bewusst war, was für ein höllisch attraktiver Mann er war? Nicht nur äußerlich, damit prahlte er ja nur zu gern, nein. Auch innerlich. Seine leidenschaftliche, feurige Seele machte etwas mit mir, gegen das ich mit aller Kraft ankämpfen musste, denn ich fürchtete es.

Eliot McTavish war ein starker, unerschütterlicher Krieger, aber war er unerschütterlich genug für einen Krieg gegen die gesamte schottische Untergrundpolizei?

»Manchmal ist er leiser und manchmal lauter.« Mit spitzen Fingern nahm Eliot meine Hand von seinem Gesicht. »Aber seine Wut spüre ich immer.«

»Dann lass uns diesmal einfach nicht hinhören.« Ich schmiegte mein Gesicht gegen seinen Arm und atmete tief den Duft seiner feuchten Haut. »Im Moment ist er leise.« Es entging mir nicht, dass er ständig versuchte, sich von mir zu distanzieren, aber ich ließ nicht zu, dass er gegen mich ankämpfte. Ich musste diesen Krieg führen, also warum sollte es ihm vergönnt sein, sich der Sache einfach zu entziehen?

Offenbar wussten wir beide nicht, was mit uns geschah, also konnten wir auch gleich gemeinsam gegeneinander ankämpfen. Ich würde ohnehin gewinnen.

»Hmmm.« Sein Brummen klang unzufrieden, aber sein Widerstand bröckelte. »Nur ein paar Stunden«, flüsterte er, und ich registrierte, wie ihm vor Erschöpfung die Augen zufielen.

»Nur ein paar Stunden.« Am liebsten hätte ich diesen Moment in ein Glas gesperrt, in das ich immer dann schlüpfen konnte, wenn Eliot wieder zu North wurde und voller Zorn die ganze Welt in Schutt und Asche legte.

KAPITEL 20
NORTH

Als ich die Augen öffnete, ging die Sonne vor meinem Fenster auf. Unten in der Burg hörte ich bereits meine Jungs werkeln. Wir machten uns bereit und mussten für alles gewappnet sein. Ich hatte diesen Pisser nicht gekriegt und das trieb mich in den Wahnsinn. Und ich … Mein Körper versteifte sich.

Schmiegte sich da etwa die wahnsinnige kleine Craig von hinten an mich? Ich spürte ihren warmen Atem auf der nackten Haut meines Rückens und ihr süßer Duft zog mir in die Nase.

Ein Schauer rieselte mir über die Wirbelsäule. *Verflucht!* Ich entzog mich ihr und setzte mich im Bett auf, um mich zu sammeln. Der Sex mit ihr war göttlich, das war er jedes Mal, aber ich war kein verfluchter Teddybär. Tief atmend wischte ich mir übers Gesicht und schloss die Augen. Verdammt, ich hatte mich selten erholter gefühlt und eine halbe Ewigkeit nicht mehr so fest geschlafen. Wahrscheinlich hatte ich vor einer Ewigkeit überhaupt das letzte Mal geschlafen. Konnte mich kaum erinnern, wann das gewesen sein sollte.

Sie seufzte hell hinter mir im Schlaf und das wohlige

Geräusch zog mir überraschenderweise nicht in die Lenden, sondern in die Brust.

Sammle dich, du nackter Bastard! Fokus! Jetzt sofort!

Verstohlen blickte ich über die Schulter und ihr verletzlicher Anblick rammte mich wie ein LKW. Sie lag auf der Seite. Die Felldecke war ihr ein Stück von dem zarten nackten Körper gerutscht und ihre Taille verlief sanft gewölbt wie eine Welle im Ozean, wenn er versöhnlich gestimmt war. Ihre bläulich verfärbte Wange schimmerte im matten Licht des jungen Tages und ich musste ein Grollen unterdrücken. Craig musste sie verdammt hart geschlagen haben, damit ein solches Hämatom überblieb. Und Glenn ... Jetzt rumpelte es doch hinter meiner Brust ... Meine Jungs hatten ihn im Auge und ließen ihn weit unter uns verschimmeln, aber dass die Ratten ihn sich vornahmen, hatte er nicht verdient. Scheiße, ich hatte kein Problem damit, einem Verräter die Haut abzuziehen und sie ihm zu fressen zu geben, besonders nicht, wenn er gleichzeitig der Schänder dieser herrlichen Kriegsbeute hier in meinem Bett war, aber einen Vertrauten zu häuten, war immer noch etwas anderes. Ich wollte, dass er vorher dort unten litt. Dass er sich wand, allein war und verlassen. Dass er nachdenken und sich kasteien musste wegen allem, was er getan hatte. Ich wollte, dass er heulte und schrie. Genau das war Balsam für meine Seele. Und sobald er das tat, war er so weit.

Vorher musste ich meine Geschäftspartner auf ihre Loyalität prüfen. Hölle, sollte auch nur ein weiterer Hurensohn aus der Reihe tanzen, würde ich ganz Prayer's Well in Schutt und Asche legen. Und mit meinem schmierigen Kumpel Goldman würde ich beginnen, denn seine Arme erstreckten sich durch den halben Untergrund wie die eines gierigen Kraken.

Ich richtete mich auf und mein Blick blieb wieder an Shona hängen. Sie zog die Decke näher an sich heran und etwas wie Empörung trat in ihre schlafenden Züge. Wurde sicher kalt ohne mich. Verflucht, wie schön konnte etwas sein?

Eine wohlige Wärme sickerte mir in die Brust. Was für eine Schande wäre es gewesen, sie zu verlieren? War sie tatsächlich nur eine Beute für mich? Ein Spiel? Eine Hure?

Warum störte es mich dann nicht, wenn sie in meinem Bett schlief? Das ließ ich keiner Hure durchgehen. Und eine Kriegsbeute warf ich in den Kerker. Was zum Geier trieb sie also hier oben?

»Ach, verdammt.« Ein tiefer Atemzug hob meine Brust, während ich mir eine Jeans überzog und meinen halb erigierten Schwanz darin verstaute, der offensichtlich überhaupt nicht mit ihrer freigelegten Brust klarkam.

Wie ein verdammter Vierzehnjähriger! Reiß dich zusammen!

Ich musste gestehen, ich hätte sie wirklich gern noch einmal gevögelt, bevor ich ging. Sie einfach umgedreht und hart und rücksichtslos in den Arsch gefickt. Verklärt betrachtete ich die runden, festen Pobacken, die meine Decke wölbten. Wenn ich sie nur besonders rücksichtslos nahm, verschwand mein verfluchter Kopfkrieg vielleicht.

Und das war es doch eigentlich auch, was ich liebte. Harten Sex ohne Rücksicht auf Verluste. Aber das gestern ... Ihre Umarmung unter der Dusche, diese fast schon sanfte Nummer in meinem Bett ... Oh, das hatte mir viel mehr gefallen, als es sollte. Und sie *brauchte* mich?

Bitte erspar uns das, Shona!

Ich musste etwas unternehmen. Das hier war nicht möglich. North McTavish fühlte nicht mehr.

»Wo willst du hin?«, fragte sie mit belegter Stimme vollkommen verschlafen.

»Weg.« Ruppig zog ich mir das Shirt über den Kopf. Ich war wütend auf mich selbst, und dass das so lächerlich war, machte mich noch wütender.

Nicht einmal der Sturm kann immer nur wütend sein.

Gott, diese Frau raubte mir jeden Fokus.

Sie öffnete ein Stück die Augen und beobachtete mich klug. »Du hast Angst, Eliot McTavish.«

Ein brummendes Lachen entstand hinter meiner Brust. »Ich kenne keine Angst, Shona Blythe! Wenn ich zurück bin, habe ich etwas für dich. Also rühr dich nicht vom Fleck.«

Oh, das würde unschön werden.

Und wenn du nicht hinsehen willst, zwinge ich dich dazu, Hexe. Es wird Zeit, dass du den echten North McTavish kennenlernst. Mit dem willst du ganz sicher nicht mehr kuscheln.

Kapitel 21

North

Das Anwesen unseres Freundes Goldman befand sich unweit von Edinburgh an der Meereskante. Als ich den Van auf das schwarze, kitschig verzierte Metalltor zu lenkte, spähte ich knurrend hinüber zu seinem übertrieben großen Bootshaus.

Der Bastard stand auf Angelausflüge auf prolligen Jachten. Die waren mir egal, aber dieses eine bestimmte Schätzchen ...

Lennox saß angespannt auf dem Beifahrersitz und musterte mich ständig aus dem Augenwinkel, als hätte er noch immer nicht kapiert, dass ich noch nicht in Walhalla eingefahren war.

»Wäre gut, wenn einer meinen *GT3* wieder einsammelt«, begann ich. »Bailey hat ihn ein Stück westlich von Captain's Head planlos ins Gestrüpp gefahren, dieser erbärmliche Anfänger.«

»Hat Zac bereits erledigt. Ich dachte mir schon, dass du ihn dir zurückholst. Was hast du mit ihm angestellt, Boss?«, wagte er endlich den Vorstoß, während sich das Tor vor uns elektronisch öffnete.

»Hab ihm von seinem Freund Andrew den Arsch wegsprengen lassen. Er wollte eigentlich mich, aber man kann nicht alles haben, was?«

Mit großen Augen starrte er mich an. Unsere schwere Karre knirschte über den akkurat angelegten Kies in Goldmans Einfahrt.

»Und Andrews Kleine?« Konzentriert scannte Lennox die Anzug-Typen neben dem protzigen, in Marmor gehaltenen Eingang des Hauses.

Andrews Kleine ... Mir stellten sich die Nackenhaare auf. Es war nicht *Andrews* Kleine.

»Die hat anfangs auch noch gezetert, später unter mir wurde sie dann ganz ruhig und zutraulich.«

Olec raunte anerkennend auf der Rückbank. »So ist es richtig, Boss. Nimm sie ordentlich ran!«

Lennox schmunzelte nur vor sich hin, dieser kleine allwissende Bastard.

»Und Glenn?«, wechselte ich das Thema, während eine Million Kameras sich mit uns bewegten und ich den Wagen zum Stehen brachte.

»Ist ganz ruhig geworden«, erwiderte Lennox. »Starrt nur noch an die Wand.«

Sehr gut. Dann lief diese eine Sache wenigstens nach Plan. Er war soweit.

Goldman kam mit ausgebreiteten Armen die Marmortreppe herunter, eine fette Zigarre im Mundwinkel. Er schien mit diesen Dingern verwachsen zu sein. Der graue Anzug spannte um seine gedrungene Gestalt.

»Behalt ihn genau im Auge!«, raunte ich Lennox zu. Dann öffnete ich die Tür des Van und wir gingen ihm entgegen.

»North, mein Freund«, heuchelte dieser kleine Schleimer mich wie immer heimtückisch an. »Hast du es noch immer nicht geschafft, dir einen Chauffeur zuzulegen?«

Abfällig musterte er meine Männer und klopfte mir mit seiner wulstigen Hand auf den Rücken. Dieser Knilch war fast zwei Köpfe kleiner als ich und musste zu mir aufblicken, trotzdem hielt er es für ein Unding, dass ich mich nicht faul herumfahren ließ, wie es seiner Ansicht nach der Status eines hochrangigen Gangsters verlangte.

»Autos machen Spaß«, erwiderte ich kühl. »Mein Ersatz für eine Frau. Leichter zu händeln, immer dankbar, geben mir den Kick, wenn ich es verlange und sind dabei immer so devot, wie es mir gefällt.«

»Du alter Schwerenöter!« Er lachte und paffte mir seinen Qualm ins Gesicht. »Dann kommt mal rein, alle zusammen!«

Wir betraten sein Haus schon das dutzendste Mal. Trotzdem widerte mich all der goldene Klimbim und die Armada an ausgestopften Tieren in seinem Eingangsbereich immer wieder aufs Neue an. Er hielt sich für einen abenteuerlichen Großwildjäger, dabei war er nichts als ein lumpiger Drogen-Oligarch, der in seinem Sessel hockte und andere seinen Job machen ließ.

»Mir ist schon zu Ohren gekommen, dass es ein wenig Ärger im Revier gibt, North. Bist du deshalb hier oder wegen der hochgegangenen Lieferung bei Moray Firth?«

»Dachte einfach, ich lasse mich mal wieder blicken«, erwiderte ich und ignorierte das Stelldichein in der hinteren Sitzecke, als er uns in die große weiße Halle führte.

»Verzeiht bitte diesen Auflauf, aber meine Frau ist noch mit Verhandlungen beschäftigt.«

Ein riesiger behaarter Typ saß auf einem Stuhl, den schwarzen Anzug aufgeknöpft und die Hose heruntergelassen. Goldmans Frau kauerte neben seinen Beinen und verhandelte offenbar in einem ausgiebigen Faustkampf mit seinem Schwanz. Es überraschte mich nicht einmal.

»Etwas zu trinken? Whisky?« Goldman ließ sich in einem Stuhl mit einer absurd hohen Lehne nieder und bedeutete uns, dass wir uns auf die Gruppe weißer Sofas setzen sollten. Ich fragte mich schon länger, warum zum Geier alles hier weiß war. Musste doch ständig neu gepolstert werden, wenn er es besudelte. Oder arbeitete er so sauber, dass sich das hier länger als eine Woche hielt? Dann machte er seinen Job aber nicht unbedingt angemessen. Die Fenster waren so hoch, dass es wirkte, als befänden wir uns in einem Schloss. Kleine Männer und ihr Ego ...

Der bewachsene Riese stöhnte gedämpft.

»Schatz, kannst du die Verhandlungen vielleicht etwas beschleunigen? North und seine Jungs sind hier«, wies Goldman an und ich ließ mich in einen Sessel sinken und betrachtete das Schauspiel ausdruckslos.

»Whisky immer«, grunzte Olec und kam offensichtlich nicht ganz mit der Tatsache klar, dass Goldman seine Frau an andere Schwänze ließ. Er war ein grober Schläger, aber in Bezug auf Frauen noch alte Schule, ganz im Gegensatz zu Lennox, der ihr gierig bei ihren Bemühungen zusah. Wollte offenbar gleich der Nächste sein, der mit ihr verhandelte.

Goldman schnipste und zwei Mädels in kurzen Kleidern erschienen wie aus dem Nichts, um sich Tabletts aufzuladen und an Schränken herumzuwerkeln.

»Dann lass uns vorerst ein wenig Smalltalk halten«, leitete Goldman wie immer merkwürdig das Gespräch ein und wischte sich über seine dunkle Pomadefrisur. Ganz eindeutig gefärbt. »Warum verleihst du deiner Position nicht etwas mehr Ausdruck und lässt dir einen schönen *Giorgio Armani* anfertigen, eh?«

Tief atmend ließ ich mich in das unbequeme Möbelstück sinken. Jedes Mal kam er mir wieder mit diesem Bullshit.

»Georgio ... wer?«, fragte Olec.

»Er spricht von einem Anzug«, nahm Lennox mir die Erklärung ab.

Olec lachte brummend. »Stell dir den Boss mal in so einem albernen Lappen vor.« Ja, sehr lustig ...

Ich fand es immer wieder traurig, dass dieser arme Wurm Autorität nur auf einen potthässlichen Fetzen Stoff reduzierte. Ein Boss war kein Boss, nur weil er als miesepetriger

Pisser in einem *Armani* herumprollte und sich einbildete, jede Frau bekäme direkt ein feuchtes Höschen von diesem traurigen Auftritt.

Ein Anführer war nicht nur das Klischee eines verkappten Mafioso. Einen Boss machte aus, dass er sich selbst nicht zu ernst nahm, dass er sein Revier mit der nötigen Gewalt verteidigte, dass er für seine Männer durchs Scheißfeuer ging und dass er verdammt noch mal stolz für seine Ziele einstand. Und ich ... ich war so stolz, dass ich ihm am liebsten seinen absurd teuren grauen Zwirn ausgezogen und in sein vorlautes Maul gestopft hätte. Ich schiss auf lächerliche Statussymbole, die in anderen einen Anflug von Ehrfurcht auslösen sollten. Meine Karren fuhr ich, weil es mir Spaß machte, meine Burg war ein Clan-Erbe und mein Thron ein Sammlerstück. Seinen beschissenen Anzug konnte er sich direkt in den Arsch schieben, genau wie seinen Chauffeur und all den anderen Bullshit, der nur dazu diente, um andere zu beeindrucken. Mir war völlig egal, was andere von mir dachten. Sie fürchteten mich sowieso, dazu hatte ich noch nie einen *Corneliani* gebraucht, sondern nur einen Ruf, aber mir waren inzwischen die Worte zu schade, um ihm das immer wieder zu erklären.

Drüben bei der Sitzecke waren die Verhandlungen offenbar erfolgreich beendet. Der Riese röhrte wie ein Elch und zuckte besorgniserregend, während Goldmans Frau sich damit abmühte, nichts auf den Polstern landen zu lassen. Seine merkwürdigen Geräusche hallten an den hohen Wänden wider, weil der Raum zu leer und steril war.

»Hmm.« Gelangweilt sah ich dem Trauerspiel zu. »Dir ist klar, dass du deine eigene Frau wie eine Nutte behandelst?«

Goldmans Blick prasselte in mich wie Ziegelsteine, aber ich sah einfach weiter seiner Gemahlin dabei zu, wie sie den schlaffen Dödel des Zyklopen wieder in der Anzughose verstaute.

»Sie lässt sich von deinen Kunden ficken, tut brav, als

würde es ihr gefallen, schluckt restlos jeden Tropfen und hasst dich insgeheim mehr als alles andere auf der Welt, aber Hauptsache, du trägst einen Armani. Ist das dein Scheißanspruch an dich?« Meine Stimme klang kratzig, ich war ein bisschen auf Krawall aus, und als die Mädels uns den Whisky servierten, legte Goldman seine mit Strass verzierte Knarre auf den Tisch zwischen uns, um mir zu drohen.

Meine Jungs waren sofort aktiviert und Hände wanderten in Richtung Waffen, während mein Blick sich eiskalt zu Goldman tastete. Sein Mund öffnete und schloss sich wie der eines erstickenden Karpfens.

»Du gehst zu weit, Junge.«

Normalerweise würde ich ihm nahtlos den Arsch aufreißen für all seine Anmaßungen, aber ich war plötzlich so merkwürdig tiefenentspannt. Musste an dem Schlaf liegen oder daran, dass in meinem Bett eine echte Frau lag, die mich kastrieren würde, wenn ich sie zwingen würde, sich für mich zu prostituieren. Sie war einzig und allein *meine* schmutzige Hure, wenn ich es verlangte, und sollte irgendein anderer je wieder seinen Schwanz in sie schieben, machte ich ihn ohne großes Vorspiel einen Kopf kürzer.

»Meine Jungs werden sich mal in deinem Büro umsehen, während wir beide reden«, legte ich fest und empörte ihn damit noch mehr.

»Was soll der Scheiß, North? Wir sind Partner, schon vergessen?« Er versuchte, gegen mich zu rebellieren, aber er hatte auch Angst, denn ich würde nicht zögern, alles hier dem Erdboden gleichzumachen, wenn er es darauf anlegte oder ich etwas in seinen Akten fand, das da nicht hingehörte. Er war vielleicht ein wichtiger Kunde, aber wir hatten einige wie ihn. Er war verzichtbar.

Zwei Kerle mit Knopf im Ohr näherten sich mit den Waffen im Anschlag, meine Sinne waren geschärft wie die schwarzen Klingen hinter Lennox Gürtel.

»Wie du bereits erwähnt hast, gibt es Ärger im Revier,

Goldman, und ich will wissen, ob du noch immer hinter den McTavishs stehst oder ob du der anderen Seite vielleicht inzwischen zugewandter bist.«

Goldman wirkte zerknirscht, fixierte mich eine ganze Weile und steckte dann fluchend seine Mädchenpistole weg. »Du beleidigst mich, mein Sohn.«

Scheiße, wenn ich dein Sohn wäre, bräuchte ich den Anzug allein schon, um von meiner feisten Fratze abzulenken.

»Los, los.« Mürrisch wedelte er mit der Hand. »Benny und Tyson werden deinen Männern das Büro aufschließen. Ich habe nichts zu verbergen.«

Tyson ... Ah ja.

Lennox tauschte einen kurzen Blick mit mir. Dann verschwanden die Jungs aus dem Saal, während ich einen tiefen Schluck Whisky nahm.

»Moray Firth ist in Arbeit«, brummte ich. »Wir kümmern uns um Ersatz. Sollte in spätestens zehn Tagen transportbereit sein.«

Falls uns nicht der Krieg mit Craig dazwischenkam.

»Sehr gut.« Goldman wirkte schon wieder etwas versöhnter. Er brauchte uns sehr wohl, wir ihn eher weniger.

Ein North McTavish braucht niemanden! Absolut niemanden!

»Ich brauche dich, Eliot. Nur für einen Moment.«

Mein Herz krampfte mir hinter der Brust und ich knurrte bitter.

»Das klingt wirklich sehr gut«, wiederholte Goldman und tätschelte sich zufrieden seine Oberschenkel, als spielte er irgendein läppisches Vorschulspiel. Ja, er war merkwürdig.

Eine seiner Angestellten zündete ihm die dicke Kubaner wieder an, die erneut zwischen seinen Lippen landete, und ich beobachtete ihn akribisch dabei. Er brauchte unsere Transportwege und bezahlte uns für den Schutz seiner Lieferungen mit Stoff und sehr viel Asche. Wir steckten seine Routen ab, und manchmal, wenn wir von einem unserer Iren besonders gute Knarren bekommen hatten, kauften seine Leute sie uns ab, nachdem meine sie gepimpt hatten.

Olec war der beste Waffen-Aufmotzer in ganz Großbritannien, man mochte es dem groben Riesen vielleicht auf den ersten Blick nicht zutrauen, aber die kleinsten Schrauben bereiteten ihm die größte Freude.

Der befriedigte Riese war klammheimlich verschwunden, als es in unserer Ecke nach Stress aussah, und Goldmans Frau leckte sich über die roten Lippen, während sie auf uns zukam.

»Hallo, North.« Sie umschmeichelte mich und lächelte dabei verführerisch. Keine Ahnung, warum sie bei ihm blieb. Wahrscheinlich wegen der Kohle. Oder des Anzugs ...

Ihre langen Beine steckten in einem albernen Minirock und ihr Top war bauchfrei. Das blond gefärbte Haar hatte sie zu einem Knoten gebunden und in ihrem fraulichen Gesicht zeigten sich die ersten Falten. Trotzdem benahm sie sich immer wie eine Achtzehnjährige. Wahrscheinlich, weil es ihn anmachte, diese abnorme Schmeißfliege. Sie war hübsch, aber er machte es zu einem billigen Hübsch.

»Hallo Davina«, erwiderte ich neutral und widerstand dem Drang, sie von mir zu schieben, als sie begann, meine Schultern zu massieren. Noch bis vor ein paar Wochen hätte sie mir gern einen blasen können, während meine Jungs Goldmans Büro auseinandernahmen, aber heute war mir nicht danach.

»Darf ich?« Sie wollte sich geschmeidig auf meinen Schoß sinken lassen, aber mein kühler Blick ließ sie zögern. »Erspar dir das!«

»Liebling«, begann Goldman angefressen, weil ich ihn schon wieder beleidigte, indem ich seine Frau nicht fickte, sobald sie es mir anbot. »Bedienst du unsere Kunden gern für mich?«

»Natürlich, mein Bärchen.«

Zum Glück hatte ich noch nicht gefrühstückt.

»Wenn sie mich denn wollen.« Gespielt tadelnd zwinkerte sie mir zu.

Gerade setzte ich zu einer Erwiderung an, da gab es lautes Gerumpel und Stimmengewirr weiter hinten im Anwesen.

Goldman und ich schnellten gleichzeitig nach oben, zogen unsere Waffen und stürmten los.

Olec hielt auf dem Gang einen von Goldmans Bodyguards in Schach, während aus einem Raum flache Schränke und Akten auf den Flur geworfen wurden. Drinnen brüllte und fluchte Lennox wie ein angeschossenes Wildschwein.

»Das Büro!« Goldman war vollkommen bleich um die Nase und wollte mit einem Satz in den Raum, aber ich griff ihn mir und drückte ihn unsanft gegen die Wand, meine Glock im speckigen Nacken.

»Lass sie fallen!«

»North ... du ... du ... musst mir glauben. Ich habe keine Ahnung, was da vor sich geht.«

»Lass die Knarre fallen!«

Seine Pistole ging zu Boden und ein paar weitere Wachmänner versammelten sich mit ihren Kanonen im Anschlag um uns herum.

»Lennox, was hast du gefunden?«, rief ich in Richtung der Tür und drückte unseren keuchenden Gastgeber noch unsanfter gegen die goldverzierte Tapete.

In dem Moment flog ein brüllender Typ aus dem Raum gegen die Wand. Dürr, krumme Brille auf der Nase und einen karierten Pullunder am Leib.

»Bitte ... nicht! Nein!«

Lennox kam ihm nach, die Waffe im ausgestreckten Arm auf den Schmächtigen gerichtet und in der anderen Hand ein Bündel Papiere.

»Rechnungen«, tobte er und trat dem Kerl in die Nieren, obwohl er wirkte, als hätte er bereits genug.

»Was sind das für Rechnungen?«, richtete ich mich

wieder an Goldman, der aussah, als hätte ich ihm eine giftige Kröte in den Arsch geschoben.

»Ich habe keine Ahnung. Ich schwöre.«

»Getürkter Scheiß!« Lennox schleuderte sie wütend zu Boden. »Ausgestellt an Fake-Adressen, die wir nie angewiesen haben. Entweder waschen sie hinter unserem Rücken Geld oder Craig hat da seine Finger im Spiel.«

Craig … Wieder tobte dieser Name durch meine Arterien, um alles darin zu verwüsten, und ich schmiss Goldman brutal zu Boden, direkt mit der Nase in seine dreckigen Bücher.

Seine Pomadefrisur war durcheinandergeraten und er griff nach den Zetteln, um sie aufgebracht durchzublättern. Mein Instinkt sagte mir, dass er tatsächlich keinen Schimmer hatte, was hier vor sich ging, und mein Blick biss sich in dem Knilch fest, den Lennox wutentbrannt auf den Flur geworfen hatte. Hilflos streckte er die Hände von sich, um meinen besten Messerstecher auf Abstand zu halten. Am Ende waren es immer die Unscheinbarsten.

In einem der Räume brüllte ein Tiger oder irgendeine andere große Katze.

Dieses Haus machte mich krank.

»Was zum Teufel soll das hier sein?« Goldman umklammerte die Zettel, als wollte er sie erwürgen. Sein Stolz war wieder erwacht oder er war ein verdammt guter Schauspieler. Ich hatte in dem Fall noch nicht final entschieden.

»Was ist das, William?« Entrüstet richtete er sich auf und streckte seinem Angestellten den Kram entgegen und der … begann zu heulen. Oh, Himmel.

»Bitte, Mr. Goldman … Ich konnte nicht anders. Er hat mir so viel dafür geboten.«

»Wer ist *er*?«, brüllte Goldman und warf ihm die Rechnungen um die Ohren.

»Der Chef der Craigs. Er wollte, dass ich Geld für ihn wasche.«

»Verfluchter Hurensohn!« Lennox spuckte auf ihn hinunter, während Goldman sich wieder seine Waffe griff. Ich ließ ihn gewähren.

»*Unser* Geld?«, schrie er und seine Stimme überschlug sich hysterisch dabei.

»Und unseres.« Die Lava brodelte wieder in mir, dabei hatte mein Tag so entspannt angefangen. Ich konnte nicht noch mehr Partner an Craig verlieren. Seine giftigen Wurzeln verseuchten inzwischen all meine Kontakte. Viel tiefgreifender, als ich je gedacht hätte. Meine Stadt war zu einem Minenfeld geworden, genau wie meine Arbeit.

»Es tut mir leid«, heulte der missratene Buchhalter und Goldman hob seine Waffe, um ihm direkt in den Kopf zu schießen.

Für ein paar Sekunden war alles ruhig. Dann fuhr er zu mir herum, die nackte Angst im Blick. »Ich arbeite mit dir, North. Niemals würde ich gemeinsame Sache mit den Craigs machen, das musst du mir glauben.«

Lennox stand ihm misstrauisch im Rücken.

»Nimm hier alles auseinander, Lennox«, raunte ich finster und warf ihm die Schlüssel für den Van zu. »Danach lass unsere Kontakte spielen und mach mir eine Liste mit allen Bastarden, die hinter unserem Rücken krumme Geschäfte mit den Craigs machen, gemacht haben oder planen. Aktiviere die Jungs und knöpf dir jedes einzelne Kassenbuch vor, jeden verschlossenen Schrank, jede verdammte schmutzige Unterhose! Zerr jeden einzelnen dieser Wichser aus dem Bett und bring ihn mir. Lebendig oder halb lebendig, mir scheißegal!« Unbeherrscht bleckte ich die Zähne. Meine Stadt war verseucht. Dieser Krieg fand an mehr als einer Front statt und wir brauchten einen Rundumschlag, bevor Craig uns noch auf allen Ebenen infiltrierte.

»North, du musst mir glauben«, flehte Goldman und seine Augen funkelten mitleiderregend, während er zu mir aufsah.

Grob tätschelte ich ihm die runde Wange. »Wir sehen uns noch, Kumpel.«

Ich steckte meine Waffe zurück hinter den Gürtel, während ich in langen Schritten sein Haus durchquerte. Die Wachmänner blickten mir nur schweigend hinterher. Die Vielzahl an Kameras im Haus ließ keine Geheimnisse offen und jeder hier wusste, was passiert war.

Einige wirkten selbst irritiert, ob ihr Boss nun ein Wendehals war oder nicht, andere distanzierten sich nach außen hin professionell von der Sache und richteten tatenlos ihre Waffen auf mich. Ich ignorierte sie, ging durch bis zu den Zugängen zur Bootsgarage. Es roch nach Salz und kleine Wellen schwappten gegen die Betonbegrenzung.

»Hey! Stehen bleiben«, rief ein Typ im Blaumann halbherzig und hörte auf, seine Jacht zu polieren.

»Halt mich auf!« Ich streckte einladend die Arme von mir und registrierte in seinem Gesicht, dass er mich erkannte.

»Ach, schon gut, North. Ist sicher abgesprochen«, murmelte er.

Ja, ganz genau, mein Freund. Wir wollen keinen Ärger und doch klebt er uns allen am Arsch wie ein lästiger verschissener Keim.

»Öffne das Tor«, wies ich ihn an. Und falls er es nicht tat, würde ich ihn, ohne zu zögern, umpusten, aber er leistete meinem Befehl artig Folge.

Ich ging bis ganz nach hinten durch und musste mich bei dem Anblick des Babys meiner Begierde erst einmal kurz sammeln. Bei allen Höllen, wie wundervoll konnte etwas sein? Das hier war das Mindeste, was er mir für diesen Bullshit schuldete.

Endlich! Endlich stand ich vor ihr. So lange hatte sie auf mich gewartet und jetzt würde ich das einzig Richtige tun, sie mir einfach nehmen und auf alles scheißen.

Oh, Baby, ja!

So! Fucking! Göttlich!

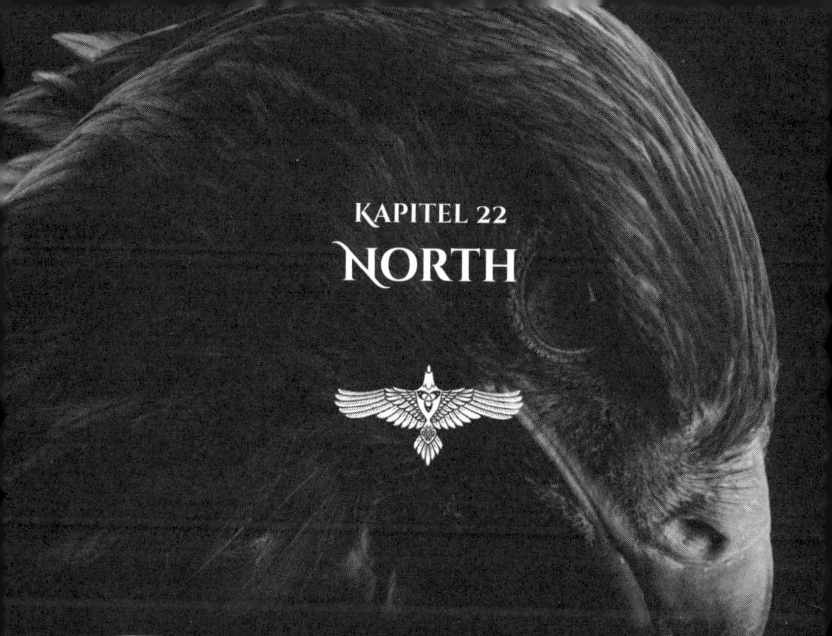

Kapitel 22
North

Das Meer unter meinem neuen Schätzchen war aufgebracht, die Wellen klatschten wallend gegen den hölzernen Bug und der Wind blähte die Segel so perfekt, dass ich mir fast ein verschissenes Tränchen verdrücken musste. Eigentlich war dieses antike Baby zu schade, um achtlos damit herumzuschippern, ein Schiff wie dieses gehörte in ein Museum hinter Glas, aber ich lebte meine Sammlerstücke. Alle. Hatte sogar mal einen großschnäuzigen Mistsack, der meinte, uns die Kunden ausspannen zu müssen, mit dem Schwert in meinem Thronsaal geköpft, das eine Weile als Excalibur über die Schwarzmärkte ging. Ob es tatsächlich das Schwert aus der Legende war? Das wusste man wohl nie so genau, aber nach all der tristen Zeit im Stein hatte es sich sicher wieder einmal über etwas Blut gefreut.

Ehrfürchtig glitt mein Blick über die Verzierungen im Holz. Um die Reling wanden sich keltische Schlangen, in den massiven Segelmast war ein nordischer Baum geschnitzt und über dem Bug ragte der mächtige Kopf eines Drachen auf.

Noch nie zuvor hatte ich eine so schöne Karfe gesehen

und da war ich noch nicht mal unten im Laderaum gewesen. Goldman würde toben wie ein verschnupftes Nashorn, wenn er registrierte, dass ich sie mir genommen hatte, aber er würde nichts unternehmen, denn heute hatte er viel verloren und war mir noch mehr als viel schuldig.

Behutsam zog ich den Steuerhebel ein Stück nach links. Immer an der zerklüfteten Küste entlang. Die Sonne glitzerte auf den Wellen und der Wind fuhr mir ins Haar. Für einen Moment fühlte ich mich fast leicht, als würde ich in einen dichten Nebel fahren und von dieser Welt verschwinden können.

Ich bin bei dir, Kind, flüsterte die Stimme meiner Mutter in den Winden. *Sei stark und stet wie die See!*

Ein tiefer Atemzug hob meine Brust und das Säuseln des Himmels verklang, ging unter in dem Schrei eines Adlers, der sich mir von Norden her näherte.

»Freya.« Mein Mädchen flog einmal der Länge nach an dem Schiff entlang, um es zu betrachten, dann landete der Vogel auf meinem ausgestreckten Arm und legte den Kopf schief, während er mich klug musterte.

»Sieh mal, Kleine«, flüsterte ich ihr ins Ohr und berührte mit den Lippen ihre weichen Federn. »Ab hier könnten wir alles haben.«

Ihr Schnabel knabberte an meiner Nase und sie blickte mit mir gemeinsam North Castle entgegen, das sich vor uns auf seinem Berg erhob.

Ja, wir könnten alles haben, aber das Leben gab nicht, es nahm.

Als ich das große Langschiff auf meine Höhle zu lenkte, stieß sich Freya von meinem Arm ab, um sich wieder in die Lüfte zu erheben. Ich holte das Segel ein und hatte für einen Moment Angst, der Mast könnte zu hoch für die steinerne Decke sein, aber dieses Baby war wie für meine Höhle gemacht. Irgendwie passte so einiges zu gut in letzter Zeit ...

Ein mürrischer Knilch im schwarzen Hoodie und mit vor

der Brust verschränkten Armen empfing mich am Steg und ich konnte mir die erhobene Braue nicht verkneifen.

»Was zum Geier ist das, Eliot? Meinst du nicht, du übertreibst es langsam etwas?«

Hölle, er war mir schon so auf den Sack gegangen, als wir noch kleine Hosenscheißer waren. Hatte ihm ständig und immer eine verpassen müssen und eigentlich gehofft, das würde irgendwann aufhören.

»Was willst du mit diesem Ding anstellen, hm?« Skeptisch beäugte Elijah, wie ich das Baby vertäute, als trüge ich eine Tonne rohe Eier durch die Gegend.

»Es dir in den Arsch rammen, wenn du weiter so dämlich fragst«, murrte ich. Warum waren kleine Brüder einfach dafür geschaffen, einem auf den Sack zu gehen? Es war ein ungeschriebenes Naturgesetz.

Mein Gemüt war immer dunkler und aufgewühlter geworden, als ich wieder in mein Zuhause eingefahren war, denn eine Ratte verrottete in meinem Keller, die die Wände meines Reviers schon zu lange verseucht hatte.

Es war vorbei. In ein paar Stunden war es vorbei und ich wollte vorher noch einmal die Kapelle besuchen, um mich zu erden.

»Was treibst du überhaupt noch hier, Kleiner?« Ich warf Elijah einen flüchtigen Blick zu und wollte an ihm vorbei in die Höhle, aber er stellte sich mir einfach in den Weg.

»Ich habe meine Männer angewiesen, deinen zu helfen, North Castle zu sichern. Zumindest ein paar. Die anderen gehen weiter den Geschäften nach. Wir müssen mit Schlägen aus allen Richtungen rechnen. Er will uns schwach und er will uns abgelenkt.«

»Einen Scheiß bekommt er uns schwach.« Etwas flackerte heftig auf hinter meiner Brust. »Ich war bei Goldman. Sein Buchhalter war eine Ratte. Lennox und die Jungs nehmen gerade jeden einzelnen unserer Partner auseinander. Ich werde jeden von Craigs giftigen Trieben mit Gewalt aus unserer Erde reißen, Bruder. Unkraut mag zäh sein, aber vor dem Feuer kapituliert selbst der übelste Strunk irgendwann.«

»Darauf kannst du wetten.« Elijah nickte ernst. »Wusste Goldman von der Ratte?«

»Nein.«

»Ganz sicher?«

»Absolut sicher.«

»Ich weiß, dass es jetzt an der Zeit ist, dass du dich um deine Ratte kümmerst«, las er wie immer all meine Vorhaben in meinen Gedanken. »Danach werde ich dir drei meiner Mädels raufschicken. Zwei davon sind neu und müssen noch ein bisschen eingeritten werden, wenn du verstehst. Das bringt dich schnell auf andere Gedanken.« Forschend betrachtete er jeden Zentimeter meines Gesichtes.

»Nein.« Hölle, war das gerade wirklich aus meinem Mund gekommen? »Gib sie meinen Jungs, die können danach auch ein bisschen Druckabbau vertragen.«

»Ich verstehe.« Verschlagener Hund! »Was ist mit der kleinen Craig? Behältst du sie hier, bis es ruhiger wird?« War das ein Hauch von Anzüglichkeit in seiner Stimme? Oder amüsierte es ihn schon wieder, dass sie mich zu so einem Chaos machte? Einem Chaos, dass drei willige Frauen ablehnte, die quasi darum bettelten, nackt auf ihm herumturnen zu dürfen?

Knurrend starrte ich übers Meer und wartete, bis er zur Seite ging, damit ich an ihm vorbeikonnte.

»Du solltest dich langsam entscheiden, ob du sie hassen oder lieben willst, Bruder«, raunte Elijah gedämpft und mein Körper wurde starr wie der Felsen, der uns umgab. Dieses Wort ...

Lieben ... Es klang wie eine fremde, hässliche Sprache, die ich schon lange aus meinem Sein gestrichen hatte.

»Lass mich durch, ich warne dich!«

»Du hättest sie sehen sollen bei deiner verfluchten Trauerfeier, die ich übrigens noch immer nicht überwunden habe,

Mann.« Er war lebensmüde. Ganz eindeutig lebensmüde. Er wollte mir weiter auf die Eier gehen und er wollte sterben. »Es wäre ihr alles andere als egal gewesen, wenn du da draußen draufgegangen wärst. Ich verstehe es nicht, du verstehst es nicht, sie versteht es nicht, aber sie empfindet etwas für dich, und erzähl mir keinen vom Pferd, du würdest wieder und wieder für sie in einen Turm voll Sprengstoff stürmen.« Seine blauen Augen nagelten mich fest. »Du musst dir endlich erlauben, glücklich zu sein! Hör auf, dich zu bestrafen und zu bestrafen. Immer wieder und wieder für alte Dinge, die du nicht mehr ändern kannst!«

Ein böser Schneidbrenner fräste sich quälend langsam durch meine Eingeweide. Ich konnte es nicht mehr ändern, da hatte er recht. Meine Zähne mahlten so fest, dass mein ganzes Gesicht krampfte. Aber ohne mich wäre Arran noch am Leben. Und unsere Mutter. Scheiße, der Sturm in mir erwachte und ich konnte ihn nicht niederringen, wie es sonst so gut funktionierte.

Ich hätte etwas tun sollen! Hätte etwas tun *müssen!*

Und meine Männer ... Warum hatte ich nicht eher gemerkt, dass mein bester Freund ein stinkender Verräter war?

»Es geht hier nicht um mich«, tobte ich. »Sieh mich an! Ich bin ein kalter Bastard mit dem Blut einer Hundertschaft an den Händen. Sie nennen mich Schattenadler, weil der Tod mir folgt, wohin ich auch gehe. Und scheiße, ich kann niemanden vor etwas schützen, das längst ein Teil von mir ist.«

Atemlos rammte ich ihm meinen Zorn in die Augen. »Und jetzt lass mich vorbei!«

Seine Züge wurden weicher und er schüttelte beinahe unmerklich den Kopf. »Hast du schon mal darüber nachgedacht, dass sie dich vielleicht genau so will, wie du bist? Dass sie auf den Tod scheißt, der dir folgt, weil sie stark genug ist, ihm ins Auge zu blicken? Lass es einfach zu, großer Bruder!«

»Nein!« Ruppig schob ich ihn zur Seite. »Keine Fehler mehr, Elijah! Das ist jetzt vorbei!« Ich drehte den Kopf und sah ihn an. Bitter und eindringlich, während ich innerlich so kalt wurde, als würde die Hölle zufrieren. »Wir haben den Falschen gerichtet, damals draußen auf den Klippen. Andrew hat unsere Mutter getötet, hörst du? Es war nicht Craig Senior. Es war Andrew.«

KAPITEL 23
SHONA

Wie hatte ich nur so fest schlafen können? Hier? Unter diesen Umständen? Als ich die Augen öffnete und meine Finger in das weiche Fell der Decke unter mir griffen, war bereits der neue Tag angebrochen und die Wellen zerhackten das blasse Licht der jungen Sonne in winzige Stücke.

Eliot hatte zugelassen, dass ich ihn berührte, und damit gleichzeitig etwas in mir berührt. Und ich würde es wieder tun und immer wieder, bis er sich befreit hatte von all dem Dreck, in den er eingemauert war. Wir beide waren einander so viel ähnlicher, als er dachte. Vielleicht war das aber auch genau, was er so sehr fürchtete.

Neben dem Bett in einem Sessel lag ein langes burgunderrotes Kleid, lässig geschnitten, fast wie ein Strandkleid. War das für mich? Wollte ich wissen, wem er das wieder vom Leib gerissen hatte, bevor er mich darin sehen wollte?

So viel Bitterkeit, Shona ... Er ist ein freier Mann und das wird er immer bleiben.

In dem Moment öffnete sich die Tür und ich zerrte mir eilig die Decke über den entblößten Körper. Wie schnell ich doch vergessen hatte, dass ich mich hier in einer Burg voller Barbaren befand, die eine Frau eher als Spielzeug sahen, als als einen ernst zu nehmenden gleichwertigen Menschen.

Eliot kam um das Bett herum und blickte eine Weile auf mich herunter, wild und kühl, dann sagte er dunkel: »Glenn ist am Leben.«

Ein schwerer Stein sank auf den Grund meines Magens und weitere stapelten sich bis hinauf in meine Brust. Er hatte es bereits zwischen den Zeilen erwähnt. *Sie beide werden büßen* ... Es war mir nicht entgangen.

»Bist du bereit, ihn büßen zu sehen, Shona?« Entschlossen streckte er mir die Hand entgegen und ich starrte für eine Weile nur vollkommen ratlos darauf. Dass das nichts Gutes bedeutete, war mir mehr als bewusst, und ich war keine Mörderin, aber dann hörte ich noch einmal Glenns lüsternes Keuchen in meinem Ohr, während er grob die Jungfräulichkeit aus mir stieß. Andrew hinter ihm hatte inzwischen ein Gesicht bekommen, gierig und widerlich versteckte er sich im Schatten und spornte ihn an. Sie hatten mich über die Felsen gejagt. Ich war gestürzt, hatte geschrien. *Komm schon, halt brav still, Täubchen, dann ist es auch schneller vorbei.*

Ich dachte an den Moment in der Höhle, er hatte mich gewürgt, wollte mich töten, auf eine so langsame und widerliche Art, nur damit er sichergehen konnte, dass ich mich nie erinnern würde. Er hatte Eliot verraten. So endlos lange schon, dass ich nicht mehr wagte, darüber nachzudenken. Seinetwegen hatte Andrew mich beinahe in die Luft gesprengt. Er war ein Täter. Ein Verräter. Ein Vergewaltiger. Ein Feigling. Ein heimtückischer Parasit. Schwere tiefe Atemzüge pulverisierten die Felsbrocken in meiner Lunge und die Haut auf meinem Rücken prickelte, als ich zu Eliot aufblickte und nach seiner Hand griff.

SHONA

Wir stiegen dicht an dicht die steinernen Stufen zur Bucht hinunter wie der Henker und seine Schöffin. Mein Magen rumorte, ich wusste nicht, wo mir der Kopf stand. Wollte ich das hier? Sollte ich nicht eigentlich um sein Erbarmen bitten, weil Rache einen nur immer weiter abwärts in der Wutspirale trieb?

Und dann, Shona? Wird er wieder versuchen, dich anzugreifen? Gegen dich zu intrigieren? Oder zu Andrew laufen und ihm brühwarm seine neuen Pläne für Eliots Vernichtung servieren?

Nervös blickte ich zu Eliot auf und er nickte mir nur kühl zu.

All seine Männer waren in der Bucht versammelt und auch seinen Bruder erkannte ich ein Stück abseits. Er hatte in diesem Moment nichts von dem warmherzigen Menschen, der mir im Thronsaal begegnet war. Wirkte abwesend und verbittert. Die Wellen rauschten in ihrem endlosen Gleichklang, überall im Sand waren heruntergebrannte Quader aus Holz verteilt. In der Länge und Breite von Männern ... Mir fröstelte.

Und dann sah ich ihn. Glenn kauerte auf den Knien im Sand in der Mitte der Bucht, den Kopf gesenkt und die Hände hinter dem Rücken gefesselt. Nah hinter ihm stand der riesige Glatzkopf, der an der Tafel neben mir gesessen hatte, und einen weiteren Schritt entfernt der rotbärtige Zac.

Alles war ruhig, die Luft zum Schneiden dick. Glenn hob den Kopf und sah mich direkt an. Seine Nase war zerschlagen, seine Lippen geschwollen und sein rechtes Auge fast nicht mehr als solches erkennbar, trotzdem grinste er. So breit und boshaft, dass es sich wie ein stumpfer Speer in meiner Magengegend anfühlte. Er verhöhnte mich. Nach all dem verhöhnte er mich noch immer.

In mir wurde plötzlich alles kalt, kämpfte und wand sich wie ausbrechende Aale. Die Nacht in den Felsen war so präsent, als würde ich sie noch einmal erleben.

»Gut siehst du aus, Täubchen«, würgte er hervor und fing sich dafür direkt eine von dem glatzköpfigen Kerl hinter ihm.

Mein rotes Kleid wehte im Wind. Der dünne Stoff machte, dass ich mich nackt fühlte. Zu nackt vor ihm, aber meine Seele baute mir einen Panzer aus Wut.

»Ich hoffe, du hattest jetzt genug Zeit zum Nachdenken, mein Freund«, ergriff Eliot neben mir das Wort. Seine Stimme war das pure Eis.

Stolz reckte ich das Kinn den Winden entgegen und taxierte Glenn aus schmalen Augen. Meine Angst verflog. Die Nervosität wurde von den Böen davongetragen. Ich erkaltete und ich würde mich zwingen, hinzusehen. Bei allem, was jetzt gleich passierte.

»Komm schon, Eli. Bring es einfach zu Ende, Mann.« Glenn machte kurz den Anschein, als wollte er kapitulieren, aber seine Feindseligkeit mir gegenüber war ungebrochen.

Eliot tauschte einen Blick mit mir. Fast ein wenig vertraut. Dann ging er hinüber, bückte sich zu Glenn und zerrte seinen Kopf am Haar zurück, damit er mich ansehen musste.

»Siehst du das? Nichts von dem, was du geplant hast, ist geschehen. Du hast sie nicht gebrochen. Sie ist stark und schön und das ist dein Verdienst! Du hast sie nur gestärkt, genau wie mich.«

Glenn schluckte schwer und schloss die Augen.

»Also. Um unserer guten alten Zeiten willen«, brummte Eliot gegen sein Gesicht. »Irgendeinen letzten Wunsch?«

Die restlichen Männer umringten uns wie stumme Abbilder von vergessenen Soldaten. Alle still. Alle angespannt. Sie richteten gleich einen Freund hin. Und gleichzeitig den Vater meines Kindes ...

»Ja, den hätte ich tatsächlich«, gluckste Glenn angestrengt. »Hol mir deine kleine Schlampe her, lass sie vor mir auf die Knie gehen und mich in den Himmel blasen, während es passiert. Der guten alten Zeiten willen, *Eli*.«

Gott ... Das pure Grauen kräuselte meinen Magen zusammen und auf Eliots Gesicht breitete sich ein eiskaltes, zu Tode beherrschtes Grinsen aus.

»Gut.« Ruckartig ließ er Glenns Kopf los und hieb ihm derb auf den Rücken. »Ich hab schon verstanden.«

Bedächtig richtete er sich auf und kam wieder zu mir herüber. Dann hob er die Finger an die Lippen und stieß einen kurzen Pfiff hindurch. Schon einmal hatte ich ihn seine Adler rufen hören, das hier war anders. Das Signal jetzt war ein anderes gewesen. Kürzer und weicher. Mein Inneres wurde taub, während meine Augen sich in Glenns Anblick verbissen. Ich fühlte mich nicht nur körperlich von ihm missbraucht, sondern auch seelisch. Auf so unbeschreiblich viele Arten. Er hatte mir das Vertrauen in mich genommen, die Kraft, die Ehre, die Unbeschwertheit ... All das hatte er mir genommen in nur einer Nacht. Und er schändete mich weiter und immer weiter.

Lautlos segelte Freya heran, aber Eliot streckte seinen Arm nicht aus. Für ein paar Augenblicke kreiste sie über uns, als wollte sie die Lage überblicken, dann ließ sie sich mit sachten Flügelschlägen auf meiner Schulter nieder.

Mein Herz schlug stärker, das Blut pumpte derb in meinen Venen, und als Glenn jetzt zu mir aufsah, erkannte ich Angst in seinen Augen. Angst und Ehrfurcht.

Ich hielt Blickkontakt zu ihm, auch noch als Eliot an mich herantrat und sacht meine Taille berührte. Die Wärme seines Körpers hüllte mich in einen Kokon, in dem mir keiner je mehr etwas antun konnte, die Kälte seiner Seele infizierte meine. Ich konnte mich nicht erinnern, mich je zuvor so mächtig gefühlt zu haben. So voller Leben und Wut, mit diesem Mann an meiner Seite und diesem wundervollen Wesen auf meiner Schulter.

Eliot beugte sich zu Freya und raunte ihr mit dunkler Stimme ein paar gälische Worte ins Ohr, die auch mir durch und durch gingen. Sie breitete die Schwingen aus und setzte auf Glenn zu, der tief atmend die Augen schloss und es geschehen ließ.

Als sie ihre Krallen in sein entstelltes Gesicht grub, brüllte er wie am Spieß, versuchte, ihrem Schnabel und den Klauen zu entgehen, indem er sich vornüber warf, aber sie bearbeitete seinen Rücken, zerriss sein Shirt und das Fleisch darunter.

Er schrie gedämpft und schluckte hustend den Sand wie ein sterbender Strauß.

Nicht wegsehen, Shona! Sieh hin und werde stärker!

Mein Körper bebte vor Hass, Abscheu und Widerwillen, aber das hier geschah, weil es geschehen musste.

Der Rotbärtige senkte den Kopf, ich tat es nicht. Ab heute würde ich nie wieder wegsehen. Nicht, wenn mein Verlobter eine andere fickte oder mir jemand die Hände um den Hals legte, um mich aus diesem Leben zu zerren. Nicht, wenn sich eine Flutwelle über mir auftürmte oder die Welt unterging. Ich würde nie wieder wegsehen, egal was auch geschah.

Blut spritzte über den hellen Sand auf die abgebrannten Gräber und dann plötzlich ging alles ganz schnell, so viel schneller, als es gehen sollte.

Glenn befreite seinen Arm, wuchtete sich hoch und griff nach Freyas Flügel. Er riss daran, sie ging kreischend zu Boden. Im nächsten Moment hatte er sich das Messer aus dem Gürtel des Rothaarigen geschnappt und stach auf den Adler ein. Einmal, zweimal, dann war Eliot bei ihm, ich hatte nicht bemerkt, wie er sich von mir entfernt hatte. Er zog sein breites Jagdmesser, packte Glenn, zerrte ihn zurück und rammte ihm die Klinge zwischen Schulter und Hals.

Glenn riss die Augen auf. Erst ungläubig, dann entsetzt, während Eliot seinen Kopf fest umklammert hielt.

»Geh jetzt, Glenn!«, presste er zwischen den Zähnen hindurch und drehte die Klinge in der Wunde.

Glenn zitterte heftig, seine Augen verdrehten sich nach oben und er ging sofort zu Boden, als sich der Griff um ihn lockerte.

Schwer atmend kauerte Eliot im Sand und blickte auf Freya hinab. Sie lag verrenkt zu seinen Knien, einen Flügel unnatürlich von sich gestreckt, die Klauen zuckten und griffen immer wieder ins Nichts. Die beiden Schnitte waren tief, das sah ich von hier. Vielleicht zu tief. Meine Hände fühlten sich taub an, Hitze sickerte mir durch die Kehle, als ich dabei zusah, wie Eliot brach.

Seine Brust hob sich unter einem schier endlosen Atemzug, dann richtete er sich auf und fragte, ohne den Blick von der zertrümmerten Freya zu nehmen: »Wer hat ihn gefesselt?«

Für einen Moment sagte keiner etwas. Alle waren vollkommen überrumpelt und bestürzt.

»Ich war das, Boss«, meldete sich der Glatzkopf dann doch noch zu Wort und Eliots Kiefer mahlte.

Er drehte sich um, ging auf den Kahlköpfigen zu und schlug ihm so hart ins Gesicht, dass dieser zu Boden ging. Eine kleine Ewigkeit stand er danach nur da. Mit dem Rücken zu seinem sterbenden Adlermädchen und mir, seine Brust hob und senkte sich schwer.

Und schließlich zog er seine Pistole, drehte sich um und ging entschlossen auf den Vogel zu.

»Nein, nicht!« Mit zwei Sätzen war ich zwischen ihm und dem Tier, während er schon den Arm ausgestreckt und seine Seele gezwungen hatte, zu Stein zu werden. »Tu das nicht!«

»Geh zur Seite, Shona«, befahl er. »Sie leidet.«

Gott, nicht nur sie litt. Sein Inneres lag in Fetzen, das konnte ich fühlen und es zerriss mich mit ihm.

»Lass mich ihr helfen!«, flehte ich ihn an. Es gab keine Garantie, aber ich kannte mich ein wenig mit Tieren aus und ich würde alles tun, was in meiner Macht stand.

»*Geh zur Seite*«, wiederholte er schärfer, während Freya hinter mir klägliche Geräusche ausstieß.

»Nein«, begehrte ich gegen ihn auf und reckte ihm die Brust entgegen.

»Lass es sie versuchen, Boss«, redete der Glatzkopf auf ihn ein, der gerade wieder aus seinem Delirium erwachte und sich die Nase rieb. »Was hast du zu verlieren?«

»Ja. Lass sie, North«, mischte ein anderer mit.

Eliot kochte, ich spürte all seine Wut und seinen Schmerz wie meinen eigenen, dann streckte er ungehalten die Waffe weg. »Fahrt doch zur Hölle, alle zusammen!« Aufgewühlt lief er durch den Sand davon. »Fahrt zur Hölle!«

Eine Weile musste ich durchatmen und meine Gedanken sortieren. Glenns Leiche lag direkt vor meinen Füßen, zerfetzt und blutüberströmt, und Freya zuckte unweit davon nur noch.

»Du!« Ich zeigte auf den Rotbärtigen. »Du versorgst doch die Jungs hier. Komm her, hilf mir!«

Ohne zu zögern, kam er näher und riss sich seinen Pullover vom Leib, damit ich Eliots Lieblingsmädchen behutsam hineinbetten konnte. Vorsichtig. Der Flügel war mit Sicherheit gebrochen. Wir mussten ihn irgendwie schienen.

»Wo hast du das gelernt?«, fragte Elijah nah hinter mir, als er merkte, wie akribisch ich den schwer verletzten Vogel untersuchte.

»Ich habe mich als Teenager manchmal um verletzte Tiere gekümmert. Mein Vater war Sheriff und Ranger. Hat draußen im Sumpf so einiges gefunden. Hab vom Igel bis zum Luchs so gut wie alles versorgt und meine Eltern damit in den Wahnsinn getrieben.«

»Respekt, kleine Craig.« Ich hörte das Schmunzeln in seiner Stimme.

Funkelnd blickte ich zu ihm auf, als ich den Adler sacht in meine Arme hob. »Ich bin keine Craig!«

Sein Schmunzeln wurde zum füchsischen Lächeln, während er mich betrachtete wie einen gerade vom Meeresgrund gehobenen Goldschatz.

»Oh, das ist mir mehr als bewusst, glaub mir!«

Kapitel 24
Shona

»Vielleicht könntest du auch den Boss nähen, wenn er sich wieder mal aufschlitzt. Mich lässt er nie an sich ran.« Zac blickte mir interessiert über die Schulter, als ich den Faden nachzog. Freya lag unter mir auf dem Tisch in Eliots Zimmer und atmete flach. Ich war wirklich besorgt, denn ich hatte einmal einen Bussard in einem ähnlichen Zustand gehabt und der hatte es keine fünf Stunden geschafft.

»Das macht er schon selbst«, erwiderte ich, in die Schnitte unter mir vertieft. »Ich hab noch nie einen Menschen genäht.« Meine Nähte waren krumm und schief, aber Hauptsache, sie hielten. Und lenkten mich von dem Anblick von Glenns entstellter Leiche ab, der sich mir ins innere Lid gefressen hatte und wahrscheinlich noch oft in meinen Träumen wiederkehren würde.

»Na ja.« Mein Gegenüber räusperte sich. »Der Boss ist ja auch eher ein Tier als ein Mensch.«

Pah! Das hätte er wohl gern ...

»Hältst du hier mal?« Ich manövrierte Zac in Richtung

Flügel, den ich vorsichtig ausbreitete, um die gebrochenen Stellen zu finden. Er war sofort neben mir und tat wie ihm geheißen. Vielleicht war er doch ein so guter Kerl, wie ich zuerst gedacht hatte. Oder man musste sich bei den Jungs hier den Respekt erst erarbeiten.

»Meinst du, sie schafft es?« Bang blickte ich zu ihm auf. Es würde Eliot umbringen, wenn sie starb.

Seine Lippen unter dem üppigen Bart wurden ein schmaler Strich. »Ich fürchte, es sieht übel aus. Und er weiß das auch, deshalb ist er auf und davon.«

»Was heißt auf und davon?« Ich schiente die große Schwinge mit ein paar schmalen Schilfzweigen, die Zac von irgendwo herangeschleppt hatte. Wahrscheinlich aus dem Kamin.

»Nun ja.« Seine rauen Hände hielten den Flügel sanft. »Wenn er zu viel kriegt, verschwindet er in die Berge. Manchmal für Tage. Um den Kopf freizubekommen. Allerdings ist die Situation jetzt anders. Wir warten auf Craigs nächsten Schlag. Er wird sich abreagieren und zurückkommen.«

Ein schweres Schlucken sickerte hinunter in meine Brust.

Sich abreagieren ...

Wie reagierte ein Eliot McTavish sich ab?

Nahm er sich fünf Frauen mit in die Highlands und feierte Tag und Nacht eine brutale Orgie? Etwas stach böse hinter meiner Brust.

Krieg dich ein! Er ist nicht wie andere Männer. Er ist nicht ...

»Meinst du, ich sollte ihn suchen?«

»Auf gar keinen Fall«, schnaubte Zac. »Zumindest nicht, wenn dir dein Leben lieb ist. Bleib einfach hier, kümmere dich um seinen Adler und ich bringe dir nachher etwas zu essen rauf.«

Hm, das war nett, aber sehr unbefriedigend.

»Aber ich muss doch irgendetwas tun können.«

»Du tust genug.« Zac legte Freya vorsichtig zurück auf das Holz und Güte lag in seinen Augen, als er zu mir aufblickte. »Ich glaube, er könnte jetzt jemanden gebrauchen, der für ihn da ist, der ihm Zeit lässt und Halt gibt, jemanden, der keiner von uns zotteligen Kerlen ist, falls du verstehst.« Zaghaft senkte er den Kopf und murmelte schließlich in seinen Bart: »Hab so das Gefühl, dieser Jemand wärst gern du.«

Das ungläubige Lachen presste sich durch meine Zähne, bevor ich etwas dagegen tun konnte. »Zac, das ist albern.«

Seine Pranke griff nach meiner Schulter und ich verstummte.

»Er hat seinen engsten Vertrauten hingerichtet, wurde von Gott und der Welt verraten, hat gute Männer und Freunde eingebüßt und verliert gerade noch seine liebste Seele unter der Sonne. Auch ein Tier wie ihn lässt so ein Wahnsinn nicht kalt.«

Klammer Schmerz machte sich in mir breit, als ich an die Reste der Feuer draußen im Sand dachte. »Wo hat Andrew euch angegriffen?«

Zacs Bart machte sich selbstständig, als er traurige Dinge hinein brummelte, und seine dunklen Augen funkelten, als er den Blick wieder zu Boden richtete. »Wir haben einen geheimen Stützpunkt draußen im Meer ... *hatten* ... Jetzt ist er nicht mehr geheim.« Er begann wieder zu murmeln und ich verstand ihn nicht mehr.

»Und Glenn hat ihm die Koordinaten gegeben?«, mutmaßte ich und spürte schon wieder diese Wut in mir aufsteigen.

»So war es wohl.«

»Verdammt.« Ich presste so fest die Zähne aufeinander, dass mir der Kopf zu schmerzen begann. »Und Piet ...« Ich hatte ihn im Saal nicht gesehen, das fiel mir erst jetzt auf.

»Mh, Piet.« Zac schüttelte bedrückt den Kopf.

Gott, nein! Ich hatte ihn gemocht.

»Okay …« Neuer Tatendrang flutete meine Venen. Andrew war mein Verlobter und er war im Begriff, all diese verrückten Barbaren hier draußen dem Erdboden gleichzumachen. Das konnte ich nicht zulassen. Ich *durfte* es nicht!

»Wo steckt dieser dauerangepisste Kerl mit der Narbe im Gesicht und den Messern?«

Ratlos starrte Zac mich an. »Die Beschreibung ist recht ungenau.«

Argh! »Der Blonde mit dem Wikingerzopf und diesem Tattoo über dem Auge.«

»Ah, Lennox«, ging ihm ein Licht auf. »Der ist vorhin gerade erst rein. Hat Aufträge vom Boss und duscht sicher nur schnell.«

»Wo duscht er?«

Jetzt wirkte Zac noch verstörter. *Was?* Wenn einer der Kerle hier sich akribisch durch alle greifbaren Frauen pflügte, war das in Ordnung, aber wenn eine Frau fragte, wo einer von ihnen duschte, war das sexuelle Belästigung oder was genau sollte mir das sagen?

»Den Gang runter, ganz am Ende rechts«, geriet der Rotbart ins Stocken. »Aber North würde es sicher nicht gutheißen, wenn …«

»Ich heiße es auch nicht gut, dass er sich einfach aus dem Staub macht, ohne zu sagen wohin. Hast du ein Auge auf sie?«

Freya war geschient und genäht und ich beugte mich kurz über sie, um ihre Atmung zu kontrollieren. Weiterhin flach.

Komm schon, meine Schöne! Du schaffst das!

Meine Fingerspitzen strichen sacht durch ihr weiches Gefieder.

»Ja, aber ich muss …« Hörte dieser Mann heute auch noch mal auf, zu stammeln?

»Bin gleich zurück.« Mit ein paar Schritten war ich auf dem Flur.

Als ich an die große schwere Holztür klopfte, tat sich nichts. Wahrscheinlich wusste man hier draußen einfach nicht, welche Bedeutung ein Klopfen an eine Tür hatte. Diese Räuber hielten es wahrscheinlich für unnötigen Tand, aber ich hatte eine Erziehung genossen.

Noch einmal hämmerte ich mit der Faust gegen das massive Holz und diesmal rief eine tiefe Stimme: »Rein mit dir, wenn es schnell geht!«

Ich straffte die Schultern, drückte die Klinke, nur um direkt im Rahmen stehen zu bleiben wie Falschgeld, denn dieser Moment hier war offenbar sehr privat.

Lennox saß splitternackt auf einem Stuhl unter dem Fenster zum Hof und seine straffen Bauchmuskeln arbeiteten, während eine Frau mit dunklen Locken und schwarzer Spitzenunterwäsche zwischen seinen Beinen kauerte und ganz offensichtlich sehr intensiv mit dem beschäftigt war, was ich mir der Etikette halber nicht näher ansehen wollte.

Neben ihm stand eine weitere Frau mit einem Puppengesicht, nur noch im Slip, die lang gezogen seufzend ihre üppigen Brüste an ihm rieb.

Gerade wollte ich vorschlagen, einfach zu einem späteren Zeitpunkt wiederzukommen, da rasselte sein Blick aus eisblauen Augen in meinen.

»Ah, die Kleine vom Boss. Was kann ich für dich tun?«

Die Kleine vom Boss … Ganz bestimmt nicht!

»Ich heiße Shona«, ließ ich ihn sachlich wissen und er legte kurz den Kopf in den Nacken, als die Kleine in seinem Schoß den Kopf schneller bewegte.

»Oh, Lennox«, stöhnte die andere ihn an und griff mit ihren langen Nägeln nach seinem Kinn, um ihn zu küssen.

Wie von allein wanderte eine meiner Brauen nach oben, während mir das Tattoo in seiner Leistengegend auffiel. Zwei gekreuzte Revolver mit Stacheldraht direkt über seinem …

»Okay, Shona«, sagte er beherrscht, nachdem er sich von den Lippen der kurvigen Puppe gelöst hatte, während seine

Hand am Hinterkopf der Dunkelhaarige ihre Bewegungen dirigierte. »Dauert das hier länger? Ich muss gleich wieder los.«

»Ich will, dass du mit mir zu ihm gehst!«

Er legte den Kopf ein Stück schief und seine Augen funkelten interessiert. In seinem Blick lag so viel Bosheit wie in denen von Eliot, wenn er tötete.

»Zu Craig«, schlussfolgerte er weise und die Frau mit dem Puppengesicht keuchte erschrocken. War das da ein Adler über seinem Herzen?

»Er ist mein Verlobter und ich kenne ihn wahrscheinlich besser als jeder einzelne von euch hier.«

Die Gelockte drehte sich entsetzt zu mir um, aber er dirigierte ihre Lippen herrisch wieder zu seiner beachtlichen Erektion.

Fest griff er in ihr Haar und stieß ein paar Mal geschmeidig nach, ohne eine Miene zu verziehen. Dabei hielt er wölfisch mit mir Blickkontakt und biss sich provokant auf die volle Unterlippe. Was für ein bis ins Mark kontrollierter Teufel war er bitte? Er wollte mich in Verlegenheit bringen, aber das konnte er sich abschminken. Von mir aus sah ich mir das hier bis zum Schluss an, konnte er gern haben. Meine Augen wurden schmal und meine Schultern fest.

Die Kleine unter ihm würgte und er ließ sie los, damit sie in ihrem Tempo weitermachen konnte, was sie auch nahtlos in Angriff nahm.

»Er hat es auf *mich* abgesehen«, fuhr ich stoisch fort. »Er braucht eine Unterschrift von mir. Die will er mehr als alles andere. Und er könnte geschwächt sein, denn ich habe wahrscheinlich seine Oberschenkelarterie erwischt. Vielleicht ist er angeschlagen. Wir könnten ihn unter dem Vorwand, dass ihr mich ausliefert, aus der Stadt locken und dann ...«

Die Frauen tauschten ihre Plätze und er leckte der Dunkelhaarigen innig seinen Geschmack von den feuchten

Lippen, während die Puppenhafte sich seinen Schwanz so tief in den Hals schob, dass mir ganz schwindelig wurde.

Herr im Himmel, besaß dieses Mädel keinen Würgereflex?

Etwas in meinem Magen kräuselte sich zusammen, aber ich hielt eisern Blickkontakt mit ihm, als er mich wieder taxierte.

»Du bist anders als die Frauen, die North sonst fickt.«

O ja, das bin ich, darauf kannst du wetten!

Ein kaltes Grinsen wehte über sein Gesicht und seine Finger öffneten den BH der Dunkelhaarigen, die wendig um ihn herumtanzte, mit einem gekonnten Griff. Summend stöhnte sie ihm ins Ohr und er umfasste ihre Brüste, um sie ausgiebig mit der Zunge zu bearbeiten. Ich konnte nicht verhindern, dass mir etwas warm wurde, während ich seine zuckenden Bauchmuskeln betrachtete, und hoffte inständig, man sah mir das nicht an. Mich räuspernd verschränkte ich die Arme vor der Brust.

Er nahm die Hände vom Busen der Dunklen und schenkte ihr einen tiefen Blick, kurz bevor seine Hand hart klatschend auf ihren Hintern fuhr. Dann widmete er sich wieder mir.

»Ja, du bist anders. Und genau deshalb bricht er mir wahrscheinlich schnell und akkurat das Genick, wenn ich deinem irrsinnigen Plan zustimme.«

»Aber du tust es trotzdem?« Meine Augen wurden schmal und er grinste mich eine halbe Ewigkeit nur an, bevor er sich mit der einen Hand den Kopf des Püppchens griff und mit der anderen die Lockige in den Haaren an seine Lippen zog, um sie tief und heftig zu küssen, während er in die dehnbare Kehle der Kleinen unter sich stieß. Einmal. Zweimal. Dreimal, dann verspannten sich die harten Muskeln, die seinen Körper durchzogen, für einen Moment und die Kleine in seinem Schoß stöhnte, während sie schluckte.

Der ganze Raum roch nach Lust und süßem Parfüm, ich hörte das innige Schmatzen des Kusses und ich sah nicht weg. Denn genau das war es, was ich seit heute nicht mehr tat.

»So.« Lennox zog die Kleine von seinem Schoß und biss die andere provokant in die Kehle, dann atmete er tief und entspannt auf. »Und jetzt raus mit euch, das hier wird gerade geschäftlich.«

Jede der beiden küsste ihn noch einmal auf die Lippen, die Puppenhafte himmelte ihn fast schon verliebt an, dann sammelten sie eilig ihre Kleider auf und beäugten mich neugierig, während sie an mir vorbei zur Tür hinaus huschten.

»Also was?«, griff ich nach, und er richtete sich auf, um sich eine Hose überzuziehen.

»Nein«, sagte er einfach so und zwinkerte mir zu.

Was zum … Was für ein Typ war er bitte?

»Einfach nein?« Das konnte er nicht ernst meinen. Ich sah keine andere Chance für diesen verfluchten Haufen hier. Ich wollte nicht verantworten, dass sie meinetwegen ihre Bleibe verloren, ihr Land, ihr …

»Ich hänge an meinem Leben, Kleines.« Als er sich bückte, registrierte ich die bösartigen tiefen Narben auf seinem Rücken, die vorn auf seiner straffen Brust begannen und sich über die Schulter bis in den Steiß zogen. War ein Mähdrescher über diesen Kerl gefahren?

»Du hast deine Gründe, mich zu fragen, statt ihn, und ich verneine aus dem gleichen Grund wie er es tun würde. Zumindest fast, denke ich.« Nachdenklich musterte er mich. Dann zog er sich ein helles Shirt über den Kopf und kam auf mich zu. »Und jetzt entschuldige mich, die Wellnesspause ist beendet. Ich muss zurück an die Arbeit.« Dieser dreiste Mistkerl warf mir einen flüchtigen Kuss zu und ließ mich dann einfach so in seinem Sex-Kabinett stehen.

Diese Bastarde waren wirklich alle restlos drüber. Dann musste ich die Sache wohl allein in Angriff nehmen, auch wenn bei dem Gedanken alles in mir aus vollem Halse schrie und meine Glieder sich versteiften.

Du brauchst Männer, Shona! Du kannst diesem Wahnsinnigen nicht noch einmal allein unter die Augen treten.

Das war mir bewusst, aber ich konnte ihn auch nicht einfach so wüten lassen. Und vielleicht war ich auch gar nicht so allein, wie ich dachte. *Nicht mehr.*

Kapitel 25
Shona

Freya atmete noch immer, als die Sonne bereits tief stand. Ich flößte ihr alle paar Stunden Wasser ein und prüfte die Nähte. Leider kannte ich mich nicht gut genug mit Raubvögeln aus, um sagen zu können, ob sie innere Verletzungen hatte. Ich hatte den gebrochenen Flügel an ihrem Körper fixiert und wusste aus Erfahrung, dass das ein paar Wochen dauern konnte, gesetzt dem Fall, sie konnte den anderen Verletzungen trotzen.

Manchmal öffnete sie ein wenig die Augen und schimpfte mir ein paar jämmerliche Geräusche entgegen, dann sprach ich mit ihr und beruhigte sie, so gut es ging. Als Zac mir etwas zu essen brachte und mich über die ruhige Lage unterrichtete – er meinte wortwörtlich: »Die Stadt ist still wie das Innere eines Bärenarsches ... Nicht gut. Ruhe vor dem Sturm.« –, bekam sie ein wenig Hühnchen, das sie halbherzig verschlang, aber immerhin. Ich schlüpfte aus dem todbringenden Kleid wieder in Jeans und Shirt, und dann irgendwann musste ich neben ihr auf den Tisch gelehnt eingeschlafen sein, denn ich träumte von Drachen, von einem Schiff, von Feuer und Wellen und einem Sturm, der alles um sich herum niederriss. Nur nicht Eliot. Der erschien in seiner Mitte wie ein nordischer Gott, riss brüllend die Wolken entzwei und streckte mir die Hand entgegen, bevor der Ozean mich verschlingen konnte.

Erschrocken fuhr ich hoch, und das Erste, was ich registrierte, war, dass Freya sich aufgerichtet hatte und angeschlagen über mir aufragte, um mir mit dem Schnabel im Haar zu knabbern. Demselben Schnabel, der Glenn ...

»Hey.« Meine Stimme klang völlig verpennt, aber auch unsagbar erleichtert. »Da bist du ja wieder.«

Freya stieß kleine helle Rufe aus, es klang fast schon liebevoll, und dann verstand ich auch, wieso sie das tat.

Eliot stand direkt hinter mir und ich wäre vor Schreck fast vom Stuhl gefallen.

»Himmel, Arsch und Zwirn, erschreck mich doch nicht so, du ...« Ich stockte, als ich bemerkte, wie übel er aussah. Seine Miene war neutral, fast schon kalt. Sein Körper war vielleicht aus den Bergen zurück, er selbst jedoch nicht. Er kasteite sich. Wofür genau, das wusste nur er selbst. Für ein paar Augenblicke starrte ich ihn nur an und hätte ihn am liebsten fest in den Arm genommen und gehalten, völlig gleich, wie sehr er sich dagegen wehrte, aber das ließ ich wohl besser bleiben.

Sein Blick bedeckte Freya und etwas funkelte kurz darin, dann taxierte er mich kühl, nur damit er sich kurz darauf umdrehen und wieder zur Tür hinaus verschwinden konnte.

Was in drei Teufels Namen ... War er gerade wirklich hier gewesen oder erschien mir einfach der Geist aus meinem Traum?

»Dein Adlerpapa ist sonderbar«, flüsterte ich Freya zu und war jetzt als Herrin meiner Sinne noch begeisterter von ihrem Anblick. »Du wartest hier.« Vorsichtig hob ich sie vom Tisch, auch wenn sie nicht wirkte, als könnte sie schon wieder große Sprünge machen, trotzdem war diese Verbesserung wie ein kleines Wunder und ich wollte nicht riskieren, dass sie irgendwo hinunterfiel. Hier draußen war offensichtlich jedes Wesen zäher als auf dem Rest der Welt.

Klug blickte sie mir nach, als ich mich davonstahl, um Eliot zu folgen.

Ja, ich folge dir, Eliot.

Schlag um dich, fluche und versuch, es mir zu verbieten, ich folge dir.

Auch wenn es mitten in deine persönliche Hölle ist.

Die Sonne streute ihren satten Bronzeton über das Meer, als ich ihm lautlos in den Klippen nachstieg. Immer höher und höher, bis der Ausblick, der sich vor uns auftat, mir den Atem raubte. Die ruhigen Wellen unter uns wirkten winzig und Eliots Burg thronte stolz auf ihrem Berg. Die Landzunge, auf der sie sich befand, offenbarte uns einen direkten Blick auf ihre volle Pracht. Was für ein stattliches Zuhause. Gerade so genug für einen Mann wie ihn. Bedächtig ließ er sich an der Kante der Klippe nieder und blickte über sein Reich.

Mit Sicherheit hatte er gemerkt, wie ich ihm gefolgt war, aber was sollte er tun? Mich über die Kante schmeißen und ein Dankesgebet zum Himmel schicken, dass er mich endlich los war?

Meine Kehle wurde trocken. So abwegig war das wahrscheinlich gar nicht. Für ein paar Minuten betrachtete ich seinen breiten Rücken und meine Gefühle rangen mit Klauen und Zähnen miteinander. Er war mein verfluchter Entführer, ein Gangsterboss und ein Mörder. Und trotzdem stand ich in tosenden Flammen für ihn. Seine Aura verschlang meine, ohne dass ich etwas dagegen tun konnte. Ich wünschte, er würde mich mit seiner hünenhaften Gestalt umschließen, tief in sich aufnehmen und nie wieder freilassen. Und es war vielleicht absurd und falsch und fortgeschritten geisteskrank, aber mein Herz wollte ihn. Mit Haut und Haar und Tod und Teufel.

Behutsam ließ ich mich neben ihn sinken und blickte mit ihm gemeinsam über den glühenden Norden.

Seine Züge waren fest und verbissen und seine Haut duftete wie ein wildes, stürmisches Paradies, in das ich mich verkriechen wollte. Manchmal folgten auf schlimme Zeiten noch schlimmere. Und manchmal dachte man, man hätte keine Kraft mehr für all den Wahnsinn, aber der Verstand konnte einen vor so einigem bewahren, ich sprach aus Erfahrung. Das menschliche Gehirn war ein wundersames, magisches Ding. Einerseits so strikt und schonungslos, andererseits ganz sanft und fürsorglich.

Weit unter uns umspielte sich ein Schwarm Adler. Es waren seine. Ich erkannte das große dunkle Männchen, das so etwas wie ihr Anführer war.

»Mein Vater hatte immer Lieder für solche Momente.« Mild lächelnd reckte ich das Gesicht der Abendsonne entgegen. Eliot sagte nichts und ich begann, leise zu singen. Ein altes gälisches Lied, das von der Geborgenheit handelte, die einem nur eine Mutter mit auf den Weg geben konnte. Die Worte flossen mir weich über die Lippen. Worte von Liebe, Einsamkeit und dem Tod. Und ich spürte den glühenden Schmerz in meinem Herzen, während ich sang. Mein Vater war mein Anker gewesen. In jeder noch so verfahrenen Situation. Immer voll Sorge um mich, aber auch immer weise. Eliots Gesicht wurde weicher, während mein Vater vom Himmel auf uns herabblickte und mich mit seinen warmen

Worten sacht weiter in die Arme des nordischen Herrschers trieb.

Den Rest des Liedes summte ich nur noch, und als es zu Ende war, hatte die Stille zwischen uns eine bittere Leichtigkeit angenommen, die einfach so hinaus auf das Meer trieb und sich über den Wellen verlor.

Ein tiefer Atemzug hob Eliots Brust und ich griff vorsichtig nach seiner großen Hand.

»Dort unten ist heute nicht nur dein bester Freund gestorben, sondern auch der Vater meines Kindes.« Es war schlimm, es auszusprechen, fast hätten meine Lippen sich geweigert, aber es war die Wahrheit. »Ich fühle, was du fühlst, Eliot.« Wut, Schmerz, Hass, Verzweiflung, weil man nichts mehr ändern konnte. Dass es so kam, wie es kommen sollte, und trotzdem beschissen war. O ja, ich fühlte mit ihm und es zerrte an einem, bis man riss. Vollkommen gleich, ob man North McTavish war oder nur ein Mädchen aus der Vorstadt, das sich irgendwann in einem Strudel aus Ereignissen verloren hatte und sich in dem dichten Nebel nicht wiederfand.

Endlich sah er mich an. Entsetzt. Fassungslos. Aufgewühlt.

Ja, Eliot. Glenn ist der Vater meines Sohnes. Des Sohnes, den ich nicht halten konnte. Des Sohnes, für dessen Existenz ich zu schwach bin.

Ein kleines, trauriges Lächeln zupfte an meinen Lippen. Aber es war okay. So okay, wie es auch für ihn eines Tages sein würde.

Seine Finger umschlossen meine und für diesen kurzen Moment teilten wir so viel, dass sich mir die Brust zuschnürte. Ein starkes Band zog sich um uns zusammen, unsere Verbindung wurde so allumfassend, dass es mich vollkommen überwältigte. Emotionen durchbrodelten mich, tobten und schrien, und ich kam nicht dagegen an, hatte

Mühe, zu atmen. Erschrocken drückte ich mich hoch und löste unsere Berührung.

Gott verflucht, was war das?

Er sah mich an und ich ihn. Sein Blick sickerte tief in mich hinein und füllte mich mit etwas Warmem aus, das ich kaum tragen konnte. Fest schluckend drehte ich mich um und machte mich auf den Rückweg durch die Felsen. Hastig und verwirrt.

Was machte er mit mir? Das war zu viel. Und es war viel zu mächtig.

Du bist in Gefahr, Shona!

Lauf einfach weg und sieh nicht zurück!

Aber ich konnte nicht. Ich konnte nicht weg. Mein Herz lief auf ihn zu, wo mein Geist sich nur fürchtete.

Die Wellen schwappten seicht an den Strand, während ich auf die Burg zulief und mein Puls sich beinahe überschlug.

Als ich an der großen der beiden Höhlen vorbeikam, wuchsen meine Füße im Sand fest. *Was war das?* Dieses Schiff … Dunkles Holz, keltische Verzierungen und der große Kopf eines nordischen Drachen über dem Bug. Was suchte dieses Schiff hier? Der nächste Donnerschlag fuhr in meinen elektrisierten Körper. Ich hatte es in meinem Traum gesehen. Das konnte doch nicht …

Im nächsten Moment war ich hinaufgeklettert und fuhr wie hypnotisiert mit den Fingerspitzen über die akkurat geschnitzten Schlangen, die sich die ganze Reling entlang ineinander verbissen hatten. Mein Atem ging schwer, ich wusste nicht, was ich denken sollte. Was hatte das zu bedeuten? Dieses Schiff, dass Eliot und ich aufeinandergeprallt waren wie zwei Urgewalten? Und dass die Welt sich trotzdem weiterdrehte. Wie war das möglich? Wie konnte die Welt sich einfach weiterdrehen? Tränen sickerten mir in die Augen und ich klammerte mich an das verzierte Holz, während ich mit etwas rang, das ich unmöglich besiegen konnte.

In dem Moment griff jemand fest nach meinem Arm und zog mich zu sich herum. *Eliot* ... Atemlos sahen wir tief in den anderen hinein und ich konnte den gleichen alles verwüstenden Krieg in seinen Augen erkennen. Das gleiche Leid. Die gleiche Ausweglosigkeit. Mit einem Ruck zog er mich an sich und küsste mich so allesverschlingend, dass das Schiff um mich herum sich zu drehen begann. Das Meer, die Möwen, die Adler. All das verschwand, während er mich küsste, und was blieb, war nichts als Liebe. *O Scheiße, liebte ich ihn? Fühlte sich so Liebe an?*

Meine Finger klammerten sich in den Stoff seines Shirts und er unterbrach den Kuss nicht, als er meine Hose mitsamt dem Slip herunterzerrte. Eine Träne rollte über meine Wange, während er sich von dem letzten Stoff befreite, der uns noch voneinander trennte, und tief seufzend meinen Hals verschlang, bevor er mich auf die Reling hob und sich herrisch in mich schob. O Himmel, das war magisch. Es war, als würde sich das Tor in den Wolken öffnen und alle Trompeten von Jericho auf einmal ihr göttliches Lied spielen. Was passierte hier nur? Was taten wir? Warum hatten wir nur zugelassen, dass das hier passierte?

»O Gott, Eliot.« Meine Arme suchten Halt an ihm, während er sich ein Stück aus mir zog und verbissen stöhnend wieder in mir versenkte. So innig und voll Gefühl, dass ich glaubte, sterben zu müssen. »Lass mich nicht los«, hauchte ich in sein Ohr und küsste seine Wange, während er mich nahm. »Lass mich nicht mehr los, bitte!«

Wir fielen übereinander her, schändeten einander, als könnte es uns das austreiben, was wir längst nicht mehr leugnen konnten. Ich biss und zerkratzte ihn und er nahm mich so hart, dass es wehtat, nur um mich kurz darauf wieder so sanft zu küssen, als sei ich seine Offenbarung.

Wir ließen zu, dass der Sturm uns überrollte, ich weinte, während er mich hielt und mit einer stoischen Verzweiflung in mich vordrang, die mich ausweidete. Unsere Lippen berührten sich zart wie Federn, dann bissen wir uns wieder, bis es blutete. Wir tobten, litten und hielten einander. Und als er mich eng umklammert hielt und mit dem Daumen in den Himmel rieb, den wir gerade empfanden, war es, als würde ich für einen Moment tatsächlich diese Welt verlassen.

Ich schrie, er stöhnte rau, trieb sich tief in mich und entlud sich warm in meine Mitte, während wir uns umklammerten und nach Atem rangen.

Noch immer war er in mir, ließ nicht einen Millimeter zwischen uns, als der Sturm langsam abebbte. Es tat weh. Und gleichzeitig war es wundervoll, als die Wolken sich verzogen und nichts als Klarheit übrig ließen. Eine reine, unverfälschte Klarheit.

Meine Finger fuhren über seinen glühenden Nacken, verirrten sich in sein Haar und meine Lippen bedeckten seine. Ich schmeckte Blut und Tränen, und als er zu mir aufsah, wollte ich wieder fliehen und gleichzeitig nie wieder irgendwohin gehen. Diese blauen Augen ... Sie waren mit nichts zu vergleichen, was ich kannte, mit absolut nichts.

»Ich fürchte, ich bin vernarrt in dich, Shona«, raunte er heiser gegen meine Lippen. »Wie ein trauriger Tölpel, der vollkommen die Kontrolle über sich verloren hat. Und das ist das Schlimmste, was passieren konnte, denn es macht dich zum Opfer und mich zum Verlierer.«

Zitternd griffen meine Finger nach seinem Gesicht. Mein Herz stand in Flammen und ich ließ ihn dieses Feuer spüren. Ich wollte, dass es auf ihn überging, während ich ihn mit dem Blick festhielt.

»Ja, du bist ein Tölpel, Eliot.« Meine Worte waren nicht viel mehr als ein Flüstern, verebbten auf halbem Weg, nur um dann wieder an Kraft zu gewinnen, denn das, was ich da in meinen Händen hielt, war wertvoller als alles, was ich je zuvor hatte halten dürfen. »Du bist ein Tölpel, wenn du denkst, es würde uns schwächen. Wo es uns doch nur stärker macht. Spürst du das nicht?« Meine Hände glitten tiefer zu seiner Brust und legten sich über sein Herz. »Spürst du das?«

Sein Puls schlug stark und unerschütterlich unter meinen Fingern.

»Es macht dich stark, North McTavish. Es macht uns beide stark.« Meine Lippen hauchten seinen einen Kuss auf und er packte meinen Nacken, um meine Annäherung tief und dominant zu erwidern. Ich schmeckte die See, Freiheit und wilde, ungezügelte Abenteuer. O ja, er durfte mich besitzen, mich erobern und verteidigen, aber nur, wenn er nicht zuließ, dass ich ihm noch einmal weglief.

»Du hast mein Mädchen gerettet«, flüsterte er gegen meine Lippen. »Das werde ich dir nicht vergessen.«

Das wusste ich. Leben und sterben. Sterben und leben ... Ein dunkler Schatten zog sich über meiner Seele zusammen, als er mir sacht eine Träne von der Wange wischte.

»Ich ... ich muss dir etwas sagen«, erwiderte ich leise und griff wieder nach seinem gestutzten blonden Bart. »Und ich muss es jetzt gleich tun, bevor der Mut mich wieder verlässt.«

Alarmiert suchten seine Augen nach meinem Blick und ich krallte meine Nägel in seinen Nacken, hielt ihn fest und lehnte meine Stirn gegen seine.

»Ich habe da oben im Turm etwas gehört«, sagte ich. Seine Muskeln verfestigten sich unter meinem Griff, aber es gab jetzt kein Zurück mehr. Er verdiente die Wahrheit. »Andrew hat ein Geständnis abgelegt. Es geht um Arran, Eliot.« Ich ignorierte mit Macht, wie er nah an mir zu beben begann. »Es war kein Unfall. Sie hatte Angst um dich, hat dich gesucht und ist ihm in die Arme gelaufen. In Andrews Gegenwart gibt es keine Unfälle. Nichts passiert einfach so. Er hat ihr aufgelauert, Eliot. Und dann hat er ...« Ich musste schwer schlucken, bevor ich weitersprechen konnte. »Dann hat er sich an ihr vergangen und ihr danach in den Kopf geschossen. *Ich hasse aufmüpfige Weiber.* Das war es, was er sagte. Als wäre der Teufel in ihm endlich erwacht, den er sonst immer zu verstecken versucht.«

Eliot zitterte immer heftiger, klammerte sich an meine Taille und bleckte die Zähne. Schwerer Atem fiel hart in seine Lunge und ich hielt ihn noch enger, ließ ihn nicht weg, litt mit ihm gemeinsam.

»Ich weiß«, presste ich hervor und drückte meine Stirn noch fester an seine, als könnte ich ihn damit vor dem inneren Tod bewahren, den er in diesem Moment starb. »Lass es zu!«

Seine Hände gruben sich so hart in mein Fleisch, die Male davon würden mich mit Sicherheit eine ganze Weile an diesen Moment erinnern, aber ich dachte nicht daran, ihn das hier allein durchstehen zu lassen.

Gott, wie er mit sich rang, als würden sich tausend giftige Skorpione in seinen Innereien austoben. Es fühlte sich an, als hätte jemand ein festes Seil um meinen Hals gewickelt und würde es immer enger und enger ziehen. Ihn so leiden zu sehen war nicht nur beschissen, es war die Hölle.

»Ich bin da, hörst du?«, flüsterte ich in sein Ohr, während er wirkte, als hätte man ihn in eine Welt gezerrt, die nur noch aus Hass und Leid bestand. »Ab jetzt bin ich da.«

Ja, ich war da. Und ich würde ihn halten, solange es dauerte, denn wenn ich ihn jetzt losließ, würde er wieder North übernehmen lassen und die Apokalypse über die Welt bringen.

Das Schiff unter uns schaukelte sanft in den Wellen und die Sonne war inzwischen rot wie Blut. Es dauerte, aber es wurde besser. Nach und nach wurden seine Muskeln weicher und seine rasende Wut verstand, dass sie hier nichts zu greifen bekam, was es verdiente, in der Luft zerrissen zu werden. Noch nicht.

»Andrew hat meinen Vater umgebracht«, flüsterte ich gegen sein erhitztes Gesicht. »Er hat mir das Liebste genommen und dir das Liebste genommen. Es wird Zeit, dass wir ihn büßen lassen. Wir beide zusammen.«

Langsam, ganz langsam hob er den Blick zu meinem und seine Augen wurden wild und schmal. »Wir beide zusammen.«

Meine Finger lösten sich von ihm und fuhren über die fein geschnitzten Konturen des Holzes unter mir. »Ein wirklich schönes Schiff hast du hier, Eliot McTavish«, hauchte ich gegen seine Lippen und badete in seinem leidenschaftlichen Blick. Gott, dieser Blick fraß mich auf, glitt tief in mich und versengte alles in mir, das noch einen Hauch von Willen und Verstand besessen hatte.

»Hmm, und es hat noch keinen Namen, Shona Blythe.«

»Ach nein?« Ein winziges Lächeln wehte über mein Gesicht.

»Nein. Ab heute heißt es *Nathair dubh.*« Seine Finger legten sich warm auf das Tattoo in meinem Nacken und er betrachtete innig jeden Millimeter meines Gesichtes. »Die schwarze Schlange.«

KAPITEL 26
NORTH

Mein Geist war noch immer vollkommen aufgewühlt, als wir nebeneinander im Thronsaal ankamen. Die Männer glotzten, als hätten sie ein Gespenst gesehen. Es stand mir nicht, eine Frau auf diese Art an meine Seite zu stellen. Aber diese Frau hatte mein Mädchen gerettet und meine Seele wahrscheinlich gleich dazu. Es fühlte sich zumindest schwer danach an. Sie hatte dort unten im Schiff geschafft, was ich selbst nicht schaffte. Ihre Aura hatte nach meiner Wut gegriffen und ihr so lange mitten in die Augen gestarrt, bis sie nachgegeben hatte. Diese bösartige Dunkelheit rumorte noch immer hinter meiner Brust, wenn ich an ihre Worte dachte. Worte über diese unaussprechlichen Dinge, die Andrew meiner zerbrechlichen, unschuldigen Arran angetan hatte. Auch jetzt wollte ich noch am liebsten diese verschissene Tafel greifen und sie meinen dämlich starrenden Jungs um die Ohren schmeißen. Ich wollte durch die Burg toben wie ein verfícktes Spukgespenst, mit meinen Ketten rasseln und mit meiner Eisenkugel jedem den Schädel einschlagen, der versehentlich meinen Weg kreuzte, aber ich tat es nicht. Denn jetzt war *sie* an meiner

Seite. Andrew würde seine Strafe bekommen. Er würde im Fegefeuer dieser herrlichen Hexe brennen, nachdem ich ihn in kleine Stücke gerissen hatte. Langsam. Und ich würde da anfangen, wo es am wenigsten blutete, damit er jeden Schnitt ausgiebig genießen konnte, bevor er endlich abtrat. Shonas herrlicher Duft nach Versuchung und Gefahr wehte zu mir herüber und ich musste mich kurz sammeln.

Diese Frau ... Ich hatte wirklich alles getan, um sie von mir zu stoßen, sie kannte all meine Facetten. Und trotzdem war sie noch immer hier. So lange hatte ich mir eingeredet, sie würde mir die Beherrschung nehmen, den Fokus, aber in Wahrheit war sie mein Fokus.

Streng blickte ich in die Runde und die meisten der Banausen senkten eingeschüchtert die Köpfe, um auf ihre leeren Teller zu stieren, als sei ich ihr Mathelehrer und im Begriff, jemanden mündlich dranzunehmen.

Mein Bruder saß an seinem Platz und blickte mir neutral entgegen. Wenn man ihn kannte, registrierte man dieses kurze verschmitzte Funkeln in seinen Augen, aber auch nur dann.

Seit meiner Information unten bei den Anlegern war er stumm und kalt geworden, deshalb freute es mich umso mehr, dass ich diesen kleinen Scheißer im Moment offenbar amüsierte.

Und noch froher war ich, dass seine Männer heute die leeren Plätze füllten, die meine hinterlassen hatten.

»Wie geht es mit der Burg voran, ihr Hundesöhne?«, grollte ich über den Tisch, aber alle blickten nur irritiert von mir zu Shona und zurück. Einige murmelten einander ratlos etwas zu.

»Kann man hier vielleicht ein Mindestmaß an Konzentration erwarten?«, schimpfte Zac, während er die Suppe hereintrug und lautstark auf die Tafel krachen ließ.

Sacht berührte ich Shona am Rücken und manövrierte sie zu dem Platz neben meinem Thron. Sie tauschte einen Blick mit mir, der irgendwo ganz tief in meiner Magengrube einschlug, und ich räusperte mich, damit ich ihn nicht genauso erwiderte und mich vor meinen Jungs wie ein verweichlichter Schlappschwanz benahm.

Sie setzte sich und die ganze Bagage wirkte noch mehr von der Rolle als ohnehin schon. Gott verflucht, dieser Sack Flöhe.

Tief atmend stützte ich mich auf die hölzerne Tischplatte und blickte in die Runde. »Ich war nicht in den Bergen, Männer. Ich habe meine Kontakte spielen lassen und erfahren, dass er sich vorbereitet.« Ich machte eine Pause für das empörte Gemurmel, das durch die Reihen wehte. »Er hat jeden einzelnen seiner Untergebenen aus den staubigen Ecken unter seinem stinkenden Arsch hervorgekehrt und gegen mich aufgestachelt. Sie sind viele und sie sind auf dem Weg.« Wieder wallte eine gebündelte Wut durch den Saal, gepaart mit dem ein oder anderen deftigen Fluch.

»Wie ihr wisst, ist Shona hier Andrews Verlobte. Sie ist eine Blythe. Ihre Eltern hatten vor einiger Zeit das Sagen in Swamp Head. Sie wird uns helfen.«

Für einen Moment wirkte die Runde noch misstrauischer. Köpfe steckten sich zusammen, Schultern hoben sich ratlos und Gesichter formten sich zu einzigen verschissenen Fragezeichen.

»Wenn sie Andrews Verlobte ist, was zum Teufel sucht sie dann hier an unserer Tafel, North?«, ließ Pollock sich hinreißen und hieb zornig mit der Faust auf den Tisch.

Eine ganze Weile sah ich ihn nur an, mehr als bereit, durch all die Teller und Humpen zu poltern, um ihm eine zu geben, die sich gewaschen hatte. Ersatzvater hin oder her.

Aber er reckte nur aufbrausend die Faust in meine Richtung und ich konnte sehen, wie er sich zwang, abzukühlen.

»Vertraust du mir, alter Mann?«, knurrte ich kühl, ohne ihn aus den Augen zu lassen. »Oder tust du es nicht?«

Schwer schluckend ließ er sich zurück auf seinen Stuhl sinken. »Ich mein ja nur.«

»Und ihr anderen?« Aus schmalen Augen scannte ich jeden einzelnen meiner Männer. »Wer von euch hat die Hosen voll? Wer das Vertrauen in mich verloren? Er soll jetzt seine Chance bekommen, zu gehen.« In einer ausladenden Geste deutete ich in Richtung Tür, und es wurde so still, dass man eine der Federn hätte fallen hören können, die Freya unten in der Bucht gelassen hatte. Scheiße, was hatte ich Angst um sie gehabt …

Und was hatte es mich zum Dämon werden lassen, meinem engsten Vertrauten dieses Messer in den Hals zu rammen. Ich war weit weg gewesen, aber seit Shona mich tief in sich dringen lassen hatte, so tief wie man nur in einen Menschen vordringen konnte, war ich zurück. Ihr warmer Körper und ihre wohlwollende Seele hatten mich aus der Dunkelheit gezerrt wie eine wundervolle Sirene einen Ertrinkenden.

»Andrew hat mir viele unaussprechliche Dinge angetan«, ergriff sie entschlossen das Wort, als keiner mein Angebot annahm, und der Kampfgeist fuhr mir in die Muskeln, als sie fortfuhr: »Er will mein Land, er will mein Leben, er will nichts mehr, als mich zu brechen. In unserer Ehe wäre keine Liebe gewesen, nur Groll und Bande, die mit Tinte geschrieben wurden, um ihm Macht zu verleihen und mir eine trügerische Sicherheit.«

Pollock wischte sich übers Gesicht und ich konnte sehen, wie sein Groll verrauchte. Er wusste besser als jeder andere Barbar hier am Tisch, was Liebe bedeutete. Seine Frau war mit den Möwen geflogen. Vor gut zehn Jahren. Der Scheißkrebs hatte sie sich geholt.

»Er will erst Eliot vernichten und danach jeden anderen von euch.« Ihre grauen Augen funkelten. *Eliot* … Keine andere Frau durfte mich so nennen, aber bei ihr machte es mich scharf. Sie war das ganze Gegenteil von Arran. Eine wilde

Walküre, die mich zerkratzen und beißen durfte, bis ihre Gegenwehr irgendwann brach und ich sie packen und mich in sie treiben konnte, bis sie schrie.

»Und er wird nicht aufhören. Es gibt nichts, was ihn stoppen kann, ich kenne ihn seit vielen Jahren. Er wird nicht eher ruhen, bis er jeden von euch ausgelöscht hat. Jeden von *uns*. Wenn wir jetzt nichts unternehmen.«

»Und das werden wir«, bestätigte ich. »Ich werde euch führen. Vielleicht in den Tod, aber es wird verflucht noch mal ein siegreicher Tod sein, denn unsere Vorfahren wachen über uns.«

Lennox betrat den Saal, gefolgt von vier weiteren meiner Männer, und ich pausierte, um ihn wachsam zu mustern. Er nickte fast unmerklich, und das sagte mir alles, was es musste. Keine weiteren Verräter. *Bei allen Höllen, danke dafür!* Schweigend stellte er sich neben mich, kreuzte die Hände und reckte das Kinn.

Ein langer Atemzug blähte meine Lunge und ich griff nach meinem Löffel, um ihn so fest zwischen meinen Fingern zu quetschen, dass er verbog. »Was auch immer in meiner Macht steht, um euch zu schützen, um unser Zuhause zu schützen, unser Territorium, unsere Geschäfte, ich werde es tun. Noch dieses eine Mal, dann wird der Krieg gegen die Craigs vorbei sein, denn ich werde diese Made zwischen meinen Fäusten zermalmen wie ein dreckiges kleines Nichts«, presste ich durch die gebleckten Zähne und zwang mich, ein paar Mal durchzuatmen. »Shona und ich werden einen Plan schmieden und dann werden wir es beenden. Also sagt mir: Wer steht an unserer Seite?«

»Ich bin bei dir, Boss«, raunte Lennox rau und taxierte wie ein Fuchs jeden einzelnen der Jungs. »Egal, wo es hinführt.«

Elijah nickte. »Immer bei euch, Bruder.« Und nach und nach stimmten auch die anderen mit ein. Es würde hart werden, denn ich hatte gesehen, wie viele hinter Andrew standen. Wir waren ein feuchter Furz gegen seine Armada an korrupten Bullen. Ein Fliegenschiss. Aber auch einen Furz konnte man in Brand setzen und damit am Ende einen Flächenbrand auslösen. Wir mussten nur wissen, wie wir es anstellen würden, und das würden wir. Nach dieser Nacht!

Shona und ich sahen einander wild und entschlossen an. Dieses herrliche Weibsbild ... Am liebsten würde ich sie hier vor allen auf den Tisch werfen, ihr die Kleider vom Leib reißen und den anderen zeigen, wie sehr sie noch zu Craig gehörte. Einen Scheiß gehörte sie noch ihm! Sie gehörte mir!

»Sicher, Boss. Ihr werdet *reden*«, grunzte Olec anzüglich und ich ließ meinen grimmigen Blick in ihn scheppern.

Gedämpft schlürften die anderen ihre Suppe, und als ich mich nicht erhob, um ihn zu massakrieren, lachten sie grollend. Ich ließ es ihnen durchgehen, das hier würde noch früh genug übel werden.

Sollten sie sich ruhig noch mal auf meine Kosten amüsieren, bevor sie ihren Arsch für unsere Burg hinhielten.

Beherrscht ließ ich mich auf meinen Stuhl sinken.

»Ja, wir reden.« Langsam stieß ich den Löffel in meine Suppe. »Die ganze Nacht.« Wenn einer dieser lüsternen Bastarde meinte, den herrlichen Körper dieser Frau eine Minute zu lange anglotzen zu müssen, würde ich ihm die Augen ausstechen und sie Zac als Spezialzutat für den nächsten Gulasch zukommen lassen.

»Die Kleine steht jetzt unter North McTavishs Schutz«, schlussfolgerte Lennox sehr treffend. »Also sollte sie besser auch unter eurem stehen.«

Bestätigendes Gemurmel wurde laut und Shona richtete sich auf, um Freya etwas von dem Fleisch in der Suppe zu bringen. Ihr flammender Blick peitschte mein Vorhaben weiter auf. Hölle, wie stolz sie sich durch meine Burg bewegte. Ich würde diesen Stolz wieder und wieder herausfordern, bis sie nur noch mir gehörte. Mit Haut und Haar.

Wieder einmal sah ich ihr zu lange hinterher und meine Faszination wurde zu Bitterkeit.

Sie hatte ein Kind von Glenn ... Hölle, ich konnte nicht greifen, was das mit mir machte. Und wie viel Respekt ich für diese starke Frau empfand. Sie hatte mich halten wollen, da draußen auf dem Schiff? Verflucht, dabei wurde es höchste Zeit, dass *sie* endlich mal jemand hielt.

Aber ich ... ich war keiner, der jemanden halten konnte.

Mein Bruder schmunzelte dämlich zu mir herüber und ich senkte den Blick auf meinen Teller. *Cleverer kleiner Scheißer!*

Als die anderen aßen, kam Pollock zu mir, um mir die Schulter zu drücken. »Du weißt, dass ich immer hinter dir stehe, Junge. Und wenn ich danach den Kopf unterm Arm tragen sollte.«

»Das weiß ich«, knurrte ich, ohne ihn anzusehen.

Jeder von diesen Wahnsinnigen stand hinter mir, das war mir mehr als bewusst. Immerhin waren es auch ihr Zuhause, ihr Lebensunterhalt und ihre Existenz, die auf dem Spiel standen.

Aber sie ahnten im Gegensatz zu mir nicht, wie hart das hier werden würde.

»North.« Lennox' Augen waren die pure Dunkelheit, als er sich zu mir herunterbeugte. »Es ist so weit. Craig will mit dir reden.«

Ich erdete mich hart und unerbittlich, als ich hinüber zu Zac schritt, der mir beim Kamin mein Telefon entgegenstreckte. Sein Blick war wie Stein und böse dunkle Gischt peitschte meine kalte Seele, während ich es ihm abnahm, es ans Ohr hielt und mit geschlossenen Augen auf den Flur hinaustrat.

»Ich habe Forderungen«, begann er direkt, und ich wollte mich durch dieses winzige Teil quetschen, um ihm meine Finger in die Augenhöhlen zu rammen.

»Seit wann stellst du die Forderungen, Craig?« Meine Stimme war rau und kalt.

»Seit ich die halbe schottische Polizei hinter mir habe. Und seit ich ein paar Haftbefehle für einige deiner Männer gesammelt habe, die wir jetzt durchsetzen werden. Wir haben einen Durchsuchungsbeschluss für deine Gruselburg, McTavish, und wir werden sicher nicht mit leeren Händen wieder gehen.«

Diese kriecherische Made!

»Einen Scheiß habt ihr. Ihr wollt uns zerstreuen und mürbe machen, das ist alles. Ihr seid korruptere Schweine als wir, unter dem Deckmantel einer Justiz, auf die ihr scheißt. Und du wagst es, etwas von einem Durchsuchungsbeschluss zu faseln, kurz nachdem du bei mir eingebrochen bist und mindestens zehn Gesetze auf einmal in den Wind geschlagen hast? Deine Heuchelei widert mich an, Craig!«

Ich konnte das überhebliche Grinsen in seiner Fratze quasi hören, als er fortfuhr: »Dein Land gehört mir, McTavish. Also räum es besser freiwillig, sonst muss und werde ich Gewalt anwenden.«

»Dir gehört rein gar nichts!« Scheiße, ich verlor die Kontrolle. Nicht mehr lange und ich sprang in meinen *Shelby* und hackte diesen Gülle speienden Flachwichser in mundgerechte Häppchen für meine Vögel.

»Die Stadt, in der du dich breitmachst, steht mir zu«, fuhr er fort, als hätte er hier draußen irgendetwas zu sagen.

»Du besetzt dieses Land wie eine Krankheit, gemeinsam mit deinem ehrlosen Bruder. Und ich werde das jetzt beenden. Die Region muss wieder sicher werden.«

Gott, mir war zum Lachen und Kotzen gleichzeitig. Die Craigs waren der schlimmste Abschaum, der je diese Gegend verdreckt hatte. Andrews Vater hatte Swamp Head zum Umschlagplatz für Menschenhandel gemacht und gepimpte Waffen an Minderjährige vertickt, damit sie sich selbst damit den Schädel wegpusteten.

Wir waren vielleicht kriminelle Bastarde, aber die Craigs waren Abschaum, der sich an dem Untergang anderer ergötzte, solange er ihnen nur Geld in die Kasse spülte. Sie nutzten ihre Stellung in der Polizei, ihren Deckmantel der Rechtschaffenheit, um ihr Gift in die Ausläufer des Flusses zu pumpen, bis es den Strom erreichte und alles zu spät war. Sie waren gebilligt, bestachen Gott und die Welt mit utopischen Summen, damit sie wegsahen, und wurden schlimmer und schlimmer dabei.

»Wir sollten reden«, grollte ich zähneknirschend. »Bring am besten deine Hampelmänner mit, damit ich dir nicht direkt die Wirbelsäule aus dem wertlosen Korpus reiße!«

»Das ist eine offene Drohung, McTavish«, wurde er offiziell. Zeichnete das Gespräch wahrscheinlich auf. »Und noch dazu Beamtenbeleidigung. Ich will einfach nur meine Shona sehen. Sie muss mir etwas unterschreiben, was wir schon lange erledigen wollten. Übergib sie mir und wir lassen vielleicht Milde walten.«

Ein freudloses Lachen quoll aus meiner Brust. »Deine Shona hat mir bereits erzählt, dass du meine Verlobte geschändet und ermordet hast, genau wie du kurzen Prozess mit meiner Mutter und ihrem Vater gemacht hast, Wichser! *Das* war jetzt Beamtenbeleidigung. Ramm sie dir tief in den Arsch und gewöhn dich an das Gefühl, bevor du mir gegenübertrittst!« Schwere Bitterkeit flutete meine Sinne. Wie konnte er es wagen, sich als rechtschaffen zu bezeichnen nach allem ... nach verfickt noch mal allem!

»Wir sollten tatsächlich reden, North McTavish«, surrte er lauernd. »Und es wird das letzte Mal sein, dass wir das tun.«

O Hölle, darauf kannst du deinen dürren Arsch verwetten!

»Ich bin auf North Castle und warte auf dich. Hab es nicht nötig, mich vor dir zu verkriechen wie ein Feigling. Also komm und setze deine Forderungen gegen mich durch, du erbärmlicher Wicht!«

KAPITEL 27
SHONA

Eliot meinte, Andrew hätte nichts gegen uns in der Hand, sagte, es sei nur heiße Luft aus ihm gekommen, als wir uns nur noch mit seinem Bruder und Lennox im Thronsaal befanden, aber Andrew schüttelte immer irgendein getürktes Ass aus dem Ärmel.

Die drei waren über einen Grundriss der Burg gebeugt und raunten einander etwas von Fallgruben mit Speeren und Sprengfallen in den äußeren Gräben vor. Ich war tiefer im Mittelalter angelangt als je zuvor. Sorgte mich um einen rohen Barbaren, der sich nichts sehnlicher wünschte, als meinen Verlobten brüllend in der Luft zu zerreißen wie ein tollwütiges Tier. Aber Gott, ich hatte solche Angst um ihn, dass es mich in jeder Pore schmerzte. Ich wollte das hier nicht und doch war es so unausweichlich wie der Tod.

»Hier oben werden wir Scharfschützen postieren.« Lennox zeigte auf einen Punkt, den ich von der anderen Seite der Tafel nicht sehen konnte, und die anderen nickten. Das Feuer im Kamin knisterte leise vor sich hin und die Wellen spielten draußen ihre seichte Melodie.

»Und dann pusten wir ihn einfach weg, sobald er sich aufbläst.«

»Shona.« Eliots Stimme klang dominant. Er war in diesem Moment nichts weiter als der Herrscher des Nordens, durfte nichts anderes sein. Er musste funktionieren. Für sie alle. Für uns alle. »Was kannst du uns noch über ihn sagen? Du hast mit ihm das Bett geteilt.« Lag da etwa ein Hauch von Bitterkeit in seiner Stimme?

»Schon viele Jahre nicht mehr«, erwiderte ich, als müsste ich mich für diese Bemerkung rechtfertigen. Eliot blickte knurrend auf und nagelte mich mit seinen Augen fest.

Lennox räusperte sich unbehaglich und suchte irgendetwas auf der Zeichnung, das er wahrscheinlich schon längst gefunden hatte.

»Er ist gerissen«, sparte ich mir jede weitere Spitze. »Cholerisch, unfair und feige. Er würde keinem von euch je im Zweikampf gegenübertreten, und wenn es den Anschein machen sollte, könnt ihr euch sicher sein, dass aus irgendeiner Ecke noch fünf weitere springen, um euch heimtückisch in den Rücken zu schießen. Er nutzt die Momente, in denen ihr nicht hinseht. Er will euch alle, jeden einzelnen von euch. Und vor allem anderen will er mich, damit ich ihm seine Unterschrift gebe und ihm Prayer's Well überschreibe.«

»Welcher Teil unserer Stadt gehört dir?« Zerknirscht blickte Elijah auf.

»Der Norden.«

»Dann müssen wir sie wohl besser abmurksen, North«, wagte Lennox sich wieder aus seiner Versenkung. »Sicher ist sicher.«

Eliot ignorierte ihn, aber Elijah war aktiviert. »Unter welchen Umständen könnte es ihm gehören?«

Skeptisch behielt ich Lennox im Blick, um einschätzen zu können, ob er seine Drohung ernst meinte, aber ich wurde nicht klug aus ihm. »Meine Mutter wollte uns zur Heirat drängen und hat auf dem Sterbebett das Land in meinem Ehevertrag verankert. Das Gelübde müsste erneut unter Zeugen geschehen und doppelt notariell beglaubigt werden. Er hat einen Pfarrer auf seiner Gehaltsliste und schon einmal versucht, unsere Ehe zu fingieren. Oben im Turm. Danach wollte er mich um die Ecke bringen, damit ich den Schwindel nicht anfechten kann.«

»Gehaltsliste? Einen Pfarrer?« Lennox' Augen wurden schmal.

»Er schmiert ihn«, antwortete Elijah für mich und tauschte einen Blick mit seinem Bruder.

»Er schmiert wahrscheinlich halb Schottland«, fügte ich sarkastisch hinzu.

»Wir ebenfalls«, grollte Lennox.

»Aye.« Eine steile Falte bildete sich auf Eliots Stirn. »Aber er trägt den Deckmantel der Polizei.«

»Okay, er hat einen Pfarrer, aber keinen Notar, richtig?«, schlussfolgerte Lennox grübelnd. »Und er will dich, damit du mit dieser Unterschrift das Gelübde besiegelst und er sein Land bekommt. Aber was zum Teufel hättest *du* von dieser Ehe gehabt?«

Die Brust wurde mir eng und ein trockenes Schlucken bahnte sich seinen Weg durch meine Kehle. Lennox und Elijah sahen mich beide erwartungsvoll an, bis Eliot eingriff.

»Das hat hier nichts verloren, ihr neugierigen Hunde, verstanden?«

Dankbar verkniff ich mir ein zu offensichtliches Aufatmen. Woher sollte ich wissen, dass ich ihnen trauen konnte? Ich traute so gut wie niemandem mehr nach all diesem Wahnsinn, also würde ich ihnen ganz sicher nicht brühwarm meine verkorkste Jugend servieren. Die Antwort auf diese Frage bedurfte sehr intimen Details, die ich keinem in dieser Burg je offenbaren würde. Keinem außer Eliot. Meine Augen suchten seinen Blick und fanden für einen Moment Geborgenheit darin. Ihm würde ich alles erzählen, jede noch so schmutzige Kleinigkeit.

»Du wirst im oberen Bereich der Burg bleiben, falls er es wagen sollte, das Feuer auf uns zu eröffnen.« Seine Miene ließ keine Diskussion zu, aber er kannte mich offenbar noch nicht gut genug.

»Du hast keinen Grund, mich wegzusperren, Eliot.«

»O Hölle, doch!« Wieder vereinte sich sein Blick mit meinem und er studierte mich wie etwas unendlich Wertvolles. »Jeden erdenklichen dieser Welt, Shona Blythe.«

Nachdenklich fuhr Lennox sich über den Nacken. »Da wäre noch etwas, Boss.«

Eliot antwortete nicht, neigte nur den Kopf ein Stück und sah ihn an. Kühl. Auffordernd.

»Deine Kleine hatte eine Idee, der ich nach einiger Überlegung gar nicht mehr so abgeneigt bin.« Dieser Lennox hatte etwas Gefährliches an sich, aber er strahlte eine andere Art Gefahr aus als Eliot oder sein Bruder. Auf eine leise, schleichende Art wie ein weißer Wolf im Schnee. »Andrew will sie vor allem anderen. Er ist von einer Horde willenloser Handpuppen umgeben und kommt hierher, um sich erst sie und dann unser Hab und Gut zu holen. Wie wäre es, wenn wir sie als Köder benutzen?«

Elijah stieß ein Lachen durch die Zähne. »Klug formuliert, McMory.«

Eliot fuhr sich ungehalten durch das ausrasierte blonde Haar und starrte mich an. »Nur über meine eiskalte Leiche!«

»Ich müsste ihn nur ein Stück weglocken«, stimmte ich Lennox zu. »Dann haben wir ihn von den anderen getrennt und ihr könnt ihn euch vornehmen. Ungestört. Ich könnte ihm auftischen, dass ich fliehen will, dass ihr mich nur als Geisel haltet, damit er das Land nicht bekommt.«

»Ich mag den Plan. Erzähl mir mehr!« Elijah taxierte mich gedankenverloren.

»Er würde den Braten riechen«, bäumte Eliot sich auf. »Ich gehe kein Risiko mehr ein und mache ihn fertig, bevor er noch einmal Hand an Shona legt. Ende der Diskussion!«

»Wir können es echt aussehen lassen«, redete ich weiter auf ihn ein. »Er ist nicht so klug, wie er gern tut. Und er kennt mich nicht ansatzweise so gut, wie er es sich einredet. Wenn er hier auftaucht, packst du mich grob, hältst mir eine Waffe an den Kopf, was weiß ich. Du sagst ihm, dass ich deine Geisel bin und du diesmal keinen Wert mehr in mir siehst. Du tust mir weh und …«

»Oh, ich werde dir wehtun, wenn du nicht sofort aufhörst, zu reden!« Sein Gesicht wurde so zornig, dass ich verstummte. Verbissen stierten wir einander an. Er sah Wert in mir und das war das ganze Problem. Es war wundervoll und schrecklich zugleich. Und es würde keinen Sinn machen, mich im Bergfried einzusperren, denn Andrew würde seine Leute anweisen, sich durch die ganze Burg zu schießen, bis einer von ihnen mich fand.

»Der Turm hat eine doppelte Wand«, fuhr Eliot fort. »Ich werde ihm sagen, du seist nicht hier, wir hätten dich an einem Ort untergebracht, den er nicht findet.«

»Er wird dir nicht glauben«, widersprach ich. »Und es werden etliche sterben, wenn er mich sucht. Vielleicht auch du.« Meine Stimme versagte und ich räusperte mich gewaltsam. Gott, warum bebten meine Hände jetzt so? Ich musste stark vor ihm sein. Vor diesem dämlichen Dickschädel, der ohne jedes Fünkchen Angst in Andrews Messer rannte. Warum nur hatte er nie Angst? *Verflucht noch mal!*

»Okay, wir beruhigen uns jetzt alle wieder«, unterbrach Elijah unseren Disput. »Mein Bruder hat recht. Wenn Andrew dich zu fassen kriegt, verlieren wir unser Land und du dein Leben. Vielleicht zieht er direkt wieder ab, wenn er erfährt, dass du nicht hier bist. Du sagtest doch selbst, er sei feige. Da oben wird er dich niemals finden. Wir haben uns als Halbwüchsige oft mit Mädchen dort versteckt, um Dinge zu tun, die kein anderer mitbekommen sollte.«

Danke, too much information!

Etwas raschelte und kratzte irgendwo hinter einer Wand und wir alle blickten auf.

»Marder?« Ratlos sah ich mich in der Runde um.

»Ratten sollen aktuell recht verbreitet sein«, grummelte Lennox und zückte seine Messer, während er aufmerksam die Fenster abschritt.

»Sollte er sich wirklich trauen, uns noch einmal anzugreifen, behalten wir ihn im Fokus und angeln ihn gezielt aus dem Getümmel«, fuhr Elijah fort.

»Gut.« Lennox nickte düster.

»Aye.« Eliot wischte sich über das zerschrammte Gesicht und ich ballte die Hände zu Fäusten.

Tief durchatmend ging ich zu dem Fenster, das uns am nächsten war, öffnete es und nahm einen Zug der kühlen Nachtluft.

»Nein! Ich werde nicht …«

Etwas sprang mir mit einem Ruck ins Genick. So hart, dass mir die Luft wegblieb und ich vornüberkippte, den Abgrund unter mir. Die Welt stand für einen Moment bedrohlich schief, Hände griffen nach mir und ich stieß einen erstickten Schrei aus. Da waren der dunkle Ozean, der Mond und die Sterne und die kalte Wand des Gemäuers, an dem ich keinen Griff fand. Als Nächstes sah ich eine dunkel vermummte Gestalt, die sich an einem Seil am Stein heruntergelassen hatte.

Meine Finger verloren das Fensterbrett, ich hörte Eliots zornige Stimme etwas schreien, dann klemmte dieser Fremde mich unter den Arm und wir hingen über der Bucht, in die er sich eilig abseilte.

»Lass mich los, zum Teufel«, fauchte ich, wehrte mich aber nur halbherzig, denn jetzt abzustürzen war wahrscheinlich keine gute Idee. Ich hörte es rennen, poltern und fluchen in der Burg, sah die beleuchteten Fenster weiter und weiter über mir in der Dunkelheit verschwinden.

»Ich soll loslassen?«, fragte eine knarzige Stimme provokant und griff noch einmal nach. »Sicher?«

Panisch sah ich mich nach einem Ausweg um, aber die Wand war zu glatt. *Verflucht!*

»Mr. Craig wird sich sehr freuen, dich zu sehen. Und auch über all die Informationen, die ich ihm mitbringe«, jubilierte der Kerl und seilte uns weiter ab wie eine fette schwarze Spinne.

»Mr. Craig kann mich mal!« Mein Herz raste und tobte. Oh, bitte! Ich wollte nicht wieder zu ihm! *Bitte nicht!*

Mit zitternden Fingern griff ich nach dem nächsten Fensterbrett, da ging ein heftiger Ruck durch das Seil, an dem wir hingen, und um ein Haar hätte er mich fallen lassen.

»Du elendes Drecksstück!« Eliot erschien über uns, packte das Seil und zerrte uns grob zurück in Richtung Fenster.

»Bockmist«, fluchte mein Entführer und versuchte mit der freien Hand, eine Waffe zu zücken.

Brüllend packte ich seinen Arm und schlug ihn gegen das Gestein. Einmal, zweimal, bis er ächzend die Pistole fallen ließ. Im nächsten Moment waren wir schon wieder unter dem Fensterbrett, Eliot packte mich und zerrte mich hinein, während Lennox sich den anderen Kerl griff und ihn hart in die Stühle bei der Tafel warf. Es krachte und schepperte und er blieb stöhnend am Boden liegen.

»Wo ... wo ist Elijah?«, fragte ich perplex und Eliot ließ mich vorsichtig runter. Ich verstand gar nicht, was hier eigentlich gerade geschehen war. Mein Puls flatterte, während ich meinen Angreifer anstarrte, der sich zu unseren Füßen wälzte wie ein Käfer. Meine Knie schlotterten. Der Abgrund war so tief. Was, wenn ... In dem Moment fielen draußen Schüsse in der Dunkelheit.

»Die wollten dich vorher abgreifen«, grollte Eliot. »Ich hätte es wissen müssen.«

»Wann will er kommen? Wann?« Lennox drückte dem

Kerl sein schwarzes Messer gegen den Hals und riss ihm die Maske vom Gesicht. Ziemlich junger Typ mit verzerrten bösen Lippen. Ich kannte ihn. Es war Donnie, ein treuer Untergebener von Ian.

»Ich sollte nur sie da mitnehmen.« Er zeigte auf mich und Lennox zerrte fester an seinem Haar.

»Das ist nicht die Antwort auf meine Frage, komm schon!« Seine Klinge fraß sich tiefer in sein Fleisch.

»Morgen früh«, presste der andere durch die Zähne. »Morgen früh! Bei Sonnenaufgang.«

»Siehst du. Braver Junge!« Lennox verpasste ihm einen groben Hieb auf den Rücken. »Und du solltest sie mitnehmen, ja?«

»Ja, sollte ich, du Sackgesicht!« Er wurde mutiger. Sicher sah er seine Felle davonschwimmen. »Ich sollte sie Mr. Craig bringen. Du entkommst ihm sowieso nicht«, richtete er plötzlich wieder an mich. »Du und auch niemand sonst. Er ist noch in diesem Moment hinter deiner Schwester her.«

Verflucht!

Mir wurden die Knie noch weicher als ohnehin schon.

Elijah kam wieder herein, atmete schwer wie nach einer Verfolgungsjagd und überblickte kurz die Lage.

»Bringt ihn raus«, knurrte Eliot böse und sein Bruder griff sich Donnie, um ihn vor die Tür zu zerren.

Mein Kiefer wurde fest wie Zement, als kurz darauf ein Schuss an den Wänden widerhallte.

»Bist du in Ordnung?« Norths kühler Blick scannte mich akribisch.

Ich nickte nur knapp.

»Siehst du jetzt ein, dass du im Turm am besten aufgehoben bist? Du bist zu wertvoll, Shona«, brummte er düster, und ich nickte wieder, weil mir die Worte für mehr fehlten.

Seine Augen funkelten, als er eine lange, stumme Konversation mit Lennox führte und dann wieder bei mir hängen blieb.

»Jetzt haut euch alle noch ein paar Stunden aufs Ohr. Ich schlafe hier unten. Ihr habt es gehört, er ist gerissen und feige. Er könnte noch einmal die Dunkelheit der Nacht nutzen, um sich in unsere Mitte zu mogeln, dieser Schandfleck von einem Hurensohn. Und dann kann er mir gern direkt in die Arme laufen.«

»Und mir!« Ich verschränkte die Arme vor der Brust und suchte verbissen nach meiner erschütterten Entschlossenheit.

Für einen Moment wirkte es, als wollte er mir noch einmal widersprechen, aber dann ließ er es doch bleiben.

Grinsend machte Lennox sich davon, allerdings nicht in Richtung seiner Räume, sondern auf die Haupttür zu. »Na dann, treibt es nicht zu bunt.« Er wirkte fast schon, als würde er sich auf den nächsten Tag freuen, dieser blutdürstige Wahnsinnige.

Elijah stand in der Tür und blickte ihm misstrauisch nach. Er ließ ihn nie aus den Augen, nicht eine Sekunde. Ich fragte mich, was zwischen den beiden nicht stimmte. Ob einer dem anderen die Frau ausgespannt hatte? Am Ende ging es doch immer irgendwie um die Liebe, da konnten sie noch so hart und unberührbar tun. Aus dem Augenwinkel beobachtete ich Eliot dabei, wie er leise mit seinem Bruder sprach, der ihm die Hand auf die Schulter gelegt hatte, sobald Lennox verschwunden war.

Wenn die beiden nebeneinanderstanden, sah man unmissverständlich, dass sie dieselben Eltern hatten. Ihre Lippen, die Augen, der verbissene Zug um den Mund. Sie waren vom selben Schlag und trotzdem wie Feuer und Eis.

Wenn ich nur wüsste, wo Ruth gerade steckte. Was, wenn Andrew sie doch kriegte und morgen hier mit meiner Schwester und meinem Sohn aufschlug? Diese Vorstellung löste das pure Entsetzen in mir aus. Ich hatte keine Ahnung, was ich dann tun würde. Meine Finger hielten sich an dem kalten Stein des Fensterbretts unter mir fest, während ich den Vollmond über dem dunklen Meer anstarrte. Doch, eigentlich hatte ich sehr wohl eine Ahnung. Ich würde mich ihm ausliefern, den Vertrag unterschreiben und ihn mich zwingen lassen, dabei zuzusehen, wie er Eliot und seine Jungs direkt vor meinen Augen hinrichtete. Mein Herz krampfte.

Komm schon, Shona! Eliot ist stark! Er wird nicht sterben!

Seine Aura griff nach meiner, noch bevor ich bemerkt hatte, dass er hinter mir stand.

»So aufgewühlt.«

Die Wärme seines Körpers vereinte sich mit meiner, sein tiefer Bass vibrierte auf der Haut meines Halses und ich schluckte schwer.

»Wie könnte ich nicht?«

Seine Hand legte sich auf meine Taille, fast schon schützend, und er blickte mit mir gemeinsam hinaus in die Nacht. Dieser Mann war ein Zauberer. Ich badete in seiner Präsenz wie in einer warmen Quelle. Er konnte so sanft sein in all seiner rauen Wildheit, so alles vereinnahmend, und er warf meine Gefühle umher wie ein kleines Boot auf der stürmischen See. Ich wusste nicht, ob ich kentern würde, aber ich war nicht mehr imstande, selbst zu entscheiden, ob ich das Risiko eingehen wollte.

»Diese Burg hat schon so einige Kämpfe gesehen«, sagte er warm. »Und sie hat keinen je verloren. Die McTavishs gehören zu ihrem Gestein wie die Adler in die Felsen, und ich werde genau so um sie kämpfen, wie es meine Vorfahren getan haben.«

Ein tiefer Atemzug strömte in meine Lunge. Die Zeit war stehen geblieben an diesem Ort, das mochte stimmen, aber zu Zeiten seiner Vorfahren waren die Kämpfe auch noch fairer gewesen.

»Ich hätte niemals gedacht, dass ich einmal hier stehen würde. Auf eurer Seite, mich nach dem Tod meines Verlobten sehnend.« Die Sterne funkelten am Himmel wie ein Netz aus

Glühwürmchen. Gestorbene Gebilde aus Gas, die uns einen Blick in die Vergangenheit unseres Universums ermöglichten. Eine Illusion von Leben. Ich wünschte, ich könnte für einen Moment in die Zukunft blicken. Würden wir noch immer hier stehen, Seite an Seite? Seine Hand an meiner Hüfte und sein Atem auf meinem Hals?

»Siehst du. Nichts kommt, wie du denkst. Warum also schon vorher jeden Tod durchspielen, den man sterben könnte?«

»Ich besitze dieses Urvertrauen nicht, Eliot. Diesen Glauben in die Natur, in diese Burg, das Meer und woraus auch immer du noch deine Stärke ziehst.« Meine Finger krampften um das Gestein dieser vermaledeiten Burg und ich riss mir die Nägel dabei auf.

»Dann hab Vertrauen in *mich*, Shona. Ich führe dich hier durch, okay?« In einer flüssigen Bewegung drehte er mich zu sich, und sein wundervoller Anblick trieb mir die Tränen in die Augen.

»Okay«, erwiderte ich erstickt und wünschte, wir könnten für immer hier stehen und so tun, als hätten wir etwas gefunden, das nur ein Idiot je wieder losließ. Ein Zuhause. Einen Krieger, der einem den inneren Kampf abnahm. Eine verwandte Seele.

O Gott, Eliot, wenn du wüsstest, wie weh das tut. Wenn du wüsstest, wie zerrissen ich bin.

Eine Träne löste sich aus meinem Augenwinkel, rollte über meine Wange und ich vergrub das Gesicht in dem duftenden Shirt über seiner festen Brust, bevor er mich daran hindern konnte. Scheiße, er roch vertraut. Nach Geborgenheit. Das machte es nur schlimmer. Meine Finger klammerten sich hilflos in den Stoff und er ließ mich gewähren, zog mich aber nicht enger an sich, weil er eben North war.

»Wenn er mit meiner Schwester kommt, Eliot …« Mir versagte die Stimme und ich musste mich kurz sammeln.

»Wenn er mit meiner Schwester kommt, kann ich nicht versprechen, dass ich weiter auf eurer Seite stehen werde.«

O verflucht, es zerrte an allem, was in mir existierte. Am Ende ging es immer um die Liebe, man verriet ihretwegen, man tötete ihretwegen, man verlor sich ihretwegen. Sie war der Anfang aller Dinge und gleichzeitig das Ende.

Eliot schwieg, aber ich löste mich von ihm und klammerte mich wieder an das Fensterbrett. Ich konnte ihm nicht in die Augen sehen, wenn ich ihm sagte, dass ich ihn vielleicht auch noch verraten musste. Aber die Tränen hörten nicht auf, zu laufen. Ich fühlte mich grässlich.

»Meiner Schwester«, fuhr ich jämmerlich fort. »Und ihrem Sohn. *Meinem* Sohn.«

Er hielt Abstand, aber ich spürte trotzdem, wie sein Körper sich anspannte.

»Dem Kind von Glenn. Calan«, zwang ich mich, es noch einmal auszusprechen. »Meine Schwester hat sich immer ein Kind gewünscht, also hab ich ihn ihr gegeben. Andrew hat versprochen, sie zu unterstützen, sobald wir verheiratet sind. Auch das ist in dem Ehevertrag verankert. Und ich hab ihn nur ein einziges Mal gesehen, seit ich ihn ihr gab.« Wieder kamen neue Tränen nach und ein Schluchzen bildete sich in meiner Kehle, das ich mit Macht überging. »Ich war zu schwach, ihn zu behalten und mich um ihn zu kümmern, zu schwach, diese Vergewaltigung zu verhindern, zu dumm, auf all die Warnungen zu hören, zu blind, um meinen Vater zu retten, zu idiotisch, um mich gegen Andrew aufzulehnen und jetzt …« Ich fuhr zu ihm herum und sah ihn nur noch durch einen Tränenschleier. »Jetzt bin ich sogar zu schwach, die Stimme meines eigenen Sohnes am Telefon hören zu können. Sieh mich an, Eliot. Ich bin es nicht wert. All das hier nicht wert, hörst du?« Gott, es war grausam, es auf diese Art herauszuschreien. Es zerfetzte meine Seele, während es sich auf den Weg nach draußen machte, um sie zu entlasten. Ich war es nicht wert. Er durfte mich nicht beschützen, mich nicht so ansehen oder gar in sein Herz schließen.

»Was du fühlst, ist keine Schwäche«, sagte er gedämpft. »Es ist Angst.«

Irritiert blickte ich zu ihm auf, wollte mich nur noch durch dieses verfluchte Fenster werfen und in den dunklen Ozean eintauchen, damit endlich Ruhe einkehrte.

»Du hast Angst, dass du etwas fühlen könntest, wenn du seine Stimme hörst. Angst, dass du Zuneigung empfinden könntest, wenn du ihn ansiehst. Denn das darfst du nicht, richtig? Du verbietest es dir, weil es unangemessen wäre.« Seine Worte kreisten in meiner Brust wie seine Adler, zerrissen alles, was sie darin zu greifen bekamen, mit scharfen Krallen und Schnäbeln.

»Aber was, wenn richtig und falsch Bullshit sind?«, fuhr er fort und kam mir so nah, dass ich den Schlag seines Herzens spüren konnte. »Was, wenn du dir nur verbietest, stark zu sein, weil du meinst, es sei falsch? Du meinst, du seist schwach, hm? Was, wenn ich dir sage, dass du es nicht bist? Was, wenn ich dir sage, dass du die Königin meiner Adler bist? Dass Freya noch nie vorher jemanden in ihr Herz geschlossen hat außer mir? Was, wenn ich dir sage, dass du die zäheste Walküre bist, die sich je hinter die Mauern meiner Burg gewagt hat? Sogar meine Männer respektieren dich. Was, wenn ich dir sage, dass du stolzer bist und schöner als alles, was mir je zuvor unterkam?« Seine blauen Augen funkelten und die Schatten des Kaminfeuers flackerten auf seinen Zügen. »Du solltest dir gar nichts verbieten, Shona! Wenn das hier vorbei ist, zeige ich dir, woraus ich meine Stärke ziehe, und dann jagen wir deine Angst zum Teufel!«

Atemlos starrte ich ihn an und alles in mir schnürte sich zusammen. Wie konnte er es wagen, so scharfsinnig zu sein? So übergriffig und ehrlich? So ... Meine Dämme brachen alle auf einmal und ich sank gegen seine Brust, während der Schmerz mich schüttelte. Diesmal fing er mich auf. Legte die

Arme um mich und hob mich vorsichtig hoch, um mich hinüber zu den weichen Sofas zu tragen. Ich klammerte mich an ihn und er hielt mich. Warum musste all das nur so vergänglich sein? Warum war es so greifbar, dass das hier die letzte Nacht sein könnte, die ich mit ihm hatte?

Wie kannst du es nur wagen, so alles vernichtend wundervoll zu sein, Eliot McTavish?

KAPITEL 28
NORTH

Sie drängte sich hilflos und zerbrechlich gegen meine Brust. Ab und an war sie vor Erschöpfung weggenickt, aber in den Schlaf gekommen waren wir beide nicht. Ich lag hinter ihr auf dem breiten Sofa und sah der Sonne beim Aufgehen zu, stählte mich für den Tag und wartete auf ihn. Ihr Haar duftete nach mehr und es war inzwischen nicht mehr nur mein Körper, der unangemessen heftig auf sie reagierte.

Wie konnte sie es wagen, sich so zu zerfleischen? Sie war die stärkste Kreatur, die ich je getroffen hatte. Dass ich sie aus genau diesem Grund fürchtete wie eine Seelen verschlingende Meerhexe, würde ich ihr niemals gestehen, nicht einmal unter der härtesten Folter. Hölle, sie war keine Moor-Prinzessin, sie war eine Königin. Jetzt musste sie das nur noch selbst verstehen.

Draußen auf dem Hof ertönte das leise Knirschen von Kies unter Autoreifen und ich schnellte nach oben. Er war früh dran. Konnte es wohl genauso wenig erwarten wie ich, dieser verlogene Hurensohn.

»Geht es los?«, stammelte Shona, und die Tür zum Saal flog auf und Zac, Lennox und mein Bruder stürmten herein.

»Nimm sie und bring sie in den Turm«, wies ich Zac an und richtete mich auf. Jede Faser in mir war aktiviert. Die ganze Nacht hatte ich unter Strom gestanden, jetzt stand die Entladung kurz bevor.

Zac griff nach Shonas Arm und wollte sie mitnehmen, aber sie befreite sich und packte meine Oberarme. »Versprich mir, dass du da heil rauskommst, Eliot McTavish!«

Ihre grauen Augen nagelten meine so verzweifelt fest, dass sich stumpfe Klingen in meinem Inneren austobten.

»Versprich es mir!«, flehte sie. »Tu es, los!«

Ich nahm einen tiefen Atemzug, damit das hier nicht zu nah an mich herankam. Der Fels, mit dem ich mich umgeben hatte, um mir alles vom Leib zu halten, bröckelte in ihrer Gegenwart.

Aber ich sagte nichts, denn alles, was ich hätte sagen können, um sie zu beruhigen, wären nur Lügen gewesen.

»Komm jetzt!« Zac nahm sie an den Schultern und dirigierte sie streng nach draußen. Ihr Blick blieb in meinen verbissen, bis sie zur Tür hinaus war.

»Okay«, brummte ich und wischte mir übers Gesicht. »Ist alles bereit?«

»Alles bereit«, bestätigte Lennox. »Scharfschützen auf den Zinnen, Fallgruben um die Mauern, Sprengsätze in der Bucht, unsere besten Männer auf Position. Das gibt ein herrliches Gemetzel, wenn er es wirklich wagen sollte, das zu provozieren.« Seine Finger fuhren beinahe liebevoll über die Messer in seinem Gürtel. Scheiße, dieser kleine Perverse würde mich noch im letzten Moment beiseite schubsen, um Craig selbst zu filetieren.

»Also dann, Bruder.« Elijah legte mir die Hand auf die Schulter und erkaltete merklich. Seit er wusste, dass Andrew unsere Mutter auf dem Gewissen hatte, war er wie von der Leine gelassen. »Du hast die Kleine gehört. Komm da heil wieder raus! Sieht aus, als hättest du dein Pendant gefunden, was?« Sein Zwinkern war unterkühlt und doch das emotionalste, was er in diesem Moment zustande brachte. »Holen wir uns den Wichser!«

Andrew Craig hatte eine Armada an Autos dabei, stand vor meiner Burg wie eine Ratte, die bisher jedem Gift getrotzt hatte und nur noch mit einem Holzpflock direkt ins ehrlose Herz um die Ecke gebracht werden konnte.

Dieser traurige Pimmel trug eine Schutzweste und war umringt von mindestens fünfzig schwer bewaffneten, vermummten Trotteln, denen er wahrscheinlich allesamt ins Hirn geschissen hatte. Sie hatten mein Zuhause komplett umstellt, ich konnte es fühlen. Aber meine Männer waren bereit und Shona gut versteckt.

Scheiße, dieser feige, erbärmliche Mistsack dachte wohl, er wäre John Wayne, oder warum hielt er seine Glock wie ein verschissener Cowboy?

Um ein Haar wäre ich einfach über die Zinnen gesprungen, um ihm mein Jagdmesser in seine hochmütige Visage zu rammen und so lange zuzustechen, bis nur noch Black Pudding von ihm übrig war, aber Elijah hielt mich zurück.

Andrew grinste breit und kam ein Stück näher. Er versuchte mit Macht, es zu verstecken, aber er hinkte.

Knurrend rammte ich meinen Blick in ihn.

»Eliot und Elijah McTavish«, rief er zu uns nach oben.

»Das Castle ist umstellt. Legt die Waffen nieder und kommt mit erhobenen Händen heraus. Alle!«

»Fick dich ins Knie, Craig!« Lennox spuckte zu ihm hinunter und zog seine Messer. Fast so aufbrausend wie ich, der Kleine.

Andrew starrte ihn eine Weile an und seufzte hörbar. »Dachte ich's mir. Es wäre besser für euch, wenn ihr kooperiert. Ich fordere meine Verlobte ein und fürs Erste die Burg als Umschlagplatz eurer kriminellen Geschäfte. Wenn diese beiden Dinge heute nicht in meinen Besitz kommen, North McTavish …« Sein Blick fräste sich in meinen und ein explosionsartiger Feuersturm loderte in mir hoch. »Dann werden sie in niemandes Besitz mehr sein. Also kooperiert oder ihr werdet Gewalt erfahren.«

Gewalt erfahren … Meine Fäuste pumpten und das Feuer raste durch meine Wirbelsäule bis in meine Finger. *Gewalt ist mein zweiter Vorname, du Flachwichser!*

Die Hampelmänner, die ihn umgaben, luden ihre Waffe durch, und die Rotoren eines Hubschraubers dröhnten über uns hinweg.

»Also was sagst du, Eliot North McTavish? Werden wir das hier friedlich über die Bühne bringen?«

Für einen Moment war alles ruhig. Beinahe totenstill. Sein lächerlicher Helikopter kreiste über uns, sollte uns wahrscheinlich einschüchtern oder die Lage checken. Nichts von beidem würde ihm helfen.

»Ich sage …« Brodelnd beugte ich mich ein Stück weiter vor. »Fahr zur Hölle und statte deinem wertlosen Vater dort einen Besuch ab, Andrew Craig!«

Für zwei Atemzüge war die Luft noch wie zum Schneiden, dann nickte er fast unmerklich und sein Gesicht wurde fest. »Verschafft euch Zugang, Männer!«

Eine Salve von Maschinenpistolenschüssen hagelte über uns hinweg, und der Hubschrauber nahm uns ins Visier, um mit schwerem Geschütz auf die Zinnen zu halten. Felssplitter flogen mir um die Ohren und Lennox hechtete nur knapp in eine Ecke, bevor hinter ihm das Fensterglas explodierte wie eine detonierende Bombe.

»Meine Männer blockieren den Eingang«, rief mir Elijah über die Schüsse hinweg zu und feuerte mit seiner Beretta nach unten.

Ich nickte ihm zu, wich ein paar Querschlägern aus, die über das Gestein surrten, und rollte mich nach drinnen ab, um den Nachbarbalkon zu erreichen, wo Olec verbissen mit einer unserer *M134 Minigun* in die Menge schoss. Den Namen hatte ich noch nie verstanden. Das Schätzchen war so *Mini,* wie mein Schwanz ein kleiner Wurm war.

»Zur Seite!« Ich kauerte mich in die Deckung, den Finger am Abzug der schweren Schnellschusswaffe, und scannte konzentriert den Himmel nach dem Helikopter ab. So wie es klang, schlug er gerade auf der anderen Seite große Löcher in meine Burg. Verfluchtes Scheißteil!

Dann wurden seine Rotoren wieder lauter, er kam um das Gebäude herum zurück. »Rein mit dir«, rief ich Olec zu, der mit seiner 9mm auf das Ding zielen wollte. Witzbold.

»Okay, Boss!« Olec machte sich gehorsam davon und ich nahm den Hubschrauber ins Visier. Ein mittelschwerer *SA330* in Tarnfarben. Schlechte Wahl. Der hatte keine Chance gegen mein Baby hier. Die *M134* feuerte 7,62-Millimeter-Patronen mit Panzerdurchschlagkraft ab. Sechstausend Stück pro Minute.

»Hallo, Arschloch!« Für eine Sekunde hatte ich Blickkontakt zu dem Piloten. Er drehte seine Maschine schwerfällig, um auf mich zu zielen, und ich zog den Abzug. Scheppernd durchsiebten die Kugeln das Metall. Die komplette Seite seines Fluggerätes wurde zerfetzt und schwarzer Qualm waberte aus der Maschine. Verzweifelt versuchte der Pilot das Steuer herumzureißen, aber er hatte bereits die Kontrolle verloren, und die nächste Ladung, die ich auf ihn feuerte, knipste ihm gleich mit die Lichter aus. Der Helikopter machte ein jämmerliches knirschendes Geräusch, die Rotoren griffen ins Leere, er kippte auf die Seite, drehte sich einmal um die eigene Achse und zerbarst mitten in dem angreifenden Menschenauflauf vor meiner Burg. Die vermummten Kerlchen sprangen zur Seite, einer landete in einer der verdeckten Fallgruben und wurde von den Speeren darin erwischt. Und Andrew stand mittendrin und starrte zu mir herauf. Seine Männer schützten ihn, hatten sich um ihn versammelt wie eine Schar Lemminge und gaben ihm mit ihren Schilden Feuerschutz.

Seine Schultern waren bis an die Ohren gezogen, er tobte wie ein verschissenes Rumpelstilzchen, und als er seine kleine Spielzeugwaffe auf mich richtete, drehte ich in aller Seelenruhe die *M134* in seine Richtung.

Er zog das wirklich für ein paar Atemzüge durch, das respektierte ich. Wahrscheinlich, weil er wusste, dass ich ihn niemals auf diese lapidare Art und Weise um die Ecke bringen würde, dann hinkte er brüllend ein Stück nach vorn und feuerte auf mich. Durch den Schusslärm hörte ich nicht, was er schrie, und einer seiner Querschläger surrte verdächtig nah an meinem Ohr vorbei, also zog ich mich nach drinnen zurück und übergab Olec wieder das Maschinengewehr.

»Überlass ihn mir, klar?«

In dem Moment krachte und schepperte es unten ohrenbetäubend. Er hatte meine Eingangstür aufgesprengt.

Es wurde Zeit, dass ich ihn mir persönlich griff.

Ich verließ die Burg durch eine der Höhlen und mir sprang direkt einer dieser Pisser auf den Rücken wie ein Möchtegern-Terminator. Brennender Schmerz fuhr mir in die Seite; ich riss ihn von mir und warf ihn vor mir in den Sand. Er rappelte sich wendig auf wie ein Reptil und hieb dreimal mit dem kleinen Faustmesser nach mir, das mich halbherzig in der Flanke erwischte.

Keuchend sah er sich um. Hatte wohl seine Knarre verloren. *Hm, sind Faustmesser nicht illegal, Officer?*

Tief atmend baute ich mich vor ihm auf, und ein kleines Schmunzeln zupfte an meinem Mundwinkel, während ich meine Waffe wegsteckte. So liebte ich es am meisten. Gleiches Recht für alle.

Er starrte mich durch seine Maske hindurch an. Seine Augen weiteten sich und etwas Heimtückisches flackerte durch seine Iriden, als er registrierte, dass ich ihm unbewaffnet gegenüberstand.

»Du bist erledigt, North McTavish!«, wisperte er hysterisch. »Andrew wird sich erst deine Burg holen und dann den ganzen Rest von dir.«

»Werden wir sehen«, erwiderte ich unterkühlt und ließ sein Messer nicht aus den Augen.

Im nächsten Moment stürzte er sich brüllend auf mich und ich wehrte ihn mühelos ab, griff um seinen Hals und drehte mit der anderen Hand ruckartig seinen Kopf, bis es knackte.

Leblos sank er neben mir in den Sand und ich tätschelte grob seine Wange unter dem dunklen Stoff, bevor ich mich auf den Weg zum Aufgang durch den Felsen machte.

Unten in der Bucht schossen ein paar von Elijahs Männern und Andrews Kötern aufeinander. Sie waren wirklich überall. Wie dreckige, giftige Ameisen. Und sie wurden immer mehr.

Ich schlich mich mit der Waffe im Anschlag um die Burg herum, sah, wie Zac von mehreren Craig-Anhängern bedrängt wurde, und machte ihm durch zwei saubere Kopfschüsse Luft.

Mein ganzer Körper vibrierte. Im Angriffsmodus zählte nichts anderes mehr als das Jetzt. Das Haupttor war aufgesprengt. Pollock hatte sich einen der Speere aus einer Grube geholt und rammte ihn einem der Kerle in den Hals wie ein alter Highlander zu Zeiten von William Wallace. Mein Bruder sicherte den inneren Kern. Und Andrew ... Wo steckte dieser verfluchte Sohn eines ehrlosen Schweins?

Konzentriert scannte ich die kämpfende Menge und ein Schuss schlug direkt neben mir im Gestein ein. *Da!* Andrew war hinter meinem Van in Deckung gegangen und redete eifrig in ein Funkgerät. Er ließ ebenfalls den Blick schweifen und blieb an mir hängen. Grollend wollte ich mich auf den Weg zu ihm machen, da ertönte erneut Rotorlärm. Diesmal heller und im Doppelpack.

Fuck!

Zwei schnelle Jagdhubschrauber vom Typ *Aero* ratterten über die Bäume hinweg auf uns zu, und Andrews Gesicht verzog sich teufelsartig, während er auf mich zeigte und weiter in sein verschissenes Funkgerät faselte.

Die beiden Helikopter nahmen direkten Kurs auf mich.

Fuck! Verflucht! Scheiße!

Routiniert zielte ich auf einen der Piloten, aber er zog seine Schüssel herum, bevor ich abdrücken konnte.

Zwei schwere Maschinengewehre wurden auf mich gerichtet.

Ich hörte, wie Olec das Feuer auf die Libellen eröffnete, aber der Winkel war nicht geeignet genug.

Ich straffte die Schultern, stieß mich ab und zog mit starken, langen Schritten an der gesamten Länge der Burg entlang, damit Olec meine Verfolger besser ins Visier nehmen konnte. Schüsse schepperten um mich herum. Kugeln zischten mir um die Ohren. Eine traf mich am Arm, zerriss mir das Fleisch, aber ich konnte den Schmerz jetzt nicht zulassen.

Lauf, du verfluchter Hundesohn!

Etwas über mir krachte, Rotoren überschlugen sich ungesund, dann hechtete ich mit einem Satz hinter ein paar hohe Felsen neben meiner Burg.

»Ah, Scheiße, verfluchte!« Der Schuss an meinem Oberarm war übler als gedacht. Sah nach einem glatten Durchschuss aus, und ich presste fest den ungehaltenen Atem durch die Zähne, als ich hörte, dass sie mich noch immer verfolgten.

»Fuck, Olec«, fluchte ich und rannte erneut los, um mit langen Schritten wieder nach unten zu den Höhlen zu kommen. Alles musste man selbst machen, verfluchte Scheiße! Ich musste diese Arschlöcher ausschalten. Ihre Geschütze waren mir da oben eindeutig zu nah an Shona dran.

Hinter der Mauer ging ich kurz in Deckung, um den Himmel abzusuchen. Einer der beiden Helikopter qualmte ungesund, aber er war noch immer in der verschissenen Luft. Der andere war vollkommen unversehrt und mir direkt auf den Fersen wie eine Schmeißfliege. Zornig presste ich die Zähne aufeinander. Olec würde die verfickte Abreibung seines Lebens von mir bekommen, so viel stand fest.

Ich riss mir ein Stück Stoff vom Bund meines Shirts und band die Schusswunde mit Zähnen und Fingern ab. *Weiter! Los!*

Kurz bevor ich die Höhle erreichen konnte, schnitten die Hubschrauber mir den Weg ab. Einer hinter mir, einer direkt vor mir und der Kerl starrte mir direkt ins Gesicht, während er durchlud.

»Verfluchte Ka...« Mit einem ohrenbetäubenden Krachen flog das Teil in einer Feuersbrunst in die Luft, die Glut und Asche über mich regnen ließ. Kurz darauf ertönte das Surren einer weiteren Rakete und der zweite Helikopter hinter mir wurde gesprengt.

Was zum ...:

Irritiert sah ich mich um und traute meinen Augen nicht. O'Kellys massive Kiste von einem Kriegshubschrauber hatte sich übers Meer genähert und der riesige, diabolische Kobold darauf grinste böse.

»Hey, McTavish«, brüllte O'Kelly persönlich aus der Schussluke zu mir herunter. »Hab gehört, hier gibt es ein bisschen Spaß. Dann wollen wir den Scheißern doch mal Feuer unterm Arsch machen, was?«

Dieser verfluchte irische Hundesohn!

Er kam mir ausnahmsweise einmal wirklich gelegen.

Sein Monster von einem Fluggefährt schob sich ratternd über meine Burg und ein Megafon dröhnte in den Schusslärm hinein: »Hey, ihr kleinen Pimmel, wer sich mit den McTavishs anlegt, legt sich auch mit ihren Geschäftspartnern an, verstanden?«

Das musste auf Lennox' Mist gewachsen sein. Auch ihm würde ich eine Abreibung verpassen, weil nichts davon mit mir abgesprochen war, verdammt.

Brummend wollte ich meinen Weg zur Höhle fortsetzen, da traf mich plötzlich etwas so hart im Rücken, dass mir die Luft in den Lungen versiegte.

Kapitel 29
Shona

Nein! Bitte nicht, nein!

Ich war aus dem versteckten Turmzimmer geschlüpft, sobald Zac den Bergfried wieder verlassen hatte. Und was ich jetzt von hier oben aus dem Fenster sah, brachte mein Herz beinahe zum Stillstand. Eliot war da unten. Ungeschützt und allein. Und Ian versteckte sich ein Stück abseits in den Felsen und legte mit seinem Scharfschützengewehr auf ihn an.

Er war ein unglaublich guter Schütze und könnte ihm ohne Weiteres einen sauberen Kopfschuss verpassen, aber offenbar war die Schusslinie nicht optimal. Trotzdem hatte er ihn augenscheinlich bereits erwischt. Das Blut gefror mir in den Venen. Er taumelte. Hatte Mühe, sich auf den Beinen zu halten, und ging in die Knie. *Nein! Gott, bitte nicht! Eliot!!*

Ich konnte von hier oben unmöglich sagen, wo genau er ihn getroffen hatte, aber für einen Moment dachte ich, es sei aus. Und Ian legte erneut auf ihn an.

»Nein!«

Eliot fing sich schwer atmend, drückte sich hoch und scannte die Umgebung wie ein wütiger Guerillakämpfer.

Dann entdeckte er Ian und setzte durch Sand und Düne direkt auf ihn zu.

»Nicht! Eliot! Nicht, was machst du?« Meine eigene Stimme klang fremd in meinen Ohren. So ängstlich und entsetzt ...

Hektisch rannte ich zur Treppe und stürmte den engen Aufgang hinunter. Schüsse und Schreie hallten durch das Innere der Burg. Ab und an krachte es irgendwo und der Boden vibrierte unter meinen Füßen. Scheiße, sie nahmen die ganze Burg auseinander. Ich wollte wieder zu einem Fenster, da packte mich etwas von hinten, legte den Arm um meinen Hals und drückte zu. *Nein! Scheiße, nein!*

Ich zappelte wie ein Fisch in dem Griff dieses Mannes. Er roch nach etwas Verbranntem und sein Arm steckte in einer dunklen, verstärkten Jacke.

»Nein«, presste ich durch die Zähne. »Loslassen!«

»Hey, Jungs«, schrie der Kerl und hielt mich erbarmungslos umklammert. »Hier ist sie. Die Frau von dem Bild, das ist sie.«

Gott, Andrew hatte sie alle auf mich angesetzt. Meine Hand bekam etwas vom Fensterbrett zu greifen, einen Kerzenständer, und ich schlug mit voller Kraft zu und traf ihn im Gesicht.

»Aua, verflucht!« Er taumelte ein Stück zurück. »Juuuungs!« Er trug eine schwarze Skimaske und seine Jacke sah gepanzert aus.

»Komm her!« Er streckte die Hand nach mir aus, da erschien Lennox hinter ihm wie ein Schatten, hob seine Klingen und kreuzte sie über seiner Kehle, nur um sie eine Millisekunde darauf mit einem Ruck nachzuziehen. Blut spritzte mir gegen Nase und Lippen und der Typ ging gurgelnd zu Boden.

»Was machst du hier?« Lennox starrte mich tadelnd an und wischte seine Klingen an seinem – ohnehin schon blutbesudelten – Shirt ab. Für einen Moment drehte sich alles um mich und ich musste mich an der Wand abstützen. Shit, da war so viel Blut auf mir. In meinem Gesicht. Es roch nach Metall und der tote Kerl lag zu meinen Füßen. Es war in meinem Gesicht! Mir wurde schlecht.

Reiß dich zusammen!

Komm zurück, Shona!

»Eliot«, presste ich hervor. »Er ist da unten allein.«

Ich hangelte mich zum Fenster und Lennox folgte mir. Verdammt, Ian war verschwunden, Eliot war inzwischen umringt von Andrews Männern und schlug und schoss sich hindurch wie ein tollwütiger Bär, aber das würde so nicht lange gut gehen.

Lennox stieß einen knappen Pfiff durch die Zähne in Richtung eines Balkons unter uns. »Der Boss, los, gebt ihm Deckung!«

Dann wollte er sich wieder zu mir umdrehen, aber ich schnappte mir die Waffe des toten Craig-Anhangs und rannte weiter nach unten.

»Shona, verdammte Scheiße«, schrie Lennox mir nach, aber ich konnte nicht zusehen, wie sie hier alles dem Erdboden gleichmachten. Vor allem nicht Eliot! Ruppig wischte ich mir übers Gesicht. *Weg mit diesem Blut!* Ich musste Andrew finden. Vielleicht konnte ich verhandeln. Weiter unten lief ich einem stämmigen Kerl mit Goldkette über den Weg, der mir nur knapp zunickte und sich in einer Schießscharte verschanzte. War das eine Zigarre in seinem Mundwinkel? Ich nahm es nur am Rand wahr. Über uns am Himmel kreiste ein riesiger Hubschrauber mit der verzerrten Fratze eines Kobolds, der immer wieder das Feuer auf Andrews Männer eröffnete. Was waren das alles für Menschen, die ich noch nie vorher auf der Burg gesehen hatte? Offenbar standen sie auf Eliots Seite, das war gut.

Ich rannte in Richtung der Keller, als sich mir plötzlich ein weiterer Vermummter in den Weg stellte.

»Shit!« Hektisch riss ich die Waffe hoch und schoss auf

ihn. Mit hochgezogenen Schultern und ohne hinzusehen wie der letzte traurige Amateur, aber der Querschläger reichte, um ihn zurück in die Deckung zu jagen, wo ein dürrer Kerl mit silbern funkelnden Zähnen ihn sich vornahm.

Mist, ich hatte nie gedacht, dass ich mal auf jemanden schießen müsste, deshalb konnte ich es auch ungefähr so gut wie eine blinde Schildkröte mit nur einem Finger, aber ich musste das Beste daraus machen. Eliot brauchte mich! Sie alle brauchten mich!

Überall Blut und übel zugerichtete Leichen. Mir schnürte es den Magen zusammen. *Lauf weiter, Shona! Los!*

Als ich die große Höhle erreichte, schlug mir ein schneidender Wind entgegen. Die Wellen führten Krieg, genau wie wir.

Und die *Nathair dubh* riss an ihren Seilen. Ihr mächtiger Drachenkopf ragte über das Becken und blickte ungeduldig der Nordsee entgegen, während die Schlangenverzierungen in ihrem Bauch einander fast schon lebendig zu umranken schienen. Flackernde Bilder meines Traumes trafen mich wie Blitze, so heftig, dass ich überwältigt gegen die Höhlenwand sank. *Feuer. Wellen. Sturm und Tod. Und über allem er ...*

»Verflucht!« Benommen wischte ich mir über die Augen.

Auf der anderen Seite der Höhle fiel mein Blick auf Elijah, umringt von drei vermummten Männern. Ohne zu zögern legte ich an und schoss einem von ihnen in den Rücken. Er taumelte zur Seite, aber nichts weiter passierte, außer dass sie auf mich aufmerksam wurden. Schusssichere Weste. Ja, eigentlich hatte ich auf seinen Kopf gezielt. Mein Herz raste wie verrückt. Verdammt, ich wollte niemanden töten, aber hatte ich eine Wahl?

»Shona!« Elijahs Stimme klang entsetzt, als er einem der Typen, die auf mich zuhielten, einen sauberen Kopfschuss verpasste. Blut spritzte mir vor die Brust und ich konnte kaum noch atmen.

»Bist du irre? Geh wieder in die Burg, los! Geh wieder ...«

Er wurde in ein Gerangel verwickelt und um die Ecke gezerrt, während der letzte der drei Kerle auf mich zukam und seine Waffe zog.

Oh, verflucht! Verflucht!

Zitternd richtete ich die Pistole auf ihn. »Keinen Schritt weiter, verstanden?«

»Netter Versuch, Shona Blythe. Andrew will dich sprechen.« Er drängte mich rückwärts und ich riss die Waffe hoch und drückte ab. Für einen Moment hielt er die Luft an, schien quasi darauf zu warten, dass ihm das Blut an der Stirn herunterlief, stattdessen verhallte nur das dumpfe Klacken des leeren Magazins zwischen uns.

»Shit!« Meine Hände begannen noch schlimmer zu zittern als vorher und der Rest meines Körpers zog nach. Der Kerl grabschte nach mir und ich erreichte die Kante des Anlegers, stolperte und stürzte rücklinks über die Reling mitten in die Schwarze Schlange.

Eines der Seile löste sich, der Bug des Schiffes wurde von der Strömung gedreht und der hölzerne Bauch stieß mit einem Krachen gegen die Steinbegrenzung der Anleger.

Der Kerl starrte erst mich und dann das Schiff an wie ein Seeungeheuer, das ihn jeden Moment verschlingen könnte. Dann zischten ein paar Schüsse durch die Höhle, prallten pfeifend an dem Gestein ab, das uns umgab, und er ging in Deckung, um sich fluchend zu verziehen.

»Gott, steh mir bei!« Da kamen noch mehr. Verflucht viele von ihnen. Ich zog den Kopf ein und schlich mich unter Deck, um mich dort zu verstecken, bis sie weg waren.

Hier unten roch es nach Stroh und Holz. Kein Wunder, hier lagen auch überall Strohballen herum. Links und rechts befanden sich Ruderbänke, im Mittelgang zwischen ihnen waren ein paar Fässer gelagert, die verdammt alt aussahen. Ich konnte von hier durch eine Luke das letzte Seil sehen, an dem das Langschiff hing. Der Knoten wirkte nicht mehr besonders fest und die *Nathair dubh* bäumte sich in den Wellen auf wie ein wieherndes Wildpferd.

Eine halb geöffnete, vor der See geschützte Klappe an der Front des Schiffes ermöglichte mir einen Blick auf die Weite des Meeres hinaus. Es toste, der Himmel war grau, und verdammt, stürzte da gerade der Hubschrauber mit dem Kobold in die Wellen?

Gott, sie verlieren! Shona, sie verlieren!

Jemand sprang an Bord, ich hörte das schwere Geräusch von Schuhen auf Holz. Und noch eine zweite Person. *Verflucht, halt die Luft an, Shona!* Dumpfe Stimmen ertönten an Deck des Schiffes, ich konnte sie durch die Ruderluken hören. »Wenn du auch nur einen Mann dieses irischen Schwachkopfes da draußen schwimmen siehst, halt drauf, verstanden?«

Mir gefror das Herz in der Brust zu Eis.

Andrew! Das war Andrew.

»Verstanden, Sir.« Und Ian.

Mit geweiteten Augen sank ich gegen den Bauch des Schiffes hinter mir, während ihre Schritte über mir auf dem Holz erklangen. Das war die Chance, die ich haben wollte!

Mein Blick tastete sich zu der Verankerung des Seils.

Ich hatte sie beide hier und sie konnten nicht weg, wenn ich es clever anstellte. Ich konnte sie wegbringen. Weg von Eliot und der Burg. Könnte Andrew dazu bringen, das zu beenden.

»Hier soll sie sein?«, hörte ich Ian fragen.

»Hat sich wahrscheinlich schon wieder verzogen. Gibt es auf diesem Kahn eine Kajüte oder so was?« Andrew hinkte über mir an der Reling entlang. *Er hinkte tatsächlich.* Das gab mir Genugtuung. Wie von allein griffen meine Hände durch die Luke nach dem Seil, zogen mit einem Ruck daran und lösten die letzte Vertäuung.

Die Strömung zog die schwarze Schlange wie in einem Strudel aus der Höhle und ich hörte Ian erschrocken keuchen.

»Sir, wir fahren.«

»Das sehe ich auch, du Idiot!« Die nächste Welle zog uns noch ein Stück weiter aufs Meer, der Wind stand günstig und war stark. Ich schloss die Augen und straffte die Schultern, zwang mich dazu, ruhig zu atmen. Und dann zückte ich die leere Waffe und war mit einem Satz oben bei den beiden, die mich anglotzten wie ein soeben aus dem Nichts aufgetauchtes Feuer spuckendes Kelpie.

Mit der einen Hand richtete ich die Pistole auf sie, die andere zerrte mit einem Ruck an der Befestigung für das Segel. Die andere Seite löste sich unter dem Druck von allein und der Stoff rollte rumpelnd aus der Verankerung, um sich gierig im Wind zu blähen und uns weiter auf das Meer hinauszutragen.

»Oh, komm schon …« Andrews Gesicht bekam wieder den bekannten überheblichen Zug. »Du kannst überhaupt nicht schießen, Shona.«

»Wir können es ja gern noch mal ausprobieren, Andrew.« Mit dem Kinn deutete ich auf sein Bein und seine Lippen verzogen sich für den Bruchteil einer Sekunde verbittert. »Glückstreffer.«

»Vielleicht ist mir das Glück ja noch einmal hold, was meinst du?« Mein Puls hämmerte mir so laut in den Schläfen, ich konnte kaum verstehen, was ich sagte. Allein ihn so nah vor mir zu sehen, raubte mir beinahe den Mut.

»Ich meine, wir sind zu zweit und du bist allein. Leg die Waffe weg und komm her.« Er winkte mich selbstgefällig zu sich. »Komm schon!« Das hätte vielleicht noch vor ein paar Wochen funktioniert, jetzt tat es das nicht mehr.

»Einen Scheiß werde ich, Andrew! Bleib weg von mir!«

»Oh, sieh mal an, Ian.« Er schüttelte amüsiert den Kopf und griff nach der Waffe in seinem Holster. »Die Vulgarität ihres neuen Stechers ist offenbar ansteckend. Aber es kam ja schon nicht nur Blütenstaub aus dir heraus, bevor dir auch noch die letzte Sicherung durchgebrannt ist, was, Schneewittchen?«

Gott, halt die Klappe! Halt einfach die Klappe!

»Wenn ich es tue«, presste ich widerwillig hervor. »Wenn ich dich heirate, lässt du ihn dann in Ruhe? Sie alle?«

Andrew starrte mich an wie ein wild gewordener tasmanischer Teufel. »Shona, bitte ... Wie erbärmlich! Dir liegt doch wohl nicht wirklich etwas an diesem Trottel? Ach Gottchen. Das bringt ja maximal Drama in die Geschichte.«

Hatte ich wirklich gedacht, ich könnte mit einem wie ihm verhandeln? Dabei konnte ich mich nicht mal an einen Schlag auf den Kopf erinnern, der diese absurde Idee ausgelöst haben könnte.

»Du weißt, ich bin ein Freund davon, Gleiches mit Gleichem zu vergelten. Also lass uns doch eine kleine Rechnung aufstellen.« Andrew schraubte in aller Seelenruhe einen Schalldämpfer auf seine Waffe. Ich hatte keine Ahnung, warum er das tat, aber es machte, dass sich mein Magen zu einem zähen Klumpen zusammenballte.

»North fickt meine Frau, ich ficke seine.« Er hob die Schultern, und Gott, ich wünschte, in meiner Waffe wäre noch eine Kugel, damit ich sie ihm mitten in seine eitle Fratze ballern konnte. »Das ist wohl Einstand. Sehen wir mal weiter ... North verwüstet mein Revier und ich, tja ...« Anmaßend zeigte er über seine Schulter in Richtung Burg. »Was haben wir denn noch?«

»Du bist krank«, spie ich ihm entgegen. »Ist das alles, was dir noch wichtig ist? Ihn zu überbieten, ja? Das ist gestört.«

Andrew riss die Waffe nach oben, zielte auf mein Knie und drückte ab.

O Gott! Ah, Scheiße!

Stöhnend klammerte ich mich an die Reling, während gleißender Schmerz durch mein gesamtes Bein bis in den Unterleib zog.

»Stimmt, da war noch etwas.« Er kratzte sich mit der Waffe unterm Kinn. »Du hast mir ins Bein geschossen. Keine Angst, ich weiß, wo die Arterien sitzen. Du sollst mir hier nicht ausbluten. Ich brauche dich noch vorm Altar.«

»Fick dich!«, heulte ich vor Schmerz und richtete nur mit maximaler Selbstbeherrschung noch die nutzlose Pistole auf ihn. »Ich werde nie mit dir vor den Altar treten! Niemals!«

Tränen stiegen mir in die Augen und eine Welle rammte unser Schiff seitlich. Andrew und Ian taumelten gegen die Reling. Scheiße, tat das weh, ich hatte Mühe, mich noch auf unsere Umgebung zu konzentrieren.

»Oh, das wirst du. Ich habe meine Mittel und Wege.« Er lächelte kühl.

Zu meinen Füßen entdeckte ich einen kleinen Anker, fein säuberlich unter ein Tau geschoben. *Ruth, bitte verzeih mir, ich kann diesen Mann nicht heiraten! Ich kann einfach nicht!*

Etwas rumpelte unter Deck. War das eine Welle? Gott, war dieses Schiff überhaupt seefest? Bei diesem Wetter hier draußen? Wieder wurde die Schlange leicht auf die Seite gelegt. Der Wind wechselte und damit auch unser Kurs. Wir fuhren zurück in Richtung Küste.

Sie war inzwischen so weit weg, dass ich sie kaum noch erkannte.

»Was war das, Sir?« Ian zog seine Pistole.

Du warst einmal mein Freund und jetzt lässt du zu, dass er auf mich schießt. Fahr zur Hölle!

»Sieh nach«, wies Andrew ihn eisig an, und ich mahlte fest mit den Zähnen, damit dieses verfluchte Pochen und das Blut, das aus meiner Schusswunde sickerte, mir nicht noch die Besinnung raubten.

»So, und jetzt lass uns endlich aufhören mit dem Blödsinn!« Andrew machte einen Schritt auf mich zu, während Ian aktiviert unter Deck verschwand.

»Keinen Schritt weiter«, presste ich böse hervor und meine Ferse stieß gegen den Anker zu meinen Füßen.

Die nächste Welle ließ das Holz der *Nathair dubh* unter uns knarren und sich biegen. Der Himmel war grau. Feuer und Wellen. Schmerz und Tod. Es fühlte sich an, als würde ich mitten in meinen Traum hineinsegeln. Meinen Traum oder ... meine Vorsehung.

Unter Deck krachte etwas und es fielen zwei Schüsse, kurz hintereinander.

»Na, mal sehen, wessen Kadaver Ian da gleich aus seinem Versteck zerrt«, tönte Andrew amüsiert und in meinem Inneren breitete sich ein Schockfrost aus. Wer zum Henker war da unten? Ich hatte niemanden gesehen. Wir waren so weit von der Küste weg, ich kannte nur einen Menschen auf der Welt, der stark genug schwamm, um das Schiff hier draußen einzuholen ...

Taubheit fuhr mir in die Glieder und meine Finger zitterten so heftig, dass ich Mühe hatte, die Waffe zu halten.

»Was ist denn los?« Gespieltes Mitleid verzerrte Andrews Lippen. »War das euer kleiner Plan, hm? Er kommt, um dich zu retten? Der Böse rettet dich vor dem Guten? Mir kommen die Tränen.«

In dem Moment ertönte hinter ihm auf See ein heller Schrei und mir wurde das Herz leicht. Der Schrei eines Adlers. Ein Sonnenstrahl bohrte sich durch die grauen Wolken und traf genau unser Schiff, als Andrew herumfuhr und irritiert dem großen Vogel entgegenblickte.

Was für ein wundervolles Tier. Schneeweiß wie eine Möwe segelte er heran und umkreiste uns.

»Was zur Hölle soll der Quatsch?« Andrew starrte dem Tier wütend nach, während es den Kopf drehte und mich aufmerksam aus seinen roten Augen betrachtete. Ein weißer Steinadler, eine Mutation. Ich hatte immer gedacht, es seien nur Legenden, die von diesen Tieren erzählten.

Andrew hob den Arm und zielte auf den Vogel, im selben Moment griff ich nach dem Anker, holte aus und schrie vor

Schmerz und Wut, als ich ihm den schweren Stahl über den Kopf zog.

Seine Hände wurden schlaff, die Waffe prallte auf die Reling und ging über Bord. »Du bist keiner von den Guten!«, brüllte ich bebend, als er vor mir zu Boden sackte, eine große Platzwunde am Hinterkopf.

Der weiße Adler drehte ab, stieß einen langen Ruf übers Meer und verschwand der Sonne entgegen, die eben noch unser Schiff geküsst hatte.

Wieder krachte etwas unter uns und ich erstarrte.

Eliot …

Kapitel 30
North

»Weg mit der Waffe, Schattenadler!« Dieser verfluchte Wicht war wendig wie ein Wiesel. Er bewegte sich um die Balken herum wie der Blitz und schoss wirklich verdammt gut. Hätte ich ihm gar nicht zugetraut nach der schlaffen Aktion damals auf dem Revier.

Wasser tropfte aus meiner Kleidung auf meine Schuhe. Gerade hatte ich nach meinem Zippo greifen und testen wollen, ob es die Schwimmeinlage heil überstanden hatte, da hatte mich dieser Knilch überrascht.

»Komm schon, Igor, du willst diesen kranken Wahnsinn doch gar nicht für ihn abziehen.«

Ich musste gestehen, dass ich durch all die Treffer da draußen etwas geschwächt war. Keine Ahnung, wie viele ich hatte einstecken müssen oder welches Blut auf meiner Kleidung zu mir gehörte und welches nicht, aber das verfluchte Salzwasser hatte höllisch in all den Schnitten und Löchern darunter gebrannt.

»Doch, will ich.« Er schnitt mir den Weg ab, entwaffnete

mich und war plötzlich hinter mir. In Windeseile wickelte er ein Tau um meinen Hals, zerrte mich zurück gegen einen der Balken, benutzte ihn als Hebel und zog es fest.

»Und ich heiße Ian!«

Scheiße! Du unverbrauchter kleiner Wichser!

Das kantige Holz drückte sich in meine Wirbelsäule wie ein verschissener Dreitonnenlaster, während Ian das Seil fester und fester drehte. Ein gequältes Glucksen quoll aus meiner Kehle hervor. *Scheiße!*

Mit aller Kraft, die ich ohne Sauerstoff aufwenden konnte, griff ich nach hinten nach seinen Augen, aber er zog das Seil fester und ich stieß nur noch leeres Würgen aus, während meine Hände ihn nicht erreichten.

Er würde mich hier draußen strangulieren. Jeder meiner Muskeln wurde fest wie Stein. Er würde mich nach Walhalla schicken mitten auf See. Tief in der warmen, gütigen Brust meiner schwarzen Schlange. Da wo ich immer hatte sein wollen. Der Laderaum verschwamm vor meiner Sicht. Und dann ließ er locker und ich sackte kraftlos an dem Balken nach unten. Meine Lunge brannte wie das Scheißfegefeuer, mein Atem rasselte.

»Du hast die Gegend lange genug terrorisiert.« Er baute sich vor mir auf, dieser lächerliche schnauzbärtige Wurm, und richtete seinen altmodischen Revolver auf mich. Hölle, hatten sie nichts Vernünftiges in Craigs stumpfem Gefolge? Würde mir wirklich ein altes Relikt hier draußen die Lichter ausknipsen?

»Das hier werden jetzt meine Lorbeeren. Gute Reise, *Iolair dubhar*.«

»Ian, nicht!«

Hölle, die Welt entglitt mir. Waren das Shonas herrliche Beine, die da plötzlich direkt vor mir standen? War ich schon im Himmel?

»Geh zur Seite, Shona!«, forderte Ian verbissen.

»Nein! Wenn du ihn willst, musst du erst mich erschießen.« Weinte sie etwa? Scheiße, ich war eine Niete im Trösten, aber ich wollte nicht, dass sie weinte.

»Was soll der Unsinn? Bitte, lass mich das beenden! Er hat dich verschleppt und eingesperrt. Er hat Andrews Vater ermordet und er terrorisiert das gesamte Umland, es ist jetzt Zeit, das Blatt zu wenden.«

»Nein! Er hat die Fesseln von mir gerissen, die Andrew mir verpasst hat, und er gehört zu dieser Burg und dem Norden wie die Wellen zur See. Bitte brecht den Angriff ab, Ian, du verstehst das nicht!«

Neues Leben flutete meinen Körper, und ich konnte sehen, wie sich etwas hinter Ians Blick tat.

Komm schon, McTavish! Hoch mit deinem Kadaver und hol deine traurige Hexe hier raus!

»Was verstehe ich nicht, Shona? Willst du mir etwa sagen, dass du tatsächlich in diesen Rohling vernarrt bist?«

»Ich werde hier stehen bleiben, solange ich muss«, zischte sie mit bebender Stimme. »Eliot kämpft für die Dinge, die er liebt, Ian, wie ein Tier. Er hat mich gelehrt, was Leidenschaft bedeutet, Freiheit und Stärke. Ich bleibe hier stehen, bis du diese verdammte Pistole runternimmst.«

»Shona, du ... Sag, dass das nicht wahr ist. Du ...« Sein Blick wurde ungläubig, während er in ihrem nach irgendeinem alten Wissen kramte, das Lehrbücher ihm nie beigebracht hatten. »Du liebst ihn.«

Ein verfickter Meteor schlug hinter meiner Brust ein, als sie nicht widersprach.

Bitte tu das nicht, Shona!

Draußen näherte sich das Motorengeräusch eines Bootes und ich hörte ein Stimmengewirr durcheinanderrufen. Ian wurde nervös, aber Shona stand vor mir wie ein Fels in der Brandung.

»Du kannst jetzt lockerlassen«, ließ sie ihn matt wissen.

»Ich habe Andrew ausgeschaltet. Du bist jetzt wieder du. Wieder mein Freund, Ian.«

»Aber du kannst nicht …« Sein Finger am Abzug wurde lockerer, während meine Hand wie von allein das Tau von meinem Hals zog.

»Ihr könnt nicht …« Desorientiert blickte er von mir zu ihr und wieder zurück.

»Wir können«, flüsterte sie. »Und du kannst auch.« Behutsam nahm sie ihm die Waffe aus der Hand und er ließ es geschehen. Meine Brust stand in Flammen. Sie war vielleicht keine Hexe, aber definitiv eine Zauberin. Und nach diesen Worten da gerade gehörte sie mir mehr als je zuvor. Und Hölle, ich ihr ebenso.

Langsam richtete ich mich auf und blickte Ian über sie hinweg direkt in die Augen. »Du solltest dich jetzt besser aus dem Staub machen, Kumpel.« Meine Stimme klang noch etwas angeschlagen, aber die Zeit würde das erledigen.

Shona drehte sich zu mir um und ihre Augen fragten, nein *flehten* beinahe, dass ich okay sein sollte.

Ich nickte ihr knapp zu und zog mein Zippo aus der Tasche, um einen kratzenden Funken zu wecken. »Wir bekommen Besuch.«

In einer wendigen Bewegung warf ich das entflammte Feuerzeug in das Stroh in der Ecke und stieß einen schrillen Pfiff durch die Finger.

Schritte liefen über uns durcheinander, während der Laderaum Feuer fing und Ian einfach nur dastand wie hypnotisiert.

Armer Tropf. Hatte Shona ihm etwa gerade das Herz gebrochen?

»Ich meine es ernst.« Ich griff unsanft seine Schulter und schob ihn vorwärts. »Raus hier!«

Spitze Schreie ertönten, gefolgt von panischen Rufen und planlosen Schüssen. Meine Adler waren da, und als wir die Luke erreichten, konnten wir sehen, wie sie abwechselnd auf die Männer an Bord niederfuhren, mit Schnäbeln und Krallen zuerst.

»Das sind Andrews beste Männer«, hauchte Shona. »Sie schießen auf sie, Eliot.« Angst flackerte in ihrem Blick, als sie sich zu mir umdrehte. Hier oben herrschte Chaos. Aber mein geschulter Blick hatte sich bereits alles einverleibt, was jetzt von Belang war. Wir waren wieder ein Stück weiter in Küstennähe, das Polizeiboot schaukelte nah bei der *Nathair dubh* in den Wellen, Andrew lag bewusstlos neben der Reling, die Wunde hatte ihn nicht umgebracht, und Shona war verletzt.

»Keine Angst«, raunte ich ihr zu. »Darauf sind sie trainiert. Sie schaffen das. Komm jetzt!«

Vor lauter Panik unter den steten Angriffen meiner Gefährten bemerkten diese ferngesteuerten armen Tröpfe uns nicht einmal. Sacht dirigierte ich Shona in Richtung Boot, während ich quasi spürte, wie sich das Feuer unter uns in den Gedärmen meiner Schlange ausbreitete. Sie starb für uns. Und nahm Andrew und seine schmutzige Bande mit sich.

Leb wohl, Nathair dubh!

»Komm her.« Ich wollte Shona sacht über die Reling heben, da packte eine Hand ihren Fuß und zerrte sie eisern zurück. »Das könnte euch so passen, ihr elenden Verräter! *Du bleibst hier, Shona!*« Andrews Fratze war voller Blut und der pure Wahnsinn stand ihm ins Gesicht geschrieben.

Ich packte verbissen seinen Arm und verdrehte ihn so hart, dass es in seinen Knochen krachte. Er brüllte und *Dorchadas* stieß auf ihn hinunter, um ihm seine Klauen ins Rückgrat zu schlagen.

»Aaaaah! Drecksvieh!«, schleuderte er gemeinsam mit viel Speichel über die Lippen und ließ Shona los, um unbeholfen nach seiner Waffe zu kramen, die offenbar nicht mehr da war, wo sie sein sollte. Ich setzte Shona in das Boot und beschwor sie mit meinem Blick.

»Komm mit«, bat sie und ihre grauen Augen flackerten. »Lass es gut sein, Eliot!«

»Fahr!«, wies ich sie fest an, während die Flammen bereits aus der Luke schlugen. »Ich komme nach.«

KAPITEL 31
NORTH

Das Dröhnen des Bootsmotors war wie Musik in meinen Ohren, als ich mich wieder zu Andrew umwandte und dabei zusah, wie seine wichtigsten Schergen mit meinen Adlern kämpften.

»Nur noch wir beide, was?«, brummte ich und wartete, bis er sich mühsam aufgerichtet hatte.

Ich war blutig, er war blutig. Meine Kehle war zerquetscht, sein Rücken zerrissen. Das hier versprach ein fairerer Kampf zu werden, als er sich wahrscheinlich in seinen schlimmsten Träumen hätte ausmalen können.

Und jetzt, wo ich ihm das letzte Mal gegenüberstand, meine Adler um mich, die Flammen im Rücken und mein Schiff nach Walhalla unter mir, fühlte ich mich ruhiger, als ich je zuvor gewesen war.

»Du hast nichts von Schottlands Boden verdient«, grollte ich ihm voller Überzeugung entgegen. »Du hast die Seeluft nicht verdient, die du atmest. Und die Männer nicht, die dir folgen. Und vor allem anderen ...« Ich beobachtete ihn beherrscht dabei, wie er nach einem Tau am Boden griff.

»Hast du keine Frau wie Shona verdient. Also finde deinen Frieden und lass los!«

Seine grünen Augen funkelten abschätzig und er ging mit dem Seil auf mich los. Ich wich ihm aus und verpasste ihm einen Schlag vor die Brust, der ihn zurücksacken ließ. Direkt neben einen Kerl, der kreischend von Bord sprang und im Wasser von meinen Vögeln zerfleischt wurde. Sie ließen niemanden heil hier weg, folgten meinem Auftrag.

Ruckartig zog Andrew ein kurzes Messer aus seinem Stiefel, ich konnte sehen, wie die Klinge in der Sonne blitzte, bevor sie auf mich niederfuhr. Er erwischte mich an der Wange und ich zog den Kopf weg, bevor ich ihm einen Schlag ins Gesicht verpasste. Er sprang wieder hoch wie ein verfickter Flaschenteufel und traf mich mit dem Messer vor der Brust. Dann wollte er davonrennen, humpelte mitten in seine Männer hinein, von denen mich einige verdutzt anstarrten, bevor sie wieder von meinem Schwarm attackiert wurden. Alles um uns waberte, schrie, kreischte und flackerte, als ich ihm nachsetzte und ihn in der Mitte des Schiffes zu greifen bekam. Die Flammen schlugen bereits hoch in den Himmel um uns herum und der Bug drehte sich so, dass das Schiff langsam zur Seite kippte.

Grob presste ich Andrew gegen den Mast, an dem das Segel festgemacht war, und er grinste bemüht dreckig.

»Weißt du …« Blut quoll über seine aufgeplatzten Lippen. »Ich kann mich nicht entscheiden, welche Fotze sich besser angefühlt hat. Die von Arran oder die von Shona.« Er beugte sich ein Stück zu mir vor und flüsterte mir gegen das bebende Gesicht: »Ich hab sie mir beide am liebsten mit Gewalt genommen.«

Abschätzig rammte ich ihm meinen Blick in die unnatürlich glimmenden Augen. »Meine Adler werden deine Leber fressen«, presste ich beherrscht hervor. »Deine Milz und dein Herz. Wie das deines Vaters. Denn es taugt ohnehin nichts.«

»Genau wie deines, was?« Sein Schmunzeln kam direkt aus der Hölle, in die ich ihn gleich schicken würde.

»Aber vorher wirst du brennen, Andrew Craig. Denk an sie und denk an mich, während deine Haut da oben versengt und deine Augen in den Höhlen kochen.«

In einer fließenden Bewegung griff ich mir das Seil zu unseren Füßen, wickelte es fest um sein Bein und zog mit einem so harten Ruck daran, dass das Segel herunterkam und er in die Höhe gezogen wurde.

Brüllend und fluchend hing er kopfüber da oben am Mast und ich vertäute ihn bebend wie das hässlichste Scheißsegel der Welt. Dieser Hurensohn! Er würde brennen in einem Fegefeuer, das er sich selbst erschaffen hatte. Er würde brennen, bis nur noch Fetzen von ihm übrig waren und die Raubmöwen und Aale seine traurigen Reste verschlangen.

In ein paar Sätzen war ich durch die lodernden Flammen hindurch über der Reling im Wasser. Und ich schwamm, während die *Nathair dubh* hinter mir loderte und die wahre Schwarze Schlange in den Felsen auf mich wartete.

Ihr gehörte mein Herz, auch wenn es kalt und tot war. Und meine Seele, auch wenn sie nicht viel taugte.

Das Boot schaukelte in den Wellen zwischen zwei Felsspitzen und ich hielt darauf zum, um mich mit letzter Kraft an dem Gestein hochzuziehen. Scheiße, ich war verkokelt und durchlöchert wie ein Schweizer Käse, aber sie war verloren, als sie auf mich zu rannte, um mich behutsam in ihren Arm zu ziehen.

»Eliot! O Gott, Eliot!«

Verbissen drehte ich den Kopf in Richtung See, wo mein wundervolles Langschiff mir den letzten Dienst erwies. Andrew hing an dem Mast und brannte lichterloh, genau wie alle anderen an Bord, und der dichte Rauch ihrer sterbenden Körper stieg in den Himmel auf, um sich mit den lichter werdenden Wolken zu vermischen. Ich straffte die Schultern, während Shona meinen Bauch umklammerte, sich an jemandem festhielt, der sie nicht halten konnte und trotzdem nichts lieber wollte.

Scheiße, was sollte ich nur mit ihr machen?

»Eine gute Frau brennt mit ihrem Mann«, hauchte sie heiser und ich zog sie ein Stück enger an mich, als die Schreie draußen auf dem Meer verebbten und meine Adler nach und nach abdrehten.

»Er ist nicht dein Mann.« Mein Herz schlug stark und fest, während sie mir näherkam, als gut für sie war. »Ich bin es!«

KAPITEL 32
SHONA

Als wir mit dem Boot zur Burg zurückkehrten, fühlte ich mich wie gelähmt und gleichzeitig konnte ich die Augen nicht von ihm lassen. Eliot stand wie ein Fels in der schottischen See, obwohl er voller Schusswunden und Schnitte war. Verflucht, und ich krepierte schon von diesem hässlichen Knieschuss beinahe. War er wirklich am Leben oder träumte ich? Waren wir vielleicht beide tot? Wenn ich tot sein sollte und bei ihm bleiben durfte, war das okay für mich. Ernst blickte er der Küste entgegen, das Gesicht voller Ruß. Es ließ ihn noch kantiger wirken, noch maskuliner, und seine Augen leuchteten blau wie die magische Grotte in der Höhle unter seiner Burg. Er hatte Andrew da draußen eine Wikinger-Bestattung verpasst und in mir wirbelten alle Emotionen durcheinander. Ich hatte dabei zugesehen, wie er verbrannte. Wie sie alle verbrannten. Die Adler hatten sie gezwungen, an Bord zu bleiben und ihre Strafe anzunehmen.

»Bist du okay?« Eliots Blick streifte mich und kribbelte in kleinen züngelnden Flammen durch meinen Bauch.

Ich räusperte mich peinlich berührt und wandte den

Blick ab. Mist, ich musste aufhören, diesen Barbaren anzuhimmeln. Diesen *herrlichen* Barbaren ... *Schluss jetzt!*

»Wenn ich dich so ansehe, sollte ich wohl okay sein.«

Ein kleines Schmunzeln zupfte an seinen Lippen. »Sind nur Streifschüsse und Kratzer.«

In der Bucht räumten Elijahs Männer bereits auf. Der Kampf war vorbei. Und ich wollte gar nicht wissen, wie viele er das Leben gekostet hatte. Ich zwang mich, hinzusehen, wie sie die Leichen abtransportierten.

»Es ist vorbei«, hauchte ich und verstand es selbst noch nicht wirklich. Es war vorbei. Andrew war vorbei. Mein altes Leben war vorbei. »Ich habe von diesem Schiff geträumt, Eliot. Von diesem Moment.«

»Aye.« Eliot sah mich so intensiv an, dass Strom in wilden Wellen durch meinen ganzen Körper peitschte. »Jetzt bist du frei.«

»Ja«, flüsterte ich und suchte draußen auf dem Meer nach einem Halt. »Ich bin frei.«

»O Gott verdammt, ihr lebt, ihr verfluchten Arschlöcher!« Elijah empfing uns am Anleger und zerrte seinen Bruder aus dem Boot, bevor er das Seil festziehen konnte. Er wirkte blass und die Sorge hatte tiefe Ringe unter seine Augen gezeichnet.

»Na, na, seit wann fluchst du denn so hemmungslos?« Eliot ließ sich von ihm umarmen, ächzte aber kurz dabei. *Klar, nur Streifschüsse und Kratzer ...*

»Seit ich dachte, du wärst da draußen draufgegangen, Mann.« Waren das Tränen in Elijahs Augen?

Mit einem Ruck zog er auch mich an Land und drückte mich gegen seine feste Brust. Er roch ganz anders als Eliot. Eher nach Wald und unterirdischen Gewölben.

»Dieser Kerl ...« Er ließ mich los und tippte seinem Bruder gegen die Brust. »Dieser Kerl hat seinen Arsch und seine Seele für dich geopfert. Wehe, du weißt das nicht zu schätzen, Shona Blythe!«

»Oh, keine Sorge.« Ein kleines Lächeln machte mir den

Bauch ganz kribbelig. »Ich habe selten etwas so zu schätzen gewusst.«

Eliots Blick verband sich mit meinem. Wärme lag darin, Erschöpfung und Leidenschaft. O Gott, ich ...

»Ich liebe euch, ihr Goldkinder!« Elijah drückte erst ihm und dann mir einen Kuss auf die Stirn. So emotional hatte ich ihn noch nie vorher erlebt, und irgendetwas sagte mir, dass dies ein einmaliger Ausbruch bleiben würde.

»Wie ist die Bilanz?« Eliot sah sich am Strand um.

»Verluste auf beiden Seiten. Die Jungs, die es betrifft, sind im Keller. Andrews Bande musste ordentlich einstecken. Ist nahezu ausgerottet. Mir scheint, als wäre der ganze korrupte Polizeiapparat der Region ausgelöscht. Dank unserer Jungs und unseren Verbündeten. Sie sind alle gekommen, Eliot.«

»Dann ist das ein Grund zum Feiern.« Eliots Worte passten nicht zu seiner Stimmlage. Er war angespannt. Musste wahrscheinlich erst sehen, wen er zu beklagen hatte.

»Wir leben«, sagte Elijah gedämpft. »Und die Herrschaft der Craigs ist vorüber. Das ist eine niemals endende Feier wert, Bruder. Du wirst dich umgucken, Shona.«

O Gott, wollte ich eine Feier in ihren Reihen miterleben?

Wollte ich das wirklich? Mir schwante absolut nichts Gutes.

»Hey, McTavish!« Der dicke Kerl mit der Goldkette kam auf uns zu. Sein weißes Hemd war voller Blut und seine kurzen Arme ausgestreckt. »War das mein Schiff, das da draußen zu Asche verbrannt ist, he?«

Eliot drehte sich um und baute sich vor ihm auf wie Thor, der soeben aus den Wolken zu uns herabgestiegen war.

»Fahr zur Hölle, Goldman!«

»Du zuerst, du manierenloser Bastard!«

Für einen Moment starrten die beiden einander an, fochten ein stummes Blickduell, dann schlugen ihre Hände ineinander wie zu einer Übereinkunft.

»Gut, dass du da warst, Mann!«

»Gut, dass du es bist!«

Zac kam zu uns heruntergerannt. Sein Zauselbart sah aus, als würde eine Generation Möwen darin brüten. »Shona, Kind, komm, ich sehe mir das an.« Besorgt begutachtete er mein Bein. »Tut es weh?«

»Schon«, gestand ich und hörte Eliots Knurren im Rücken, als Zac meinen Arm über seine Schulter legte.

»Keine Angst, ich bringe sie dir schon heil zurück, du alter Brummbär. Und um dich kümmere ich mich gleich im Anschluss.«

Der Abend graute, als ich frisch versorgt nach Freya in Eliots Zimmer sah. Sie lief aufgebracht auf dem Boden hin und her und breitete immer wieder ihren gesunden Flügel aus, als sie mich kommen sah. Sicher hatte sie Eliots Pfiff gehört und spürte, dass etwas Schlimmes vor sich gegangen war.

»Nein! Du kannst noch nicht fliegen«, redete ich ihr gut zu. »Beruhige dich!«

Unten aus dem Thronsaal tönten bereits Jubel und Gesänge. Die Bande feierte und ich würde jeden Moment mittendrin sein. Was, wenn Eliot bereitwillig in eine Orgie einstieg?

Gott, Shona, hast du nicht wirklich gerade andere Sorgen?

»Hey, hey, ganz entspannt!« Freya war kaum zu beruhigen, sie lief auf und ab wie ein eingesperrter Tiger. Es war nicht gut, wenn sie ihren gebrochenen Flügel so überstrapazierte.

»Alles gut, mein Mädchen. Ruhig!« Eliot betrat den Raum und beugte sich nah bei mir zu ihr hinunter. Er war frisch geduscht, hatte sich von Zac nähen lassen und kam gerade aus dem Burgkeller, in dem er sich seine Verluste angesehen hatte.

Freya trottete direkt auf ihn zu, stieß klägliche Jammerlaute aus und kletterte behutsam auf seinen Unterarm.

Mein Herz brannte, als er sie sacht zu seinem Gesicht hob und ihr mit rauer Stimme gälische Liebesschwüre zuraunte.

Freya schmiegte sich gegen sein Gesicht, schloss die Augen und gurrte wie eine zahme Taube.

Eigentlich wollte ich ihn fragen, warum sie plötzlich so aufgebracht gewesen war, wollte fragen, wie schlimm es im Keller war oder wie sehr seine Blessuren schmerzten, aber ich konnte nichts von alledem tun. Außer ihm dabei zuzusehen, wie er ihr tief seinen geheimen Zauber einhauchte, und dabei hundert süße Tode zu sterben. Was für ein überirdisches Fabelwesen war dieser Mann bitte? Wenn ich eine Hexe war, dann war er ... Der König der Hexer? Ich hatte keine Ahnung, er verwirrte jeden einzelnen meiner Sinne.

Vorsichtig setzte er sie auf seinem Bett ab, und als er sich wieder mir zuwandte, machte ich keinen Hehl daraus, wie sehr ich ihn anhimmelte.

»Wenn du je so mit mir reden solltest ...«

»Dann was?« Sein Blick wurde dunkel und wild, und er drängte mich langsam mit seinem Körper in Richtung Wand, bis ich die Kälte des Gesteines im Rücken und die Wärme seines Körpers vor der Brust spürte.

»Dann kann ich für nichts mehr garantieren«, flüsterte ich gegen seine Lippen und blickte unter schweren Lidern zu ihm auf.

»Ach nein?« Seine Augen glühten verschmitzt.

»Nein.« Mein Körper reagierte auf seinen, meine Hände

griffen zurückhaltend nach seinem festen Hintern und zogen seine Lenden näher an mich.

»Hmmm.« Er schmunzelte und im nächsten Moment trafen seine Lippen weich auf meine. Fast schon sanft. Dankbar zog ich ihn näher, während ein Schwarm Adler durch meinen Bauch flatterte. Ich spürte, wie ihre Schwingen zart mein Herz kitzelten und sie mich mitnahmen in ungeahnte Höhen über den Ozean, während Eliots Kuss tiefer wurde, fordernder, und er wohlig gegen meinen Mund grollte.

Weit unter uns im Gewölbe ging ein entzückter Aufschrei durch die feiernde Menge, und Eliot unterbrach unseren Kuss, um mich spitzbübisch anzuzwinkern. »Komm, sie warten schon auf uns.«

»Lass sie warten!« Gott, ich wollte ihn. Jetzt und hier und immer!

»Komm!« Er zog mich ein Stück von der Wand weg und verpasste mir einen Klaps auf den Hintern. »Du bekommst später noch, was du verdienst.«

»Du eiskalter Barbar«, fluchte ich und er schob mich zur Tür hinaus und biss mir von hinten in den Hals.

»Das hatten wir doch alles schon, Hexe!«

Unten im Saal war die Stimmung ausgelassen. Die Strapazen der Schlacht fielen von den Männern ab, sie tranken und hatten die Fackeln und das Feuer im Kamin entzündet.

Der riesige Kerl mit den Silberzähnen, den ich schon eher gesehen hatte, erklärte Zac offenbar gerade das Rezept für ein paar irische Shots. War dieser Typ etwa der Kerl mit dem Kobold auf dem Hubschrauber? Ein Riesenkobold?

Lennox knutschte hinten auf den Sofas mit zwei sehr leicht bekleideten Mädels. Gott, dieser Kerl war unersättlich.

Meine Kehle wurde trocken, als ich den Blick schweifen ließ und auch einige Frauen mit recht eindeutigen Absichten entdeckte. Eine trug nur rote Spitzenunterwäsche und massierte Pollock die Schultern, der wirklich verdammt angeschlagen und eingegipst aussah.

Mit aufeinandergepressten Lippen straffte ich die Schultern. Würde ich noch einmal zusehen können, wie Eliot vor meinen Augen eine andere Frau nahm? Wahrscheinlich würde dabei erst mein Herz brechen und kurz darauf seine Nase unter meiner Faust. Ich fürchtete mich davor, was das mit mir machen würde.

Entspann dich, Shona! Das hier ist eine Feier. Also feiere!

Ohne Umschweife ging Eliot auf den groben Glatzkopf seiner Truppe zu, zerrte ihn nach oben und verpasste ihm einen so harten Schlag gegen die ohnehin schon lädierte Nase, dass er mitsamt seinem Stuhl nach hinten umfiel.

Augenblicklich wurde es totenstill im Saal.

»Du hattest nur diese eine Aufgabe«, polterte Eliot, zog ihn ruppig hoch und setzte ihn wieder auf seinen Stuhl. »Du solltest diese scheiß *Aeros* vom Himmel holen, während ich meinen verfickten Arsch direkt an deiner Nase vorbeitrage. Und du ... verfehlst sie?«

Der andere wirkte wie vom Donner gerührt, wagte nicht einmal, das Blut wegzuwischen, das ihm aus der Nase sickerte.

»Ich schwöre bei Gott, wenn ich nicht so froh wäre, dass du noch lebst, du Hundesohn ...« Verbissen holte Eliot sich merklich wieder runter. »Das zahle ich dir noch heim, du

Sohn einer missratenen Sirene! Ich werde einen *Aero* besorgen und dich von hier nach Glasgow jagen lassen.«

»Ich hab *Aeros*«, rief ein verschobener Typ mit dunklen Locken und üppiger Brustbehaarung unter dem Hemd zu ihm hinüber. »Kannst gern einen von mir haben, McTavish.«

»Sehr gut.« Eliot klopfte dem blassen Glatzkopf auf die Schulter. »Sehr gut.«

Unbehaglich ließ ich mich auf den Stuhl neben dem Thron sinken, gegenüber von Elijah, der mir wie immer allwissend zulächelte.

»Ich danke euch allen, dass ihr hier seid!«, richtete Eliot schließlich das Wort an die Menge, die tatsächlich fast den ganzen Saal ausfüllte. »Ich danke euch, dass ihr an meiner Seite steht, das bedeutet mir nach all dem mehr, als ihr ahnen könnt, Scheiße noch mal!« Er machte eine Pause, um in die Runde zu blicken, und ich konnte fühlen, wie ernst er das meinte. Nach all dem Verrat, dem Tod und dem Wahnsinn war es gut, zu sehen, wie viele ihm auch im Krieg noch verbunden waren. Diese bedingungslose Loyalität hatte er verdient.

»Aber wir sind nicht hier, um rührselig zu werden, sondern um zu feiern. Unseren Sieg über die Craigs. Über das Unrecht und den Verrat. Also, lasst uns verdammt noch mal trinken, Freunde.«

»Du schuldest mir einen Helikopter, North«, rief der Riesenkobold und hob ihm seinen Humpen entgegen.

»Nimm dir dafür mit, was du willst, O'Kelly!«

Der Ire ließ seinen Blick schweifen und starrte gierig zu einer blonden Frau im Minikleid hinüber, unter dessen Saum man ihre Pobacken sehen konnte. »Ein paar deiner Mädels würden mir ganz gut gefallen, denke ich.«

North lachte grollend. »Dann frag sie höflich, ob sie auch dich wollen, du lüsterner Hund!«

Während alles grölte und jubelte, kam Eliot zu mir herüber und ließ sich in den Thron sinken. Es war beinahe sichtbar, wie in diesem Moment alles von ihm abfiel. Die Wut war zu zähem Dampf verraucht, wehte durchs Fenster hinaus in den Abend und verzog sich über die tosende See, bis sie das nächste Mal gebraucht wurde.

Zac rollte ein altes Holzfass zur Tür herein und ein amüsierter Zug legte sich um Eliots Augen. »Schafft mir McMory her!«

Was hatte er jetzt wieder vor?

Lennox kam zur Tafel herüber und wischte sich benommen den Lippenstift aus den Mundwinkeln. »Was gibt es, Boss?«

Bedächtig richtete Eliot sich wieder auf, zog das Fass heran, das bis zum Rand voller Flüssigkeit war, die verdächtig wie Met aussah, und platzierte sich direkt neben Lennox.

»Du hast unsere Verbündeten hergeholt«, begann North und griff brüderlich nach seiner Schulter. »Hast sie auf Herz und Nieren geprüft. Deinen Pelz für mich riskiert, wieder und wieder. Der Wald hat dich ausgeschissen als kleinen Trickbetrüger, der genauso gern austeilt wie einsteckt, aber ab heute, mein Freund …« Er packte Lennox ein wenig fester, der stolz die Brust herausstreckte. »Ab heute wirst du Glenns Platz an meiner Seite einnehmen.«

»*Was?*« Die Augen der schwarzen Klinge wurden groß. »Boss, das kann ich nicht annehmen. Ich kann …«

»Tauf ihn!«, grollte Elijah böse. Er hatte ihm nie vertraut und wahrscheinlich tat er es bis heute nicht.

»Tauf ihn«, stimmte Zac mit ein, der amüsiert die Arme vor der Brust verschränkt hatte.

»Ab jetzt bist du ein echter Adler, Lennox McMory.« Eliot ließ ihn nach vorn abnicken und versenkte sein Gesicht in dem Fass Met. Lennox wand sich, die Menge grölte, und als er wieder herauskam, strahlte er über das ganze Gesicht.

»Ein echter Adler, was?«

»Aye. Ein echter Adler.« Eliot nickte ihm anerkennend zu.

Lennox zerrte an seinem Shirt und entblößte sein großes

Tattoo auf der Brust, dann schlüpfte er aus seiner Hose und riss sich die Unterwäsche vom Leib.

Gott, verdammt! Kopfschüttelnd wandte ich den Blick ab, während er splitternackt auf den Tisch kletterte und in das Fass Met sprang.

Alles lachte und applaudierte, während er sich in dem engen Holzbottich tummelte wie ein Seelöwe im Ozean.

»Du magst ihn nicht besonders, was?«, fragte ich Elijah, den meine Verlegenheit ganz offensichtlich belustigte.

»Nein, aber Eliot mag ihn. Und ich vertraue meinem Bruder.«

Wow, das war ehrenhaft.

»Wie sieht's aus, kleine Sumpfprinzessin? Ein Schlückchen aus dem Fass? Kann dir hier unten zwischen meinen Eiern etwas davon abzapfen«, provozierte mich Lennox und Eliot verpasste ihm eine Kopfnuss.

Pollock, der gerade vorbeikam, hieb mir so fest auf den Rücken, dass mir direkt kurz die Luft wegblieb.

»Wie's aussieht, bist du jetzt auch ein echter Adler.« Elijah lachte und prostete mir mit seinem Becher zu.

Verfluchte Bande!

Ein weiterer tiefer Schluck benetzte meine Kehle. Schmeckte gar nicht mal übel. Nach Honig und Spaß. Wahrscheinlich steckte mich auch einfach nur die ausgelassene Stimmung der Jungs an und ich schmunzelte mild vor mich hin, als sie alle gemeinsam ein derbes Trinklied anstimmten, bei dessen Text die Dame in mir besser weghörte. Obwohl, Moment ... Die Dame in mir hatte wohl eher Andrew mit sich auf den Grund der schottischen See genommen.

Eliot hatte recht. Vorerst war ich frei, und über alles, was das mit sich brachte, konnte ich auch immer noch morgen sinnieren.

Erst einmal bist du frei, Shona, und Ruth und Calan werden nicht mehr verfolgt. Das war gut. Mehr als gut. Und Eliot ... Verstohlen betrachtete ich seine hünenhafte lädierte

Gestalt ... Er lebte. Und das machte mir das Herz ganz leicht und merkwürdig kribbelig.

»Was grinst du denn so verträumt in deinen Humpen, Blythe?« Elijah war ein genauso übergriffiger Hund wie sein vermaledeiter Bruder.

»Du kannst mich mal, McTavish.« Aber das Grinsen bekam ich trotzdem nicht vom Gesicht.

»Besser nicht.« Er zwinkerte. »Würde mein Bruder sicher nicht gutheißen.«

Oh, tatsächlich ...

Etwas rumpelte und brüllte plötzlich laut über die schiefen Gesänge hinweg und die Hälfte der Männer verstummte. Die andere Hälfte brauchte etwas länger, um den Aufstand mitzubekommen. Zu viel Met und Whisky in der Blutbahn.

»Oh, sieh an, unser Pfarrer ist aufgewacht.« Lennox zeigte amüsiert auf den dunklen Schrank bei den Sofas und leckte sich den Fusel aus dem Fass von den Armen. Ein paar der Mädels himmelten ihn ohne jede Zurückhaltung an. Eine zierliche Blonde seufzte sogar verzückt dabei. *Oh, bitte ...*

»Welcher verfluchte Pfarrer?« Eliot verschränkte die Arme vor der Brust.

»Na, der bestochene Pfarrer, du weißt schon. Andrews Pfarrer. Hab ihn herholen lassen.«

Bitte was?

»Wann denn zum Teufel?« Der Boss des Nordens wirkte mindestens genauso fassungslos wie ich, aber klang da ein Hauch von diebischer Freude mit in seinen Worten?

»Letzte Nacht. Hab meine Kontakte spielen lassen, aber heute war er ziemlich im Weg, deshalb hab ich ihn k. o. gehauen und in den Schrank gesteckt.«

O Gott ... Seufzend vergrub ich das Gesicht in den Händen.

»Los, holt den Kerl da raus«, wies Elijah Pollock an, der gerade in Richtung Kamin unterwegs war.

»Na aber gern doch, Kleiner.«

Mit einem Ruck öffnete er die Schranktüren und Pater Madour stürzte ächzend kopfüber auf den Steinboden.

Er war gefesselt und geknebelt, sein schütteres graues Haar stand wirr in alle Richtungen ab und er kroch panisch in die Ecke hinter dem Schrank, als er den zerfurchten alten Schotten über sich erblickte.

»Hey, das ist ja ein lustiges Kerlchen«, amüsierte sich Pollock und packte ihn am Arm, um ihn hochzuziehen. »Was machen wir denn jetzt mit ihm?«

»Ihn gehen lassen, natürlich. Andrew werde ich ja jetzt ganz bestimmt nicht mehr heiraten«, zischte ich scharf in Eliots Richtung, und sein Blick versuchte streng, meinen niederzuringen.

»Na, den nicht, nein.« Lennox drückte sich aus dem Fass und seine straffen Sehnen spielten dabei. Die Blonde seufzte noch lauter, als er splitternackt dem Met entstieg. Nicht, dass sie noch ohnmächtig wurde.

Lennox schüttelte sich den Fusel aus dem blonden Haar und tauschte einen Blick mit seinem Boss. Der nickte nur nachsichtig und Lennox rieb sich vorfreudig die Hände. »Komm, trink mit uns, Pfaffe! Und danach unterhalten wir uns eine Runde über das Land unter unseren nackten Hintern.«

Mit festen Schritten ging er auf Madour zu, der sich wimmernd hinter dem Schrank versteckte und dabei von Pollock beobachtet wurde wie ein exotisches Zootier.

»Nur *dein* Hintern ist nackt, McMory«, brüllte einer aus der Runde.

»Noch, mein Freund«, freute sich der Angesprochene und griff nach dem dürren Arm des Pfarrers. »Noch. Du wirst schon sehen.«

Auf dem Weg zu den Sofas zog er sich dann aber doch seine Hose wieder über.

»Was zum Geier hat er mit ihm vor?«, wandte ich mich

an Elijah, der seine Umgebung beobachtete wie ein Panther auf der Jagd.

»Frag mich nicht. Lennox ist ein missratener Wahnsinniger. Man weiß nie so genau, was er als Nächstes tut.«

»Noch wahnsinniger als du, Bruder?« Eliot beugte sich so nah über mich, dass sein herrlicher Duft nach meinen Sinnen griff und sie wirr verknotete. Am Ende war *ich* noch gleich die seufzende Idiotin.

»Du wirst ihn doch gehen lassen, oder?«, fragte ich ihn viel rauchiger als geplant, und dieser herrliche dreiste Wikinger schmunzelte nur, strich mir über den Rücken und ging.

»Puh.« Elijah nahm noch einen Schluck. Immer sehr beherrscht. In seinen Augen war nicht der Hauch von Trunkenheit zu erkennen. »Bald hast du ihn so weit und er tut tatsächlich noch, was du sagst.«

»Und das wäre so schlimm, weil …«

Elijah räusperte sich und schien sich für einen Moment zu sammeln. Dann beugte er sich über den Tisch hinweg ein Stück in meine Richtung und trieb seinen glühenden Blick in mich. »Er mag dich, Blythe. Und ich mag dich auch. Es wäre keine gute Idee, mich zu enttäuschen, verstanden?«

Ich hätte nie gedacht, dass ich eines Tages so denken würde, aber ich mochte ihn auch, und während ich seinen Blick erwiderte, bildete sich ein kleines, kaum merkliches Lächeln auf seinen kantigen Zügen.

Ja, ich mag euch auch, ihr vermaledeiten McTavishs!

Die Männer tranken und aßen, lachten, sangen und freuten sich, nach diesem irren Tag noch am Leben zu sein. Eliot redete mit einem nach dem anderen von ihnen und warf mir dabei ab und zu undefinierbare Blicke zu. Der Met machte mich nach und nach etwas betüdelt, und ich zwang mich, für diese eine Nacht alles zu vergessen, was war, was kam und kommen sollte.

KAPITEL 32

Der Abend war bereits fortgeschritten und die fremden Verbündeten hatten sich verabschiedet, als der König dieser Burg zufrieden und erschöpft neben mir Platz nahm. Er tauschte einen langen, tiefen Blick mit mir, den ich schwer deuten konnte, weil mir der Met wahrscheinlich die Sinne vernebelte. Oder war es am Ende doch er?

»Mh, so gut, dass du es geschafft hast, großer Mann.« Eine dunkle Schönheit mit Beinen bis zur Decke dieser Halle schlich sich von hinten an Eliot heran und begann, mit ihren filigranen Fingern seine Schultern zu massieren. Ihre Fingerspitzen glitten bis nach oben in seinen Nacken, er schloss die Augen und seufzte.

Etwas in meiner Magengrube knüllte sich böse zusammen und ich griff nach dem Humpen vor mir, um eisern zu trinken.

Als ich das Ding wieder absetzte, war ihre verdammte Zunge an seinem Hals und sie flüsterte ihm irgendetwas ins Ohr, das nach »Ich habe für dich gebetet« klang.

Elijah beobachtete mich amüsiert, aber ich würde mir ganz sicher nicht die Blöße geben und mich benehmen wie ein bockiges Kind, dem man das Spielzeug weggenommen hatte.

»Willst du mich, North?« Ihre Zunge hatte seine Lippen erreicht und drängte sich zurückhaltend zwischen sie, während sie mit ihrem geschmeidigen halbnackten Körper auf seinen Schoß glitt.

Er öffnete die Augen und sah mich direkt an, während er zu überlegen schien, ob er zulassen sollte, dass sie ihn küsste.

Und ich ... sah einfach nur zu und atmete beherrscht, während der glühende Ball in meinem Magen seine Hitze langsam in meinen gesamten Körper ausstrahlte. Es war keine Wut, nein. Es war eher mein Stolz, der sich mit einer allumfassenden Kraft in mir erhob wie ein Drache aus den Gedärmen von North Castle.

»Ich werde dann mal gehen.« Elijah richtete sich auf. »Männer, Zeit, in den Wald zurückzukehren!«

»Mach's gut, Bruder«, raunte Eliot betört gegen die vollen Lippen dieser Granate.

Bedächtig richtete ich mich auf, neigte den Kopf und suchte die Energien dieser Frau, während ich auf die beiden zuging. Ein paar der Jungs erstarrten und glotzten mir bang hinterher. Ob sie wahrnahmen, wie ich von innen heraus glühte?

Eliots Züge wurden fast schon verschmitzt, als er mir entgegensah, er forderte mich heraus und Gott ja, wir würden spielen. *Aber ab sofort nach meinen Regeln, großer Herrscher des Nordens.*

Die Schönheit auf seinem Schoß drehte den Kopf und ihre Brauen hoben sich überrascht, als sie merkte, wie ich sie fixierte. Ruhig und abgeklärt. Keine Ahnung, ob es der Met war, der mir so viel Mut gab, oder ob da gerade etwas anderes tief in mir wieder erwachte.

Für ein paar Atemzüge sahen sie und ich einander an, dann kletterte sie von meinem Mann und verdrückte sich.

Fast wie in Zeitlupe tastete sich mein Blick zu Eliots und schlug darin ein wie ein rohes Inferno. Seine Augen leuchteten und sein Mundwinkel zuckte. Dann griff er nach mir und zog mich auf seinen Schoß. »Du verjagst mir die Mädels?«, raunte er heißblütig gegen meine Lippen.

»Darauf kannst du wetten, *Eliot North McTavish*«, erwiderte ich und meine Finger griffen nach seinen breiten zerschrammten Schultern. Sein Blick glomm lustschwer, klar, er hatte sich ja auch von dieser rattenscharfen Beyoncé heißmachen lassen. Aber ihm war deutlich anzusehen, was er eigentlich wollte. Und ich würde ihm dabei helfen, es zu verstehen.

»Bissiges Weibsbild«, brummte er rau und zog mich enger gegen seine pralle Erektion.

»Wusstest du, dass keiner auf meinem Thron sitzen darf?«, hauchte er mir ins Ohr, während er seine Härte unnachgiebig gegen meine Mitte rieb. Trotz des Stoffes zwischen uns erzitterte ich heftig.

»Keiner, außer ihr?« Provokant blickte ich ihm direkt in die hellen Augen.

»Nur weil ich zwischen ihr und dem Holz war. Du dürftest es ganz, denn es ist dein Zauber, dem ich erlegen bin, nicht ihrer.« Seine Finger glitten unter mein Shirt und krabbelten über meinen Rücken bis zum BH-Verschluss, um ihn aufschnippen zu lassen. »Sieh dich an«, flüsterte er und ich ließ zu, dass seine Augen mich für ein paar Atemzüge verschlangen. »Du bist eine dunkle Göttin, der kein Thron dieser Welt würdig ist.«

Gott, Scheiße, hatte er das wirklich gesagt? Tief seufzend lehnte ich mich ihm entgegen, griff stürmisch in sein Haar und verschlang seine Lippen heftig mit meinen. Er lebte. Ich fühlte es unter meinen Fingern und meinen Lippen, spürte seinen Puls, seine Wärme. Er lebte und ich konnte mein Glück noch immer kaum fassen.

Sein warmer Atem perlte weiter nach unten über meinen Hals, er packte meine Taille und seine Daumen glitten nach vorn, streiften meine Nippel ... *O Hölle* ... Ich fuhr lustvoll zusammen.

Eliot knurrte gegen meinen Mund. »Vielleicht sollte ich dich noch einmal fesseln und sie direkt vor deinen Augen vögeln, was meinst du?«

Verfluchter Bastard!

Hart biss ich ihm in die Lippe und grub meine Nägel in sein Fleisch. Er erschauderte wohlig unter mir.

»Versuch es doch, du Hundesohn.« Meine Stimme brach, denn er zupfte mit den Fingern an meinen harten Knospen und schmunzelte dabei unwiderstehlich.

»Hmm, ich liebe deine Wut, du zornige kleine Walküre. Wahrscheinlich würdest du mir die Eier abreißen, aber ich könnte es darauf ankommen lassen.« Seine Lippen verschlangen meinen Hals und ich stöhnte hell.

»Vielleicht sollte ich direkt damit anfangen, wenn du meinst, du könntest mich hier vor allen …«

Die anderen waren zwar auch alle auf recht eindeutige Art beschäftigt, aber ich hatte noch nie vor den Augen anderer …

Er packte mich, legte mich vor sich auf den Tisch und zog mir die Jeans mitsamt dem Slip von den Beinen. »Ich ficke dich, wo immer ich will, Hexe. Entweder bekommst du mich ganz oder gar nicht.«

O Gott, verflucht!

Sein Gesicht versank zwischen meinen Beinen, und was auch immer er da tat, es katapultierte mich ziemlich schnell ziemlich weit weg von diesem Tisch voller Met und Schlemmereien. Ein spitzer Schrei ging mir über die Lippen und mein Blick traf den von Lennox, der uns aus schmalen Augen von den Sofas aus beobachtete.

O nein … Ich wusste nicht, ob ich das …

Herrisch beugte Eliot sich über mich, zog mein Gesicht in seine Richtung und verschlang meine Lippen in einem allumfassenden, dominanten Kuss.

Ich hörte einen Reißverschluss, das Klimpern eines Gürtels, Hände packten meine Hüften und zogen mich näher zur Tischkante. Als ich seine pralle, warme Spitze an meinem Eingang spürte, öffnete ich die Augen und blickte zu ihm auf. Hinter seiner breiten Statur prasselte das Feuer des Kamins und sein Blick flackerte, während er sich mit einer langen Bewegung in mir versenkte.

Scheiße, er war der Teufel!

Er zog sich ein Stück aus mir und drängte sich keuchend wieder in mich.

Dann griff er in mein Haar, beugte sich über mich und glitt mit den Zähnen über die Kontur meines Kiefers. »Hast du Angst?«

»Nein!« Ich griff nach seinem Hintern und spürte unter den Fingern, wie seine Muskeln spielten, als er sich ein paar Mal hart in mich stieß.

Gott, es überbot einfach alles, ihn so tief in mir zu spüren. Ich fürchtete seine Hölle nicht, nein. Ich wollte in ihr baden!

Kapitel 33
North

Ungestüm riss ich ihr das Shirt und den offenen BH vom Körper und sie ächzte, aber es war mir egal. Ich wollte sie nackt und ausgeliefert auf meiner Tafel. Wollte sie vor allen anderen so hart vögeln, dass es keiner je wagen würde, sie ohne meine Erlaubnis anzurühren. Ich wollte sie markieren und mich so unerbittlich in sie drängen, bis es ihr verging, dabei auf Lennox' Blicke zu achten. Sollte sie noch einmal den Kopf drehen, würde ich ihn zu uns einladen, und verflucht, das wollte sie ganz sicher nicht.

Ihre harten Nippel reckten sich mir entgegen und ich griff nach ihren Brüsten, um grob hineinzubeißen, während ich mich bis zum Anschlag in sie stieß.

Hölle, ja, ich hatte zugelassen, dass Sugar ihre Zunge an mich legte. Aber auch nur, weil Shonas Eifersucht mich so unendlich geil machte. Keine Ahnung, woran das lag, bei anderen Frauen war es mir egal, aber diese hier … Keuchend packte ich ihre Taille und trieb mich ein paar Mal so hart in sie, dass sie ächzte. In diese hier war ich hoffnungslos vernarrt.

Wie sie Sugar klargemacht hatte, wer sie war ... Allein mit einem Blick ... *Scheiße, das machte mich schwach.*

Shonas herrlicher geschmeidiger Körper wand sich unter mir und die Jungs konnten ihre Augen nicht bei sich behalten. Es war in Ordnung, sollten sie sich ruhig ansehen, welches Prachtweib ich hier bestieg. Sollten sie sehen, was sie verpassten, denn diese Frau war verflucht noch mal mein!

Ich zog sie ein Stück hoch, packte ihre prallen Pobacken und verschlang ihre süßen Lippen mit meinen, während ich sie weiter in langen Zügen nahm.

O Götter, das würde ich nicht lange aushalten. Sie seufzte und wimmerte und zog sich um mich zusammen, als wollte sie mich provozieren.

»Du gehörst mir, Hexe«, raunte ich gegen ihre Lippen.

»Nein, du mir«, keuchte sie fiebrig.

Ich zog sie auf meinen Thron, setzte mich unter sie und sie bewegte sich so geschmeidig auf meinem imposanten Schwanz, dass ich beinahe explodiert wäre. Ihre runden Brüste hüpften auf und ab, ihr Körper wand sich wie der einer Schlange. Ich konnte mich nicht erinnern, je etwas so Ästhetisches gesehen zu haben.

»O Fuck ...« Ich bebte heftig, als ihre Pussy sich um meine Eichel zusammenzog, und sie ritt stöhnend meine Spitze, während sie mir in die Lippe biss und ihre Nägel in meinem wunden Rücken versenkte.

Mit einem Ruck ließ sie sich komplett auf meinen Schwanz sinken, ließ zu, dass ich sie komplett dehnte, und ein tiefes Grollen rollte mir über die Lippen.

Scheiße, mein ganzer Körper zitterte, ich brauchte wieder etwas Kontrolle. Also griff ich sie mir, drehte sie um und drückte sie mit dem Bauch auf die Tischplatte.

»Sag es!« Grob griff ich in ihr Haar und zog ihren Kopf ein Stück in meine Richtung. »Du gehörst mir!«

»Niemals!«, fauchte sie zäh und ich packte mit der freien

Hand ihre Schulter, damit ich mich unerbittlich von hinten in sie treiben konnte, noch tiefer und fester als zuvor.

Sie keuchte, stöhnte und jammerte, sicher beanspruchte ich ihre Schusswunde, aber ich konnte darauf jetzt keine Rücksicht nehmen. Ich positionierte ihren Arsch so, dass die Kante ihre Klit reizte, und süße kleine Flüche schwappten ihr über die Lippen, als ich sie in drängenden, langen Stößen in genau dem richtigen Winkel dagegen nahm. Sie zitterte, spannte sich an und kam scharf atmend unter mir. Ich ließ ihr einen Moment, verpasste ihr einen Schlag auf den herrlichen Hintern und zog keuchend wieder das Tempo an. Hart und klatschend fickte ich sie gegen die Tischplatte, bis meine Härte zuckte und verfluchte Feuerwerke in meinem Kopf explodierten. Bei allen Höllen, war das unglaublich! Ich verlor mich komplett in dieser Frau!

Laut stöhnend zog ich sie an mich, während mein Schwanz in heftigen Wellen seinen Saft in sie trieb. Sie bebte und atmete schwer, als sie hinter sich in mein Haar griff und sich zu mir umdrehte.

Hölle, sie sah mir so tief in die Augen, dass mir beinahe die Knie versagten. Hatte mich wohl doch etwas übernommen mit all den frischen Schrammen.

Ein laszives Lächeln kräuselte ihre Lippen, so feurig und intensiv, dass es mir direkt wieder in den Unterleib fuhr. »Ja, ich gehöre dir, Eliot McTavish. Und du mir, also pass besser gut auf deine Eier auf!«

Bei den Göttern, ihre Stimme klang heiser vom Stöhnen und meine Lenden drückten sich noch immer eng an ihren herrlichen runden Hintern, während sie mich besitzergreifend küsste und das Feuer hinter uns hohe Flammen schlug.

KAPITEL 34
NORTH

Als der Morgen graute und alle im Saal weggeratzt waren, wie sie gerade saßen oder lagen, wurde ich wach und spürte, wie Shona sich geschmeidig von hinten an mich schmiegte. Verflucht, ich hatte mich doch extra auf das andere Sofa gelegt, um ihr nicht so nah sein zu müssen. Ich mochte ihre Nähe, so viel stand fest, aber nicht auf diese Art. Ich mochte es, sie zu küssen, sie zu vögeln oder in meinem Bett zu betrachten. Aber ich war kein verschissenes Kuscheltier. Also warum zum Teufel hasste ich das hier nicht?

Sie seufzte verschlafen und ihre zarten Finger griffen nach meiner Hand.

»Immer der Reihe nach«, murmelte sie, während mein Körper sich unter ihrem Griff versteifte. »Erst jagen wir meine Ängste zum Teufel und dann deine.«

Sie drückte sich ein Stück nach oben und berührte mit ihren vollen süßen Lippen mein Ohr, um leise hineinzuflüstern: »Du wirst nicht zerbrechen, wenn dich jemand berührt.«

Glut explodierte hinter meiner Brust und ich nahm einen

schier endlosen Atemzug, um mich dafür zu wappnen, dass ich sie jetzt wegschieben musste.

»Boss, wir bekommen Besuch!« Lennox war völlig zerzaust und ausgelaugt. Kein Wunder, er hatte sich die halbe Nacht lang von vier unserer Mädels den Met vom Leib lecken lassen und diesen Pfarrer damit nachhaltig verstört, der jetzt noch immer an der Tafel saß und panisch in die Gegend stierte, weil er dachte, ich würde ihn killen. Hatte offensichtlich kein Auge zugetan, der arme Knilch. Und nein, ich würde ihn nicht killen, weil er mir einfach zu egal war. Es würde mir nichts bringen. Und vielleicht auch ein wenig, weil mein Mädchen mich darum gebeten hatte, ihn gehen zu lassen.

»Wer ist es?« Müde wischte ich mir übers Gesicht. Scheiße, jetzt, wo die Wirkung des Fusels und des Adrenalins nachließ, merkte ich doch recht deutlich, dass ich gestern einige Treffer kassiert hatte.

»Sieht aus wie der Schoßhund von Andrew. Du weißt schon, dieser schnauzbärtige Witzbold. Hat der's etwa überstanden?« Lennox wirkte ratlos.

Und Hölle, ich war es auch. *Ian* … Er war auf dem Schiff gewesen und mein Rat an ihn, es besser zu verlassen, war zu spät gekommen. Eigentlich hatte es nur zwei Optionen für ihn gegeben: das Feuer oder todbringende Krallen und Schnäbel.

»Was zum Geier … Das kann nicht sein!« Ich fuhr nach oben wie ein wild gewordener Hades und stürmte in Richtung Balkon.

Und wirklich, dort unten stand er und glotzte mich an, umgeben von einer wirklich traurigen Brigade Überlebender.

»Bei allen Himmeln und Höllen, was suchst du hier, Ian?« Wahrscheinlich war ich jetzt dazu gezwungen, mir seinen Scheißnamen zu merken, wenn er schon imstande war, von den Toten wiederaufzuerstehen. Was bildeten diese lausigen Wichte sich ein … Meine Jungs hatten den

Aufruhr registriert und versammelten sich zerzaust um mich herum.

Auch Shona stand dicht hinter mir, ich konnte ihre gütige, warme Aura spüren.

»Wir wollen verhandeln«, stammelte Ian kleinlaut. Knurrend ballte ich die Fäuste. Komisch, gerade wollte er mir noch das Hirn wegschießen.

»Zac«, grollte ich düster. »Hol mir Excalibur von der Wand. Es werden Köpfe rollen.«

»Lass ihn reden, Eliot.« Shonas Hand legte sich auf meinen Arm.

»Auf keinen Fall«, presste ich durch die Zähne. »Sein dreckiger Haufen hat meine Burg durchlöchert und verwüstet, es wird Monate dauern, bis alles wieder aufgebaut ist. Sein räudiger Köter von einem Boss hat mir Männer genommen. Brüder, Familie und Freunde. Sie hatten lange genug die Möglichkeit, zu reden.«

»Ich weiß«, sagte sie, und ich wünschte, sie würde diese zarten Finger von mir nehmen. »Aber deine Adler haben ihn verschont.«

Ich stockte. Sie hatte recht. Meine Adler zögerten nicht, wenn sie meinen Auftrag bekamen. Außer, ihr Instinkt sagte ihnen etwas anderes.

»Wir erkennen unsere Niederlage an«, rief Ian von unten herauf. Gott, er war wirklich ein solcher Witzbold.

Lennox öffnete seinen Hosenstall und wollte zu ihnen hinunterpinkeln, aber ich hielt ihn zurück.

»Erkennst du auch an, dass dein werter Sir ein raffgieriges Stück Dreck war, das ehrlos in diese Welt geschissen wurde?«

»Wir wollen wirklich keinen Ärger«, druckste Ian wie der letzte traurige Verlierer.

Ein weiterer Wagen rollte über den Kies und kam direkt hinter ihm zum Stehen. Mir wuchsen die Beine am Stein meiner Terrasse fest. *Verdammte Drecksaxt im Wald …*

»Mein eigener Bruder«, brüllte ich aufgewühlt zu Elijah hinunter, als er neben Kearon aus der Karre stieg.

»Wurde auch Zeit«, nuschelte Ian ihm zu. »Der meuchelt mich gleich.«

»Mein eigener Bruder paktiert mit diesen Hundesöhnen? Hinter meinem Rücken?«

»Lass sie rein, Bruder!« Elijah stemmte die Hände in die Hüften. »Und dann redet!«

»Scher dich zum Teufel«, kam es von ganz tief aus mir, und ich wollte mich umdrehen und diesen illustren Haufen einfach stehen lassen, aber Shonas schneidender Blick traf mich unerwartet.

»Hör sie an, Eliot!«

Verfluchte Hölle! Mein Untier riss an seinen Ketten, wollte die Tafel aus dem Saal schnappen und brüllend zu ihnen hinunterschleudern, aber in ihren Händen wurde es zahm und ruhig wie unter einem Zauber.

Hexe!

»Also gut«, brummte ich widerwillig. »Redet! Und tut es besser schnell.«

»Lass sie rein«, forderte Elijah und wieder klimperte es in mir. Diese Brut einer dreckigen Sumpfhure in meiner Burg ... Allein bei dem Gedanken war mir zum Kotzen, bis ich all meine Innereien los war.

»Sie sollen jetzt reden oder zur Hölle fahren«, knirschte ich.

»Wir ziehen uns weiter nach Westen zurück«, rief Ian ohne Umschweife. »Swamp Head und Prayer's Well sind euer. Wir erheben keinen Anspruch mehr darauf. Im Gegenzug fordern wir einen Friedensvertrag mit den McTavishs. Die Craigs sind leider alle von uns gegangen. Aber wir sollten es auch als Chance sehen und endlich Ruhe schaffen.«

Leider von uns gegangen ... Ich schnaubte abschätzig.

»Wir wollen euch nicht mehr in die Quere kommen«,

fuhr er fort. »Und ihr uns ebenso wenig. Das hätten wir einfach gern schriftlich.«

Ewiger Frieden zwischen dem fliegenschissigen Rest Andrews korrupter Bande und uns? Sie kamen uns nicht mehr in die Quere? Ließen uns unsere Geschäfte machen und schafften uns ihre hässlichen Visagen aus dem Dunstkreis?

»Wo ist der Haken?«, donnerte ich argwöhnisch und mein Blick traf den von Lennox.

Eine seiner Brauen zog sich verräterisch nach oben. Er hatte die halbe Nacht mit diesem Pfarrer paktiert. Was wusste der kleine Hund, was ich nicht wusste?

»Vielleicht sollten wir die Bande doch mal reinlassen, Boss.«

Kapitel 35
Shona

Stundenlang waren wir Seite an Seite durch die mächtigen Highlands gelaufen. Nur er und ich. Wir hatten kaum ein Wort gewechselt, während wir zuließen, dass die gewaltigen Hügel uns in ihrer ungezähmten Wildheit aufnahmen. Wolkenschatten zogen zerrissen über die grünen Flächen hinweg und hier und da graste ein Schaf.

Heidekraut puderte die Urgewalt der Natur mit einem gewitzten Violett und ich hatte selten im Leben so tief durchatmen können wie hier draußen. Kein menschliches Wesen weit und breit. Es gab niemanden. Niemanden, außer uns beiden.

Eliot brachte mich zu einem kleinen See inmitten der Berge. Einem Loch, dem der mystische Zauber so offensichtlich anhaftete, dass mir eine Gänsehaut über den Rücken rieselte.

Es war so einsam hier draußen, so gewaltig, so magisch.

»Sind wir noch auf dieser Welt?«, fragte ich gedämpft, als ich mich zwischen die Felsen sinken ließ und das Wasser beobachtete.

»Spürst du das?« Eliot blickte scharfsinnig in die Weite.

»Wir sind klein. Winzig und unbedeutend. Ab und zu ist es wichtig, das zu fühlen, denn es nimmt so viel Verantwortung von einem.«

Mein Herz beschleunigte bitter seinen Takt.

»Ja«, erwiderte ich erstickt. »Ja, das ist wohl wahr.«

Für eine ganze Weile schwiegen wir und ich spürte seinen Blick auf mir. Dieser Ort gab mir Ruhe, zeigte mir das Wesentliche. Das Wasser des Lochs warf im Wind kleine kantige Wellen.

»Hier draußen holt sich also ein North McTavish seine Stärke«, hauchte ich und eine sanfte Böe fuhr mir ins Haar. »Ich kann dich verstehen.« Sacht tastete sich mein Blick zu seinem und so viel Zuneigung flutete meine Brust, dass ich sie kaum noch tragen konnte. Eine ganze Weile sahen wir einander nur schweigend an. Verloren uns im anderen, fanden uns in ihm, erfanden uns neu.

»Und du bist dir wirklich sicher?«, fragte seine tiefe, raue Stimme, während etwas unglaublich Liebevolles durch seine harten Augen brach.

Ein kleines Lächeln zupfte an meinen Lippen. »Ja, das bin ich.«

Wie könnte ich bitte nicht?

Ich fürchte, ich liebe dich, Eliot McTavish!

»Wohin fahren wir?«

Die ganze Fahrt über hatte Eliot nicht gesprochen und

jetzt bogen wir statt nach Prayer's Well in Richtung Osten zur Küste ab. »Willst du mich an einem ruhigen Ort um die Ecke bringen?«

Gott, und wenn er das tun wollte, würde ich ihm einfach freudestrahlend dabei in die Arme laufen.

Setz die rosarote Brille ab, Shona Blythe! Er ist immer noch ein gefährlicher Mann.

Ja, aber *mein* gefährlicher Mann ...

Hoffnungslos!

»An einem ruhigen Ort wüsste ich weit Besseres mit dir anzustellen, als dich um die Ecke zu bringen, du herrliches Weibsbild.« Ein gieriges Funkeln wehte durch seinen Blick und allein seine kratzige dunkle Stimme brachte meine Mitte zum Pochen. Dieser Kerl machte mich willenlos ...

Tief atmend sah ich den schottischen Hügeln dabei zu, wie sie an seinem Mustang vorbeiflogen.

Meine Mutter hatte in ihrem Testament verankert, dass das Land auf mich überschrieben wurde, sollte Andrew als mein Ehemann das Zeitliche segnen oder wir die Ehe nicht vollzogen haben. Laut Pater Madour konnte ich einen Teil meines Landes jedoch jederzeit auf jemand anderen übertragen, indem ich ihn heiratete oder einen offiziellen Vertrag aufsetzte.

Swamp Head gehörte den Blythes und ich wollte ihr Erbe antreten, mit Eliots Hilfe. Er sollte im Gegenzug Prayer's Well bekommen. Offiziell. So wie er es verdiente. Mit all seinen Bodenschätzen, seiner alten, geschichtsträchtigen Erde und der Burg.

Wir wollten Swamp Head und Prayer's Well in Frieden verbinden. In einer Zeremonie. Vor den Augen aller. Und nicht nur die Städte ... Auch uns.

»Wohin fahren wir?«, wiederholte ich meine Frage, als wir eine Küstenlinie erreichten, die mir verdammt bekannt vorkam, und das gefiel mir ganz und gar nicht.

Er würde doch jetzt nicht wirklich ... Meine Finger

krampften sich alarmiert um den Türgriff. »Eliot! Wo bringst du mich hin?«

Er lenkte den *Shelby* in eine Einbuchtung und stoppte. Für einen Moment sagte niemand etwas. Ein paar Möwen schrien und mein Herz pochte wie verrückt. Das konnte jetzt nicht wirklich sein Ernst sein!

Woher zum Teufel wusste er ...

»Wir holen uns jetzt ein Stück deiner Kraft zurück.« Ausdruckslos starrte er durch die Windschutzscheibe auf den Sand und sein Kiefer mahlte.

Nein ... Alle Alarmglocken in mir sprangen gleichzeitig an.

»Nein, vergiss es!« In wilder Panik wollte ich die Tür aufreißen, aber er verriegelte von innen.

»Eliot!«, zischte ich schneidend. »Ich warne dich! Lass mich hier raus!« Verflucht, die Angst riss mich um wie einen morschen Baum im Sturm und ich zerrte am Türöffner wie eine Wahnsinnige. »Mach die Tür auf! Sofort! Das kannst du nicht bringen! Lass mich sofort hier raus, du elender ...«

In einer schnellen Bewegung griff er über die Mittelkonsole, packte mich am Hinterkopf und zog mich zu seinem Gesicht. »Du wirst mir jetzt genau zuhören«, grollte er mir grimmig gegen die Lippen. »Ich bringe dich da durch, verstanden? Er hat dich kleingemacht, jetzt musst du dich wieder fühlen lernen. Und das macht dir eine Scheißangst, ich weiß das. Aber das geht vorbei, und verdammt noch mal, was uns nicht umbringt, macht uns härter.«

Mein ganzer Körper bebte, während mein Herz wie ein Tiger in meiner Brust tobte und wütete. Gegen ihn kämpfte, gegen mich, *mit* ihm, ich konnte es nicht sagen.

»Ich kann das nicht«, presste ich mühsam hervor, während mir die Tränen in die Augen stiegen. »Ich kann nicht, Eliot. Wirklich nicht. Bitte ...«

»Du kannst und du wirst!« Er packte mich nur noch unnachgiebiger. »Denn du wirst vor niemandem mehr kapitulieren, verstanden? Nicht vor ihm und schon gar nicht vor dir selbst!«

»Ich … ich …« Meine Stimme brach und eine Träne rollte aus meinem Augenwinkel.

»Komm schon!« Seine Lippen streiften meine und wir teilten für einen Moment denselben Atem. »Wer willst du sein, in allem, was vor dir liegt? Du wirst nicht mehr knien, Shona Blythe!«

Seine Worte prallten mir vor die Brust wie ein Rammbock. So hart, dass mir für einen Moment die Luft wegblieb.

Du wirst nicht mehr knien, Shona Blythe!

Schmerzerfüllt griff ich nach seinem Gesicht und klammerte mich an ihn, während ich ihn tief und innig küsste. Verflucht, ich brauchte das jetzt so. Brauchte *ihn* jetzt so!

Ich hasste und liebte ihn für das hier, und ich ließ zu, dass mir die Tränen übers Gesicht liefen, während ich meinen Hunger nach ihm stillte. Am liebsten wäre ich in ihn gekrochen und hätte mich dort für den Rest meines Lebens versteckt vor dem, was jetzt kam.

Atemlos sah ich ihn an und meine Finger strichen dabei liebevoll über seine bärtigen Wangen. Seine Augen funkelten blau wie das Meer, wenn die Sonne darauf schien. *Wie kannst du es nur wagen, Eliot McTavish! Wie kannst du nur!*

Mit einem Klacken öffnete er die Zentralverriegelung und ich atmete ein paar Mal tief durch. Woher wusste er nur … Sie war doch auf der Flucht, dachte ich …

Mein Puls dröhnte mir durch die Venen, als wäre mein System defekt.

»Ich bin nah hinter dir«, raunte er und öffnete die Fahrertür.

KAPITEL 35

Ich stolperte mehr, als das ich ging. Das Haus am Meer, die Möwen, der Strand, die Sonne, all das weckte unendlich viele Erinnerungen in mir. Die Tür öffnete sich mit einem Knall und Ruth kam herausgerannt, das Gesicht zur Grimasse verzerrt und ein Jagdgewehr im Anschlag.

»Gott, Shona, das ist North! Hat er dich als Geisel genommen? Weg von ihr, du Scheusal, und runter von meinem Grundstück!« Fluchend legte sie an und mir rutschte direkt das Herz in die Hose. Diesen entrückten Blick kannte ich. »Hau ab, sag ich, oder ich schieße!«

»Ganz ruhig, Ruth! Stopp!« Gott, Scheiße, ich war auch so schon durch genug, musste sie jetzt noch auf wilde Texanerin machen?

Mit ausgebreiteten Armen stellte ich mich vor sie. »Stopp, okay?«

Irritiert starrte sie von ihm zu mir. »Aber, ich ... Das ist doch North, oder? Der Teufel des Nordens. Der Bastard von Black Rock. Der ...«

»Eliot McTavish«, unterbrach ich sie. »Das ist Eliot. Eliot, das ist meine Schwester Ruth.«

»Hmm, dass ihr Schwestern seid, ist nicht zu übersehen«, brummte Eliot, und ich hatte keine Ahnung, ob er damit auf unser Temperament oder unsere Verpeilung anspielte. Vielleicht auf beides.

»Was in drei Teufels Namen?« Meine Schwester kratzte sich den Lockenkopf. »Heißt das, diese Kerle, die mich an der

Flucht gehindert und meinen Whisky ausgetrunken haben, gehören zu ihm?«

»Welchen Whisky?«, fragte ich alarmiert. Drogen und Alkohol waren für sie tabu.

»War ein Geschenk«, erwiderte sie säuerlich. »Wollte ich für einen besonderen Tag aufheben. Zum Beispiel für ihre Hochzeit, um sie Andrew über den Kopf zu schlagen.« Verbündete sie sich jetzt mit Eliot, oder was? Gerade wollte sie ihn noch umpusten, dieses sprunghafte Weib.

»Ich mag sie.« Eliot schmunzelte kühl.

»Und von welchen Männern spricht sie?« Warum zum Henker musste sie mir das hier noch schwerer machen, als es so schon war?

»Später«, speiste Eliot mich ab, und ich versuchte kopfschüttelnd, meine Nervosität niederzuringen.

»Na ja ...« Ruth senkte das Gewehr und schien kaum weniger durch den Wind als ich. »Egal jetzt. Was willst du hier, Shona? Mit ... *ihm*?«

Am liebsten hätte ich nach seiner Hand gegriffen und mich daran festgeklammert wie der größte Schwächling auf dem Planeten. »Ich ... ich will euch besuchen. Sehen, wie es euch geht.«

»*Uns?*« Die Augen meiner Schwester wurden groß wie Untertassen. »Auch Calan?«

»Auch Calan.« Meine Hände zitterten und sie starrte mich einfach nur weiter ratlos an.

Ja, Schwester, ich weiß, dass ich ihm nicht in die Augen sehen konnte!

Ich weiß, dass ich seine Gegenwart nicht ertragen konnte, ebenso wenig wie ihn mit dir zu sehen. Aber heute beginnt meine Zukunft. Eine andere Zukunft. Eine stärkere Zukunft.

»Okay.« Misstrauisch musterte sie wieder meine Begleitung. »Aber ich werde ihn nicht herholen, solange der da hier ist.«

Gerade wollte ich empört ausholen, da fiel Eliot mir beruhigend ins Wort. »Ich gehe ein Stück.«

Nein!

Beinahe hätte ich wirklich nach seiner Hand gegriffen, stattdessen tauschten wir nur einen endlosen Blick, bevor er sich umdrehte und in Richtung Wasser verschwand.

»Shona«, tadelte mich Ruth, während sie ihm nachblickte. »Was zum blutigen Henker …«

»Dieser Mann macht mich stark, Ruth«, ließ ich sie voller Überzeugung wissen. »Stärker als je irgendjemand zuvor.« *Und ich hoffe, ich kann ihm all das eines Tages zurückgeben!* Mein Herz lief beinahe über vor Leidenschaft.

Ruths Mundwinkel zuckten unkontrolliert und für den Bruchteil einer Sekunde dachte ich, sie würde mir gleich ihre Winchester gegen die Brust drücken und fragen, ob ich den Verstand verloren hätte, stattdessen trat etwas Warmes in ihre Züge und sie nickte anerkennend.

»Das merke ich, Schwester. Das merke ich.« Tief seufzend stützte sie sich auf ihr Gewehr und eine steile Falte entstand auf ihrer Stirn. »Aber bist du dir auch wirklich sicher?«

Ohne Eliot an meiner Seite wurden mir geradezu die Knie weich vor Angst, aber ich konnte jetzt nicht zurück.

»Ja!« Gott, wie erbärmlich meine Stimme plötzlich klang.

»Gut.« Noch ein prüfender Blick, noch ein besorgter Seufzer. »Okay. Dann hole ich ihn jetzt.«

Sie ging zurück in Richtung Haus und ich versuchte, mein wild flatterndes Herz unter Kontrolle zu bekommen.

O Gott … o Gott … o Gott!

Du hast dir geschworen, nie wieder wegzusehen, Shona! Also fang jetzt damit an!

Ein paar Möwen zogen über mich hinweg und ich blickte Eliot nach, wie er ein Stück entfernt am Wasser entlangschritt. Himmel, ich war so todesnervös wie noch nie zuvor in meinem Leben.

Du kannst das! Du kannst das!

»Mom?«

Was?

Erschrocken fuhr ich herum und Emotionen durchrasten mich laut wie ein Tornado. Da stand er. Sein Blick war so abgeklärt, so erwachsen, und er war so klein und zerbrechlich. Sein braunes Haar sah verwuschelt aus und er trug ein schwarz kariertes Hemd.

Hilfesuchend sah ich zu meiner Schwester auf, die direkt hinter ihm stand und entschuldigend die Achseln zuckte. »Er weiß es.«

Gott, ich könnte sie …

»Ist okay, Mom.« Verdammt, wie abgeklärt war dieses Kind mit seinen acht Jahren?

Tränen stiegen mir in die Augen. Nein, nichts war okay. Absolut nichts war okay!

Er kam auf mich zu und ich ging in die Knie, weil mich die Kraft verließ. »Es tut mir leid, Calan, hörst du?«

»Ist okay«, wiederholte er und ließ zu, dass ich ihm eine Haarsträhne aus der Stirn wischte. Seine Haselnussaugen waren voller Güte. Es steckte nichts von Glenn in ihnen. Wie hatte ich nur so lange wegsehen können? Viel zu lange.

Vorsichtig zog ich ihn in meinen Arm und er legte die Hände um mich, ebenso zurückhaltend wie ich. Wie sich das anfühlte … Sein kleines Herz, sein Atem. Er lebte. Und er war ein Teil von mir. Es war viel zu nah und gleichzeitig nicht nah genug. So lange hatte ich Angst gehabt und diese Angst hatte mir das hier verwehrt. Mir und gleichzeitig ihm.

»Alles gut.« Auch Ruth wischte sich eine Träne aus dem Augenwinkel. »Jetzt bist du ja da, Shona. Und du bist bei uns jederzeit willkommen.«

»Danke!« Mir versagte die Stimme und ich löste mich von Calan, um sie in den Arm zu nehmen. »Danke, Ruth!« Sie umklammerte mich fest, als wäre das hier alles, was sie sich viel zu lange gewünscht hatte.

»Wenn du magst, können wir jetzt eine Familie sein. Dann hat er zwei Moms.«

»Ich weiß nicht.« Schniefend wischte ich mir über die Wangen. Der Knoten war geplatzt, aber das wäre etwas voreilig. Ich wollte Calan nicht überfordern und auch mich nicht. »Aber ich werde euch besuchen, okay?«

»Okay!« Mit tränenschweren Augen nahm Ruth mein Gesicht in ihre Hände. »Das ist gut, Schwester. *Er* ist gut für dich.« Sie deutete hinüber zu Eliot, der ruhig übers Meer blickte.

»Ja.« Wahrscheinlich war er das tatsächlich.

»Nicht traurig sein.« Calans braune Augen blickten zu mir auf und in mir passierte etwas, das ich nur sehr schwer beschreiben konnte. Etwas änderte sich. Und ich würde es annehmen. Es war so weit.

Auf wackeligen Beinen ging ich hinüber zu Eliot und er legte schützend den Arm um meinen zitternden Körper. Gott, war das gut. All das hier war einfach zu gut, um falsch sein zu können.

»Wie hast du sie gefunden?«, fragte ich, ohne es fragen zu wollen, und wischte mir über die feuchten Wangen.

»Schon als du mir das erste Mal von ihr erzählt hast«, erwiderte er mild. »Sie wollte fliehen. Ich habe sie unter den Schutz meiner Jungs stellen lassen, auch wenn sie nicht ganz zu verstehen schien, was da vor sich ging. Sie war sicher, mehr musste sie nicht wissen. Und das bleibt sie auch ab sofort. Du brauchst diesen Hurensohn nicht, um ihr ein gutes Leben zu ermöglichen. Ich werde es tun, bis du es bald selbst kannst.«

Mist, jetzt kamen schon wieder neue Tränen nach, während mein Herz ausweglos in Flammen stand. Ich war machtlos dagegen.

»Bitte lass uns gehen, okay?«

KAPITEL 36
SHONA

Der Wind wehte seicht über den Klippen an dem jungen Abend. Die Jungs hatten ein Lagerfeuer aufgestapelt und einfach alle waren da. Elijah und seine Männer, Zac, Olec, Lennox, Pollock. Alle sollten sie Zeugen der Vereinigung der Reviere werden.

Ohnehin schien die ganze Stadt hier zu sein, zumindest erkannte ich den Barkeeper aus dem *Drunken Terrier* und seinen glattrasierten Bierzapfer. Sie alle wollten den McTavishs mit ihrer Anwesenheit ihre Loyalität beweisen. Das machte mir das Herz ganz leicht. Trotz der unendlichen Aufregung.

Ich wartete nervös, während Ian und ein Kerl auf Krücken die Verträge auf dem Tisch ausbreiteten, den Zac auf der Wiese unter einem krummen Baum aufgebaut hatte.

Ich trug ein dünnes weißes Kleid, das wie Seide an meinem Körper anlag, und einen Kranz aus Schilf im Haar, den Zac mir geflochten hatte. Dieser Kerl war ein unheimlich Guter, die heimliche Mutter der Burg.

Pater Madour war auch da und blickte sich nervös um. Lennox behielt ihn im Auge wie ein Wolf auf der Jagd.

»Wo bleibt er?« Aufgewühlt ging ich auf und ab.

»Hat bestimmt kalte Füße bekommen«, schnaubte Pollock amüsiert. »Zwingt dich vielleicht doch noch, uns auch deine Sümpfe mit zu übertragen, Prinzessin.«

»Nie und nimmer.« Elijah betrachtete mich beinahe liebevoll. »Eliot McTavish bekommt keine kalten Füße.« Was war das, was er da trug? Eine schwarze schottische Tracht? Und sein dunkles Haar hatte er auch gezähmt. »Du siehst umwerfend aus, kleine Blythe.«

»Wollte dir eben dasselbe sagen.« Ich zwinkerte ihm zu.

Die Dudelsackspieler platzierten sich, während Ian auf mich zukam. Gott, Hilfe! Das hier war so offiziell, mein Puls flatterte unnormal schnell wie ein Kolibri.

»Shona.« Ian wischte sich über den Schnauzbart und Lennox musterte ihn feindselig. »Ich weiß nicht, was ich sagen soll, ich ...«

»Seine Adler haben dir verziehen«, unterbrach ich ihn kühl und blickte mit schmalen Augen in den Wind. »Wenn die Unterschriften sitzen, müssen wir einander nicht mehr begegnen.«

»Vielleicht lässt die Zeit Gras über die Sache wachsen«, mutmaßte er Dinge, die nie geschehen würden.

»Du wirst erstmal bis zum jüngsten Tag in den Bau wandern, Kumpel«, mischte Lennox sich ein. »Und ich hätte nie gedacht, dass ich mich mal so freuen würde, wenn jemand in das Loch wandert, bei allen Höllen! Ich hasse die Bullen. Aber wie es aussieht, seid ihr so ziemlich aufgeflogen und die Jungs vom *MI5* werden am Ende noch unsere neuen Freunde.« Ungehalten spuckte er in Ians Richtung, der nahtlos kreidebleich wurde. Ich hatte das ganze Ausmaß ihrer Korruption nie wirklich greifen können, bevor all dieser Wahnsinn geschehen war, aber offensichtlich waren sie schon länger jeder rechtschaffenden Polizei im Umland ein Dorn im Auge gewesen. So hatten die Gangsterbosse von Prayer's Well also noch üblere Gangster dingfest gemacht, als sie selbst waren. Am Ende bekam Eliot noch das Bundesverdienstkreuz.

Mein Magen krampfte. Andrew hatte meinen Vater gemeuchelt und Eliots halbe Familie. Wer wusste schon, über wessen Leichen er in all der Zeit noch gegangen war. Und Ian hatte ihm immer treu zur Seite gestanden. All die Jahre ...

»Kannst du mir verzeihen, Shona?« Ians Stimme bebte. »Eines Tages? So wie seine Adler?«

Ich antwortete nicht, denn Eliot erschien am Horizont und mir stockte der Atem. Sein Blick war so stolz wie seine ganze Erscheinung. Er trug ein helles Leinenhemd und einen grün-violett karierten Kilt. Das mussten die Farben der McTavishs sein, ich hatte das Muster schon einmal auf einem Wandteppich in seinem Thronsaal gesehen. Bedächtig hob er die Hand zu den Lippen, um das Kreuz an seinem Lederband zu küssen, während sein flammender Blick in meinem einschlug.

Herr im Himmel, ich war wie gelähmt.

Atme, Shona! Tu es!

Er kam auf mich zu und seine Augen verschlangen mich. »Dann wollen wir mal, du herrliche Walküre. Bist du bereit?« Ein winziges Lächeln wehte über sein Gesicht.

»War nie bereiter, du schottischer Prachtkerl.« Auch ich lächelte.

Eliot nickte seinem Bruder bestätigend zu, und die Dudelsackspieler stimmten ihr erstes Lied an, während wir zu dem Tisch hinübergingen.

»Dann mal los, du korrupter kleiner Hosenscheißer!« Eliots Hand krachte auf Ians Rücken und der griff sich zitternd den Stift, um sein Signum unter den Friedensvertrag zu setzen. Dann kam Elijah dran, danach Eliot und zum Schluss ich.

Es war zwar nur ein Stück Papier mit ein wenig Tinte darauf, trotzdem fühlte es sich an wie ein Durchbruch, nach allem, was wir durchgemacht hatten.

Als Nächstes folgte das Überschreiben des Landes. Ich übertrug Eliot seinen Teil von Prayer's Well und mir selbst Swamp Head.

»Gut, das war der offizielle Teil.« Elijah lächelte uns aufmunternd zu. »Jetzt kommt noch der emotionale.« Für einen Moment wehte etwas wie Bitterkeit durch seine Augen, während er seinen Bruder betrachtete, und er räusperte sich schnell, als er merkte, dass ich es registriert hatte. Was war das? Etwas in mir war sofort merkwürdig alarmiert, aber ich vertrieb es schnell wieder. *Das ist nur die Aufregung, Shona! Komm schon!*

Eliots Blick tastete sich zu meinem und hielt ihn alles vereinnahmend fest, während Lennox an Pater Madour schob, damit er die Bänder zu uns herübertrug.

Wir standen unter dem Baum über den Klippen, die Musik der Dudelsäcke wehte hinaus auf das endlose Meer, damit seine Mutter und Arran es hören konnten, und ich legte behutsam meine Hand auf seinen Arm, während mir das Herz in der Brust davongaloppierte.

»Mögen die Reviere der Blythes und der McTavishs hiermit auf ewig verbunden sein und möge durch diese beiden Menschen der Frieden aufrechterhalten bleiben, der sie eint. Mit ihren Herzen und ihrer Seele.« Der Pater überreichte Elijah das Band aus Seide. Ein uraltes Bindungsritual der Schotten. Wir verkörperten unseren Schwur und festigten ihn symbolisch durch unsere Verbindung. Trotzdem war mir der Schwur in diesem Moment vollkommen gleichgültig. Ich band mich an ihn. Mit Leib und Seele und meinem ganzen Herzen.

Mit allem, was ich war.

Meine Finger klammerten sich an seinen Arm und er fesselte mich weiter mit dem Blick aus diesen unvergleichlich blauen Augen, während sein Bruder die Binde aus Seide um unsere Handgelenke wickelte und verknotete.

»Auf ewig«, schloss der Pater das Ritual ab.

»Auf ewig«, bestätigte Eliot sanft mit seiner tiefen, rauen Stimme. »Giorraíonn beirt bóthar.«

»Auf ewig«, flüsterte ich, denn zu mehr als einem Flüstern war ich nicht mehr imstande, während ich in seinem tiefen Blick versank wie in einem Treibsand aus Wärme und Zuneigung.

Ich hörte Zac laut schniefen und ein verschmitzter Zug kräuselte Eliots Lippen.

»Was meinst du, wollen wir die traurige Bagage mal ein bisschen aufscheuchen?«, raunte er mir leise zu.

»Was hast du vor, North McTavish, hm?«

Sacht streifte er das Band von uns und stieß einen knappen Pfiff durch die Zähne.

»Du bösartiger Sack«, schimpfte Elijah, als die Adler über das Meer kamen und begannen, Unfrieden in der Truppe zu stiften, die fluchend auseinanderstob und sich in alle Winde verteilte.

»Komm.« Eliot griff nach meiner Hand und zog mich mit sich in Richtung Klippe. Wir liefen ein Stück an der Kante entlang, kletterten in die Felsen, dann hielt er an. Gott, der Sonnenuntergang sah einfach großartig aus von hier oben. Das bronzeartige Rot verteilte sich über das Gestein und sprenkelte die wogenden Wellen.

»Meinst du, sie zerfetzen sie?«, fragte ich skeptisch, während ich dem Grölen und Schreien in einiger Entfernung lauschte.

»Hoffentlich. Dann sind wir endlich allein, Hexe aus dem Sumpf.« Eliot zog mich an sich.

»Du willst mich doch nur wieder vernaschen, du Scheusal aus der Räuberburg.«

»O Hölle, ja.« Seine Lippen trafen auf meine zu einem rabiaten, kurzen Kuss. »Wieder und wieder. Bis du endlich aufhörst, dich aufzubäumen wie eine wilde Stute aus Dartmoor, du aufmüpfiges Biest.«

»Da kannst du lange warten.« Meine Nägel gruben sich in seinen Rücken und ich seufzte innig, während er hungrig meinen Hals verschlang.

»Vielleicht reiße ich mir ja deine Partner unter den Nagel, Herrscher des Nordens«, hauchte ich und er brach seine Küsse ab, um mich glühend anzusehen.

»Ach tatsächlich?«

»Jetzt, wo ich in die Fußstapfen meines Vaters trete, werde ich dich sehr genau im Auge behalten, North McTavish. Vielleicht mache ich dir das Leben ein bisschen schwer, lege dich immer mal in Ketten …«

»Du willst mich in Ketten legen?«, knurrte er verführerisch. »Verdammt, das macht mich an.«

»Das sollte es besser nicht.« Grob griffen meine Finger nach seinem Kinn.

»Tut es aber.« Er drängte mich so hart gegen den Felsen in meinem Rücken, dass ich ächzte. Jeden Millimeter meines Gesichtes betrachtete er zutiefst fasziniert, strich mir so sanft eine Haarsträhne von der Wange, dass es überall in mir prickelte.

»Ich habe etwas für dich, Shona Blythe.«

Er ließ mich behutsam los und drehte sich in Richtung Meer, um den Arm auszustrecken.

Fragend blickte ich über die Wellen, während alle Gefühle in mir miteinander tanzten wie Blätter in einem Herbststurm. Was hatte er vor? *Was zum …* Ein heller Schrei hallte an dem Gestein wider und eine weiße Erscheinung erhob sich daraus, breitete die riesigen Schwingen aus und landete direkt auf Eliots Arm, fixierte dabei aber die ganze Zeit über mich mit seinen roten klugen Augen.

Der Adler vom Meer …

»Das ist *Spiorad*. Der Geist aus den Felsen.« Eliot drehte sich langsam zu mir, und ich konnte nichts weiter tun, als zu starren.

»Was, aber ...«

»Er hat sich auf dich geeicht. Ich habe ihn beobachtet. Er folgt dir schon länger und ist sehr diskret dabei.«

»Er war draußen auf dem Wasser«, erwiderte ich perplex, während seine glühenden Augen mich fesselten. Was für ein wundervolles Tier.

»Ja, das war er«, bestätigte Eliot und bedeutete mir, dass ich den Arm ausstrecken sollte.

Gott, mir fehlten die Worte, die Sinne, alles. Mit großen Augen hielt ich dem stattlichen Vogel meine Hand hin und er kletterte ohne zu zögern auf meine nackte Haut. Seine Krallen kratzten und rissen, aber es war großartig. Als würden wir uns miteinander verbinden in genau diesem Moment. Tiefer als eine Verbindung sein sollte. Genau wie die zwischen Eliot und mir.

»Spiorad«, flüsterte ich und der Adler blickte weise von Eliot zu mir, während sich der gesamte Ozean in seinen Augen spiegelte.

»Shona Blythe«, raunte Eliot leise. »Königin der weißen Adler, Herrscherin über die Sümpfe, du hast dich zu lange unterschätzt.«

Schreiend erhob der Geist der Felsen sich in die Lüfte, und jede Zelle in mir stand in Flammen, als Eliot mich wieder an sich zog. »Und auf ewig gebunden an Eliot North McTavish«, hauchte ich. »Teufel des Nordens, Adler im Herzen und wild wie die See.«

»Gu bràth«, flüsterte er liebevoll gegen meine Lippen. »Auf ewig.«

Und während er mich hielt, wir gemeinsam in den Sonnenuntergang blickten und seine Adler kreischend Spiorad über das Meer nachsetzten, fühlte ich mich das erste Mal im Leben stark wie eine Löwin und so angekommen wie noch nie zuvor.

Shona Blythe – Königin der weißen Adler, Herrscherin über

die Sümpfe, die ihr Herz an den Schattenadler von North Castle verloren hat.

Ende

NACHWORT

Lust auf weitere wilde, feurig heiße Abenteuer? Besuche mich gern auf:

https://www.instagram.com/sophie.moore_freya.dawn/

https://www.tiktok.com/@sophie.moore_freya.dawn

https://www.amazon.de/Sophie-Moore/e/B094CGHJL5%3Fref=dbs_a_mng_rwt_scns_share

Du stehst auch auf Fantasy, Dark Romantasy und düstere, leidenschaftliche Dystopien? Unter dem Namen Freya Dawn schreibe ich genau das! <3

Schaut auch unbedingt bei Sara Rivers vorbei. Dort trefft ihr bald Eliots Bruder Elijah ... Oh, und ein paar meiner Mädels sind hoffnungslos vernarrt in Lennox und versuchen gerade mit Macht, mich davon zu überzeugen, diesem schmutzigen schottischen Hund eine eigene Geschichte zu schenken ... Hmmm, was meint ihr dazu? Lasst es mich gern wissen ... ;)

TRIFF ELIOTS BRUDER ELIJAH BEI *Sara Rivers*

DU HAST NOCH LANGE NICHT GENUG VON UNSEREN WILDEN SCHOTTISCHEN BRÜDERN?
DU WILLST MEHR VON DIESEM HERRLICHEN RAUEN GEFÜHL?
DAS KANN ICH NUR ZU GUT VERSTEHEN UND HABE TOLLE NEUIGKEITEN FÜR DICH:
DER ANDERE MCTAVISH IM BUNDE ERWARTET DICH EBENFALLS BALD BEI MEINER WUNDERVOLLEN WILDNISSCHWESTER SARA RIVERS.

Ja, genau! Wir haben es wieder getan und gemeinsam eine Geschichte gezaubert. Diesmal noch intensiver, als in der Wild Dark / Fucking Wild-Reihe, denn ihr lernt Saras Elijah bereits in meiner Dilogie kennen und werdet Eliot, meinen herrlichen Wikinger bei Sara wiedertreffen.

Hier ein kleiner Vorgeschmack auf den Boss des Südens:

Eiljah *South* McTavish herrscht mit eiserner Faust über den Süden von Prayers Well. Er ist skrupellos, er ist dominant, er ist das blutige Gesetz des schottischen Untergrunds. Jeder weiß, dass der ungeschlagene MMA-Fighter keine Schwächen hat.
Bis auf eine.
SIE.

Naaa? Freust du dich schon? Dann haben wir hier die Reihenfolge für den vollen schottischen Lesegenuss:

UNDERGROUND *Bastards* - North 1

UNDERGROUND *Devils* - North 2

UNDERGROUND *Bastards* - South 1

UNDERGROUND *Devils* - South 2

DANKSAGUNG

Wieder gilt mein erster Dank DIR! Weil du dich mit Shona und Eliot auf die *Nathair dubh* getraut, dem Bösen die Stirn geboten und am Ende deinen eigenen Seelen-Adler gefunden hast. Ich danke dir, weil du Eliots Geschichte teilst, weiter erzählst und dich von ihr vereinnahmen lässt! Hat es dir gefallen? Über eine kleine Rezension auf Amazon würde ich mich riesig freuen. <3

DANKE an meine Seelenschwester Sara Rivers, die ich absolut nicht mehr missen will. Unsere Musen haben sich vereint und ich hoffe, unsere schottischen Wilden sind noch lange nicht unser letztes gemeinsames Projekt! Ich hab dich lieb, du wundervoller Mensch!

DANKE an Selina! Für alles!

DANKE an Thyra, Selina, Michelle, Bente, Resa, Kristina, Chrissy, Sandra, Yvonne und Marie! Weil ihr mir jeden Tag versüßt und mich wirklich aufgebaut habt, als ich unten war.

DANKE für die besten Adleraugen beim Testlesen: Anna, Celina, Chrissy, Julie und Natalie, Lisa, Sabrina, Stephi, Jasmin, Bianca, Michelle, Thyra, Kristina, Bente, Sandra, Yvonne und Resa!

DANKE an Cover-Göttin Jaqueline für dieses wunderschöne Baby! Ich kann nicht aufhören, es anzusehen! <3

DANKE an Astrid für deinen Scharfsinn beim Korrigieren von Eliots Teil 2!

und

DANKE an die rauen Klippen und mystischen Lochs Schottlands und all die verrückten Highlander, die mich über die Jahre in den Pubs an der Küste zu Eliot und seiner Räuberbande inspiriert haben. Ich weiß, ihr versteht gerade kein Wort, aber ich liebe euch! Es war sehr besonders für mich, endlich einmal ein schottisches Setting schreiben zu dürfen!

Gun cuireadh do chupa thairis le slàinte agus sonas.
(Möge dein Kelch mit Gesundheit und Glück überfüllt sein.)

TRIGGERWARNUNG

Achtung! Sensible Leser könnten getriggert werden durch: Waffengewalt, sexuelle Gewalt, Häusliche Gewalt, Folter, derbe Sprache, Nacktheit, explizite Sexszenen, Missbrauch in der Vergangenheit (nicht als aktuelles Geschehen), Drogen, Alkoholkonsum, Entführung, übersteigerte, toxische Männlichkeit, Freiheitsberaubung

Anmerkung: Ich liebe meine Charaktere zwar alle sehr, spiegle aber nicht ausnahmslos jede ihrer Ansichten oder Taten wieder und bitte, zur Kenntnis zu nehmen, dass ich als Autorin nicht meine Figuren bin. Ich sehe ihnen nur zu und schreibe mit. ;) <3